贾平凹

暂坐

作家出版社

暂 坐

贾平凹

一、伊娃·西安城

杭州有仙寺，挂着一副门联：南来北往，有多少人忙忙；爬高走低，何不停下坐坐。坐下做甚？喝茶呀。天下便到处都有了茶庄。西安城里也就开着一家，名字叫暂坐。

2016这一年，一个叫伊娃的俄罗斯女子，总感觉着她又一次到了西安，好像已经初春，雾霾却还笼罩了整个城市。

其实，这里在五年前就有了雾霾，只是轻微，很快就回了，常之黑云在城南的秦岭上空移动，人们还戏谑：呦，北京的雾霾也给咱邮些来了?!那些来的仅薄之如一层纱，很快就消散了。而现在，空气里多是烟色，还有些灰色和褐色，初若淡紫，渐而充塞，远近不知了深浅，好像有妖魅藏着，踏石唯以

肖全 / 摄影

贾平凹　　一九五二年出生于陕西丹凤县棣花镇，一九七四年开始发表作品，一九七五年毕业于西北大学中文系。现为全国人大代表、中国作家协会副主席、陕西省作家协会主席、《延河》《美文》杂志主编。出版作品有《贾平凹文集》二十四卷，代表作有《废都》《秦腔》《古炉》《高兴》《带灯》《老生》《极花》《山本》等长篇小说十六部，中短篇小说《黑氏》《美穴地》《五魁》及散文《丑石》《商州三录》《天气》等。作品曾获得国家级文学奖五次，即茅盾文学奖、鲁迅文学奖、全国优秀短篇小说奖、全国优秀中篇小说奖、全国优秀散文（集）奖。另获施耐庵文学奖、华语传媒文学大奖、冰心散文奖、朱自清散文奖、老舍文学奖、当代文学奖等五十余次。并获美国"美孚飞马文学奖"、法国"费米娜文学奖"、香港"红楼梦·世界华文长篇小说奖"、法兰西文学艺术骑士勋章、北京大学王默人－周安仪世界华文文学奖、法兰西文学艺术金棕榈骑士勋章。其作品被翻译出版英、法、德、瑞典、意大利、西班牙、葡萄牙、捷克、俄、日、韩、阿拉伯等四十余种，并被改编为电影、电视剧、话剧、戏剧二十余种。

目录

1 / 一　伊娃·西京城
7 / 二　海若·茶庄
18 / 三　陆以可·西涝里
29 / 四　羿光·拾云堂
35 / 五　希立水·西明医院
42 / 六　虞本温·火锅店
58 / 七　辛起·希立水家
66 / 八　陆以可·建业街
75 / 九　司一楠·登丰巷
84 / 十　应丽后·香格里拉饭店
91 / 十一　海若·筒子楼
98 / 十二　高文来·茶庄
105 / 十三　应丽后·泡馍馆
112 / 十四　海若·茶庄
119 / 十五　伊娃·拾云堂
126 / 十六　海若·茶庄
137 / 十七　向其语·能量舱馆

144 / 十八　严念初·甜醅店
152 / 十九　辛起·茶庄
159 / 二十　小唐·曲湖
170 / 二十一　伊娃·拾云堂
177 / 二十二　应丽后·咖啡吧
186 / 二十三　辛起·家属院
192 / 二十四　向其语·庵前
199 / 二十五　海若·麻将室
209 / 二十六　夏自花·医院
216 / 二十七　伊娃·拾云堂
221 / 二十八　小苏·茶庄
228 / 二十九　陆以可·火锅店
237 / 三十　海若·筒子楼
244 / 三十一　辛起·城中村
250 / 三十二　冯迎·拾云堂
255 / 三十三　海若·停车场
261 / 三十四　高文来·茶庄
268 / 三十五　伊娃·西京城

273 / 后记

一　伊娃·西京城

杭州有个山寺，挂着一副门联：南来北往，有多少人忙忙；爬高走低，何不停下坐坐。坐下作甚？喝茶呀。天下便到处都有了茶庄。西京城里也就开着一家，名字叫暂坐。

二〇一六这一年，一个叫伊娃的俄罗斯女子，总感觉着她又一次到了西京，好像已经初春，雾霾却还是笼罩了整个城市。

其实，这里在五年前就有了雾霾，只是轻微，谁也没当回事，常常黑云在城南的秦岭上空移动，人们还戏谑：哟，北京的雾霾也给咱飘些来了？！飘过来的仅薄薄如一层纱，很快就消散了。而现在，空气里多是烟色，还有些乳色和褐色，初若溟蒙，渐而充塞，远近不知深浅，好像有妖魅藏着，路面难以分辨斑马线，车辆似乎沉沦，所有的建筑一下子全失去重量，飘浮着，恍惚不定。

但大街小巷里依然是人多，那么多的人啊。

如果地球是一座山吧，沟沟岔岔就会有动物：这条沟里是些大动物，比如狮子呀，老虎呀，熊呀；那条岔里又是些小动物，岩羊、獾、狐狸和刺猬；还有些沟岔有水潭，生存了丑陋的鱼，还有些沟岔里则是奇奇怪怪的鸟类。中国人或许都是鸟类，数目庞大，飞起来遮天蔽日，落下来占据全部枝头，兴奋又慌张，彼此呼应，言语嘈杂。任何言语一旦嘈杂了，便失去了节奏，成为一种烦嚣，感觉是成千上万个口齿同时嗑动瓜子，是满世界的蚊蝇都聚来了，嗡然为雷。

伊娃就是被这种烦嚣聒醒的，一推开窗子，天刚刚亮，似乎还有半片残月寡白着，拥挤的人群便全在雾霾的街道上混乱不堪，场面诡异而恐怖。

门口有了咳嗽声，房东大妈进来，提着一网兜的韭菜、西葫芦、线辣子和葱，还有一纸盒鸡蛋。昨晚到来，已经是深夜，大妈埋怨怎么不提前通知呢，否则会做了糊烂饼等着的。糊烂饼是一种煎饼，因在面糊糊里加了韭菜末、西葫芦丝、鸡蛋和剁碎的线辣子，做出来比一般的煎饼可口得多。伊娃就爱吃这个。她感激着大妈还记得她好吃这个，顺嘴说了：那明天吃吧。没想大妈竟就买回了食材。大妈说，哎哟，咋不多睡一会儿？伊娃赶紧去接了网兜和鸡蛋盒，还替大妈拍了拍后背，说：你这么早就去了菜场！大妈说：也不早，街上人都满了。伊娃说：这么大的雾霾了，还那么多人啊？！大妈说：人是走虫么。伊娃笑了一下，又看着窗外，就在想，人为什么就那么爱走动，都走动着去干什么呢？空气这样不好，街道上熙熙攘攘这么多人，该是行走着饥饿的酒囊饭袋，或是一个一个散发着热量和污浊气味的火炉子、垃圾桶？！

大妈在问：吃完饭了，你要去那个暂坐茶庄吗？伊娃说：是啊是啊，我得见见海若么。

伊娃说着，自己的耳脸却有些发烫了：这不也和街道上的人一样吗？他们还都是一个城市的，城东的要去城西，城西的要去城东，城南的要去城北，城北的要去城南，而自己偏就从圣彼得堡来到西京，来了住在旧城内，又要去曲湖新区，岂不也在增加街道的拥挤度啊！

伊娃确实和街道上的人没有区别，在西京留学的五年里，自以为已经是西京人了，能叫得出所有街巷的名字，比如皇城路、汉阳路、府佑街、贡院街、书院巷、朱雀街、玄武路、东市、西市、炭市巷、糖坊巷、端履门……在娓娓而谈这座城是中国十三个王朝的古都时，脸色涨红，鼻梁上的雀斑都明显可见。更习惯了这里的风物和习俗，以及人的性格、气质、衣着、饮食，就连学到的中文普通话中都夹杂了浓重的西京方言。当学业完成回到圣彼得堡的五年里，母亲去世，与那个男朋友又分了手，从此多少个夜晚，她都是梦里走在了只有这个城市才有的井字形的街巷里。在城墙头上放风筝。听见了晨钟暮鼓。或者，坐在夜市的小摊位上吃炒面和烤肉，来一对羊宝，她会对着摊主大声地说，依然是生硬的方言，在众目睽睽下将那两颗羊卵子咬嚼得嘴角流油。或者，就挤身在城河沿岸的人簇中，看自乐班唱秦腔，那些精瘦又施了胭脂的男人和女人唱起来如同吼叫，嘴大张着能塞进一个拳头。每当她又一次梦见散步于街头，发现了一只空塑料水瓶，就捡起放进垃圾桶里，路边新栽的一棵桂树倾斜了，立即走近扶正，还用力地踩了踩树根的土，醒来才意识到她对于西京的感情。是的，西京是伊娃的第二故乡了，回圣彼得堡是回，回西京也是回，来来往往都是回家。

　　吃罢饭，从房东家的楼上下来，院子里，那张石桌上空竟然有了紫藤架，枝叶纠结了那么一大堆，以至于从架子的四面垂下来，像是挂着了帘子。伊娃曾经在那张石桌上读过书，每每都有一只猫就跑来，卧在一旁。猫还在吗？这念头刚一起，传来的却是长长的叫唤，声嘶力竭，痛苦凄凉。伊娃一扭头，门房的老头举了扫帚跑过去，他的肚子更大了，衫子紧身，又是没有对齐纽扣。伊娃说：大爷好！他好像是哼了一下，扫帚就搕打藤蓬，厉声骂：叫，叫，大白天的你叫什么春？！骂毕，似乎才反应过来，伊娃已经出了小区大门，兀自咕哝：哦！是伊娃吗？猫又在车棚顶上再一次声唤了。中国人爱狗，却不怎么喜欢猫，所有的狗都在人家里宠养，猫就在每个居民小区的院子里流浪，它们的求爱也那么凄苦，被人讨厌着，不可容忍。

小区外的长条木椅上坐着六七位年长的妇女，身边是大包小袋的肉和蔬菜，脚疼了吧，差不多都是一条腿放在另一条腿上，低头用手捏脚。她们是小区里的住户，伊娃叫不上名但全脸熟。那个胖老太太，是住在和房东同一个单元里的第一层房间，她提了豆腐和芹菜，还有鱼，是大头鲇鱼，可能在菜场才剖过了，从鱼尾往下还滴着猩红血水，鸡也是宰过的，没有毛，头冠仍在，脚爪却僵硬，戳破了塑料袋而伸出来。伊娃跟她打了招呼，她竟然说哈啰。伊娃说：今天星期天了？她说：不，明天是。伊娃说：哦，难怪买这么多东西！伊娃笑了，她也笑了，浑身的肉在颤着。这些老太太平日都是老两口过活，省吃俭用，在菜场买一把葱，货比三家，讨价还价，末了把要买的葱剥了老皮，掐掉毛根，临走还要多拿人家一疙瘩蒜。可周末了，能多买些东西就多买些东西，当晚电话打给居住在城里各处的儿女们，要他们明日一早全都回来吃饭。星期天是小区院最和睦而热闹的。待天黑前儿女们又往各自的住处去了，他们收拾着桌椅板凳，洗涮了锅盆碗盏，然后坐下来浑身酸痛，痛并快乐着。

小区院给过伊娃许多温暖，但她也不习惯这里的种种习气。正是与这些人生活得太近了，伊娃才在后来结识了暂坐茶庄和暂坐茶庄里的海若。

上下班高峰时候的伊娃也是搭不上出租车，只好随着人流，徒步走过旧城的南大街。再是出了城门洞。再是顺着护城河沿的大道往东，又往南。天上的太阳已经出来，正在两座高楼中间的顶空，能看到轮廓，没有光芒，成了猴子的屁股，成了腿伤裹着的纱布上一团渗血。仍然是车多人稠，前进缓慢。伊娃被挤在了路边，站着歇气，而车辆经过，将雾霾冲破成一片一片的，伸手去抓，没有抓到,不免有些烦躁。

把心平静下来吧,尽量地把烦躁转化为另一种的欣赏。伊娃便觉得街道是江河,雾霾如同白浪在汹涌不定,而自己行走,就是立体游泳了。于是,由游泳再有了想象:天上的水和地上的水都是一样的纹,水里的鱼若跳出来到空中,那该是鸟,鸟在空中飞着又钻进水里,那又该是鱼了。

但是,在街道朝南的第三个丁字路口发生了交通事故。前边的一辆车突然停下,后边的一辆车就追了尾,双方的司机在争吵。一个说:不亮尾灯你刹什么车,你会开车吗?一个说:你车也流氓呀,碰我车屁股!一个说:啊呸!奔驰跟夏利耍流氓?!行人立即拥过来一堆。中国人最喜欢围观,幸灾乐祸,交通就这样被堵塞了。他们在雾霾里腾挪跳跃,有戴口罩的,有把口罩挂在了下巴上,一边咳嗽着一边叫嚷:吵屁哩,这是打的事儿,打呀,打呀!警察吹着哨子急速地跑过来了,伊娃离开,亏得她是熟悉路径的,就势踅进一条小巷。

小巷里汽车是少了些,摩托车、电动自行车却多,骑技又绝对高超,后座上坐着人或载着麻包和木箱,在人群中钻来拐去,不断发出呼啸声和刹闸声,每每就要撞上人和车了,却就没有撞上。伊娃在路台上走,总觉得有人在跟随,就听着两个人在说话:这娘儿们腿这么长,走路不打弯,是没有膝盖吗?个头儿高挑着漂亮,可多大的脚呀,鞋是四〇的码吧。有钱了咱也吃口洋野食。说低点儿,别让人家听见。老外听不懂中国话。伊娃回过头来,说:在说啥?!两个头发又长又乱的男人,衣服上满是油漆斑点,可能是乡下进城打工的,都吓住了,哎哟一声撒腿就跑。经过一家小酒店,好像是刚刚举行过开张仪式,停息了锣鼓和鞭炮,而彩门旁边的音箱里还在响着摇滚乐,往来的人踢跶着一地的炮仗皮,红色的纸屑起落不定,雾霾里便有了花叶飘零的景象。斜对面的另一家侯记荞面馆,坐满了食客,一边吃着一边看着伊娃走过,店里的老板娘端一盆泔水出来,说:小心把面条喂到鼻子上!将泔水往路边下水井口倒。井口上趴满了苍蝇,轰地起飞,落在了路过人的脸上,用手赶,赶了又来,若即若离。便埋怨:哎哎,把你家的苍蝇管住!老板娘说:它不姓侯。那人说:古城就这样?!老板娘说:对喽,西京是古城,这苍蝇就是从汉唐一路下来的!好多人在笑了,伊娃不觉得好笑。有一个老者也没有笑。老者低着头只是往前走,紧随身后的是他的狗。这狗的五官与老者的五官很近似,但狗的个头矮,不能仰头看到高处,只盯着老者的板儿布鞋,欢快地换动腿脚。

在过去的五年里,伊娃在这个城市见过很多这样的老者。他们相貌清癯,表情庄严,曾经是政府官员,或者是教授、银行家、工程师,一旦退休了,日渐身体衰败,寂寞孤独,再热闹的地方,他们的出现也如同风吹来的树叶一样遭到无视。现在,老者站在路灯杆前看贴在上面的小广告,发觉了秘方治糖尿病和前列腺炎的联系电话,害怕号码记不住,掏出笔来记。狗就跑出去撒尿,可能嫌来往的人多气味容易散,会忘记它所经过的地盘,便在一棵树下撒了,又到一个砖台前撒。撒完了跑过来,却紧随着另一个人过巷口,那人也穿着板儿布鞋。一辆摩托车闪电般过来,那人急速躲过了,狗没躲过,被撞在空中,然后跌在路中间。老者抄完了电话号码,回头才发现没见了狗,四处张望,这时候终于听到狗在路中间的惨叫。

二　海若·茶庄

开始刮风了。风是踉踉跄跄来的，迷失了方向，树上的叶子便哗哗鼓掌，鼓着鼓着，好多叶子自己就掉下去了，而雾霾也逐渐稀薄。公园栅栏外的木椅上跳跃着几只麻雀，颜色深灰，小得像石头蛋一样，而同时天上有了飞机。可能是出于心理上的嫉妒，人们欣然地望着麻雀，却没有注意飞机，即便往天上看了一眼，看到的也是飞机远去的影子越来越小，或者视而不见。这是曲湖新区的芙蓉路中段，伊娃已经站在了那里。

高楼林立，店铺鳞次栉比，其中突出了一座商厦。商厦的一至六层是大型购物场，摆满了并不高档却是这个城市最时尚的服装、鞋帽、包箱、化妆品和各类家电。第七层是影院、歌厅、酒吧、咖啡屋。八层到十二层则集中了全省各地的小吃：羊肉泡，葫芦头，棒棒肉，油塔，糍粑，米皮，肉夹馍。新的经营模式使商厦开张以来每日顾客接踵而至，三分之一来买东西，三分之一来吃喝，三分之一不为买东西也不为吃喝，就是买买眼。从商厦往右边去，五幢星状的住宅楼，每幢都是三十层。楼后有一个市场，早晨还不到五点，古董摊就摆得到处都是，来淘宝捡漏的人也非常多，一到七点，便突然消失，所以叫作露水市，也称鬼市。而往左边去，便是公园的西头。其实不该称之为公园，一片面积狭长的树林子，没有杂木，清一色的油松，又围了栅栏，不允许人进入，树梢上吊死着三四只风筝也无法取下来。倒是栅栏后边有了新植的樱树，几十棵一排儿过去，枝叶交结，花鸟对语，红的花，白的花，黄的花，生香不断。转过来，就是个小广场，靠着栅栏有一个木椅，木椅上坐着从鬼市逛后回来的人。他们或许什么也没淘到，失去了侥幸，神情沮丧，思谋着该回家去呢还是上商厦吃点什么，而望着前边不远处的那幢两层小楼，目光茫然，后来竟打起盹了。

　　磁铁永远对木头、泥块、纸屑不起作用，它吸引的是那些钉子、螺帽、钢丝。伊娃就盯着小楼，目不转睛，心也呼呼地跳起来。这曾经是星状楼盘的工程项目展示中心啊，楼盘销售后，二层做着小区物业办的储仓，一层出租给客户，开了两家店铺，两年之内，两家店铺全转让了，合二为一就成了茶庄。五年了，小楼的外墙仍然是涂刷着赭红颜色，西头二层窗下的那个蜂箱还在，甚至台阶上的四盆玫瑰，依旧左右对称地摆放着。只是店门扩大了，两边都是落地玻璃窗，门头的牌匾换作了绿底金字，"暂坐"的一笔一画都格外醒目。

　　风好像又大了一些，伊娃用手拢着飞扬的头发，想起了在书上读过的一句话：波者水之风，风者空之波。

　　一辆皮卡就停在茶庄门外，有人在搬东西，铁架子、木条子、梯子、漆桶、灰盆、塑料板，还有装着砖块沙子的竹筐和麻包。他们闷不作声，出出进进。突然咣地一响，门里就尖锥锥喊着：把啥撞坏了？谁把啥撞坏了?！接着就跳出来一个穿绿褂子的女子。是小唐。小唐人丰满多了，过膝的店服把屁股包裹得滚圆结实，怀里抱了一大捆花草。搬东西的人说：没撞着啥，是垃圾袋破了，掉下来那只烧坏的壶。坏壶是掉在了台阶上，小唐看着，用脚踢了一下，踢到了车轮前，她要把那一大捆花草往车上扔，说：把这也捎走。皮卡车上的人说：这些向日葵和山里红还好着呀。小唐说：蔫了！她往车上扔的时候，一条腿踮起来，另一条腿就斜在空中。车上的人说：慢点慢点，别把你也扔上来！小唐笑着，望了一眼广场，在广场靠着街道的拐角处是间报刊亭，亭边站着一个人，她拧身走上台阶，一盆玫瑰正开了花，又转过头来看着报刊亭，瞬间哇哇叫道：伊娃？啊伊娃！

就这样，两个人手脚划拉着往一起跑，没有经过广场，而是从广场左边的停车场斜插过去，在那里抱住了蹦跶，后来就倒靠在一辆小车旁。没想，车窗却摇下来，里边竟然还坐着司机，三人发窘，同时嘎嘎大笑。

进了茶庄，里边的布局变了样：迎面靠墙的条案上不再是财神像，而是供奉了那个叫陆羽的茶祖。似乎多了几个柜架，有的摆满了各种茶盒，有的是茶罐茶杯茶碗茶盅。原先在门里左手边的收银台移到了西北角，同时增加了冰柜和包装机，还多了两个圆桌。而东北角还是那个隔间，没有了布帘，换成了推拉门，门开着，能看到里面的灶台、煤气瓶、烧水壶和一面小柜，小柜旁坐着个老太太，形容枯瘦，挽起了一条裤腿，双手在膝盖上揉搓，抬头看了一眼，倒把门推拉上了。靠着隔间竟然多了个楼梯，直接通往二层去，楼梯下藏着一个厕所，对着楼梯，右手的一张方桌前坐着一个穿夹克的中年人，可能是买茶的，却在逗一个小男孩，小男孩拿着一只黄色的布狗，往前一戳一戳，说：咬！咬你！

店员还都是老人手。小苏坐在里边的桌前，摊着茶叶分拣茶梗，专注得像是在绣花。她还是那么好的头发，头发就扑撒在面前，用手往后撩一下，头一低又扑撒前来，便头并没抬，双手把头发绾起来，绾成一个小纂儿在头顶，样子倒像是个兵马俑。小方好像比以前高了，侧身站在西边柜台前装茶袋。小甄则高高地站在凳子上往一排柜架上摆茶饼，已经摆上几十个茶饼了，茶饼的包纸上都写了名：忙肺，莽枝，昔归，班章，蛮砖，易武正山。她还在咕哝着说：瞧我这字，我咋就写得这么好？！

伊娃的到来，使所有人都停下了活计，爆发了欢呼。伊娃也是和每一个店员都拥抱了，从双肩包里取出唇膏发散，小唐她们也不拒绝，当下掏出小镜子就各自涂抹。唇膏的种类不同，涂抹过的口唇也各种颜色，便相互打趣嬉闹，连买茶的那个男的都说：喜鹊窝戳了一竹竿么！伊娃再拿出巧克力来送，也给了那男孩一盒。小苏、小甄说：这怎么吃呀，才涂了口红。却还是第一时间，张大了嘴，把巧克力放到齿后，再抿了嘴咀嚼。伊娃问：海姐呢？她也称呼海若为海姐，尾音上扬，倒显得亲昵好听。小唐翘着舌头说：海姐一早出去办事了，过一会儿可能就回来吧。伊娃说：你学我？小唐就说：方言说得不地道了！普通话是四声，西京话只有平声和仄声，最后一字要下坠。伊娃不好意思了，耸耸肩，做了个鬼脸。小唐说：美人做鬼脸才最丑哩！却扬头喊：张嫂张嫂，收拾毕了没？二层楼梯口有人应道：好了！小唐拉伊娃上了楼梯，张嫂也拿着拖把从楼梯上下来，给伊娃一个表情，说：我沏一壶茶啊。小唐说：这是老板的朋友，沏单枞。

上到二层，和一层一样的大通间，东西各摆有柜子、桌子、椅子、几案，全是崭新的仿明式家具，上面放置了玉壶、梅瓶、瓷盘、古琴、如意、玛瑙、珊瑚、绿松石和各类形态不一的插花。靠北一长案上趺坐着一尊汉白玉石佛像，高肉髻，宽额，大眼横长，双手重叠于胸前做禅定印。佛像前的香炉里三支檀香才燃过半，烟柱直直上升，约莫一米处却软了，形成一团乱丝。而靠南的是一张罗汉床，上面堆了几摞书册和一个珐琅盒，盒里十几个方格，满是串好的或还没串好的手链，七色彩绳卷和珠子。珠子有珍珠的、菩提子的、水晶的、紫檀的、玉石的，光色充满，宝气淋漓。伊娃微笑着，她熟悉这些佛像、瓷瓶、如意、古琴，以及那个珐琅盒，先前都是在一层布置着，现在倒摆在了二层。伊娃说：嚯，生意好，店面就扩张了！小唐说：海姐说这里才不卖茶呢。不卖茶？那是海若给自己开辟个独自清静的空间?！那海若也真是会享受啊！伊娃就站在罗汉床前，欣赏起墙上的画。

任何民族都喜欢把大自然中的东西变样儿来装饰自己的房间，比如伊朗地毯，那是草原；意大利的石板，那是海洋；中国水墨画直接就是山水林木，鱼虫花鸟。现在西京城里的房间里，人们习惯着挂一幅画，或者水墨画，或者油画，这里竟然是壁画，四面墙全是壁画。西墙窗子的两侧分别绘制一尊立于覆莲座上的力士，身体粗短，大眼圆睁，黑发束于头顶，戴项圈，上身及双腿袒裸。覆莲座扁平，其莲细茎，花瓣窄长，均为纵向，高低参差。北墙分了三部分，第一部分东西两端是山林，林中忽隐忽现着虎、鹿、狐狸、锦尾鸟。第二部分是东端山林内侧的门吏和一棵与门吏齐高的树。树枝叶茂盛，上有云朵。门吏束髻戴冠，上身外披衲裆，内着阔袖长衫，下身穿宽腰长裤，手执仪刀。第三部分是树与两端山林之间，靠西为一座华丽的舍利塔，塔刹自下而上由方形两层叠涩须弥座，五层瓣状边缘华盖，桃形火焰摩尼宝珠组成。靠东跏趺而坐释迦牟尼，下边卧两只瑞兽，左边站立两尊菩萨，右边站立两尊菩萨。释迦牟尼的背光圈外，两边三层都是飞天。第一层左右两个飞天身子平行，衣袂浮起，一手下垂，一手捧着花盘。第二层左右两个飞天身子呈波浪形，飘带上曳，双手将花盘拱举头上。第三层则是左右两个飞天相向而卧，双脚外侧，双手搭于身前，飘带在各自头上呈光环状。再往下，是十个僧人一字排开，体态较小，手持莲花，外披双领下垂式袈裟。东墙以小窗分南北两部分，北部北侧为轮廓简约的山林，南侧有蹲踞或行走或奔跑状的大象、盘羊、兔、猴子。旁边有一跪于绳床的僧人与一立姿僧人。绳床较高，床右为一根纵向细长茎莲花，下面竖置净瓶，小喇叭口，束颈高圈足。跪姿僧人微侧面南，立姿僧人位于床前。床及山林动物之间有云朵纹和太阳纹。太阳以白彩涂满，内以黑彩绘一面南展翅翘尾侧立小剪影式三足鸟。南部又是山林，中间为一高台，高台屋顶歇山式，正脊和垂脊端头装饰弧尖状鸱吻。上方可见线绘的圆形月亮，内有蟾蜍。南壁自东向西分成四组，全以连续山林为背景，绘有跪姿僧人，奔跑的狮子，俯瞰的鹰隼，引导人，手持仪刀的门吏。引导人上身微前倾，似作行走状，身穿宽大的交衽阔袖袍服，手持短弧茎莲花。

伊娃看得入神，不觉双手合十，静默了半天。张嫂端了一壶茶上来，小唐从柜子里取出两个茶杯，举着一个说：你瞧瞧，还是这个北斗七星杯，海姐一直还给你留着。

这是一只手绘的小瓷杯。当年从景德镇进购了一批茶器，拆开包后却发现碰坏了三只杯子，小唐要退回去再换新的，海若却找了小炉匠，将三只杯子锔了小小的银钉补好。一个杯子锔了三颗，一个杯子锔了两颗，还有一个锔了七颗，形状倒像是北斗七星。过去的年代生活贫困，在瓷器上锔钉是一种寒碜，现在在瓷器上能锔钉，则显得高古和美观，就像漂亮的姑娘偏要在光洁的脸上化妆出一个痣来。伊娃喜欢，海若就说：那这算你的专用杯了！伊娃没想到五年了，北斗七星杯还给她保留着！伊娃说：她能感觉我回来？小唐说：你肯定回来！伊娃一时感动，身子犹如顶了一颗露珠的草，轻轻颤抖起来。

小唐陪着，喝过三杯，伊娃沁出汗来，脸上红是红，白是白，才拢了拢头发，楼梯上有了脚步。两人都停了杯，小唐说：回来了！伊娃还未起身，一个声音就先上来：是不是？啊哈活佛没到，伊娃倒先来了！接着海若就冒出头，站在了楼梯口。一身绛色长衫，黑裤黑皮鞋，胸前还挂着那块白玉，耳朵上还是那双翡翠坠子，只是长发剪成了短发，显得比先前还瘦了一些。伊娃才要张口，海若却大声说：肯定是昨天就到的西京，也不先给我打个电话?!伊娃一下子变小变弱,扑过去抱住了海若,她比海若高,却把头埋在海若怀里,嘤嘤哭开了。小唐便悄然退下楼去。

海若抚摸着伊娃头发,金黄色的如海藻一般,再捧起脸来,说:让我看看,是胖了还是瘦了?伊娃乖着嘴说:你看,你看么。海若说:没有变化!昨天几时到的?伊娃说:晚上进的城。海若说:晚上那些破旧和肮脏的东西都隐藏了,辉煌灯火里是不是觉得都是时尚和繁华啊?伊娃说:没想到早上起来却是这么大的雾霾。海若说:雾霾是大,喉咙肯定会不舒服的,出门就戴上口罩,要多喝水,有润喉片吗?从口袋掏润喉片,伊娃按住了她的手,说:得我先给你送礼品!打开包,取出一件俄罗斯披肩,一件老银货手镯,最后取出了一件套娃。海若说:啊,这个好!拿着套娃,提起一套是一个女人,再提起一套是一个女人,连提了四套。海若说:呀呀,一个女人变成五个女人!伊娃说:这就是你么,妻子,母亲,茶老板,居士,众姐妹的大姐大。海若说:我没丈夫么,给谁当妻子?!伊娃吃了一惊,有些不好意思,也不再问原因,说:对不住啦海姐。海若说,这有啥对不起的,我还有个角色就是有个洋妞妹子么。这次怎么就想着回西京了?伊娃说:想你了呗。海若瞧着伊娃,伊娃的嘴翘翘的,像是花瓣。说:会说巧话了!伊娃说:就是看看你们么。如果可能了,也跟你学学卖茶,将来在圣彼得堡也开个茶庄。海若说:好么好么,我才收拾了这二层房间,你就来上班吧,我给你开工资。伊娃说:真的?海若说:当然是真的。伊娃就在海若脸上吻了一下。海若说:你觉得这房间布置得还可以吧?伊娃说:这倒像是个佛堂似的。海若说:就是要做佛堂的。以前总是去吴老板那儿的佛堂礼佛,吴老板联系了一个西藏活佛要来,答应让我也接待几天,我就租了这二层的房间,活佛来了就住在这里,活佛走了,我心烦了也可以在这里独处。再是,那些姊妹来,总不能在一层待着,她们影响营业,营业也影响她们兴致,在这儿怎么闹腾就怎闹腾了。伊娃说：你那十姊妹我只见过三四个，这次我可要全认识哩。

说了一阵儿话，伊娃觉得哪儿有什么在响，像是铜丝在颤。海若说：那是蜂鸣。伊娃说：那个蜂箱还有养蜂吗？海若说：你看到一层隔间里的老太太吗，她类风湿腿一直疼，两三天得来捉了蜂蜇膝盖的。扭头却喊小甄。小甄上来，嘴唇涂得血红，笑着，牙齿也染红了。海若说：上班哩，你把嘴抹得那么艳?！小甄说：伊娃送的唇膏，我试了试。从抽纸盒往出抽了纸要擦。海若说：抹了就别擦了。伊娃都知道给你们送礼物的，你们给伊娃又送什么了？小甄说：今日中午我请伊娃吃饭，商厦大楼上有家老卤蒸面的，伊娃肯定没吃过。海若说：这老卤蒸面你可是说要请我的呀，一个月没见你落实过。小甄说：这次和伊娃一起请！伊娃只是笑。海若说：伊娃明日就在茶庄上班，你要多帮着她。小甄说：是吗？我要收个洋徒弟了！伊娃就势拱了手，说：师父！小甄早揽了伊娃的腰，还要伊娃再叫一声师父，大声叫，让楼下一层的人都听见。海若说：别把伊娃也带得油腔滑调啊！

小甄拉了伊娃下楼，小甄说：都听见了吧？小唐看着她，小苏、小方说：外边风在吹哨子？小甄说：伊娃明日就到茶庄上班，海姐让我带着她。伊娃，你给大伙说，是不是？伊娃说：是。大家多包涵！小甄说：伊娃你把那个圆凳拿来，让我歇歇，这脚今天咋这疼的！圆凳还没拿来，小唐就说：伊娃是咱员工了，小甄你取一份十三条，让她先学习学习。小甄噘了一下嘴，但还是去抽屉里取了一张塑封的纸给了伊娃。小苏笑了一下，但没出声，低头只拣茶梗。

伊娃看着塑封纸，上面写着十三条：一、饮食节制。二、言语审慎。三、行事有章。四、坚毅果敢。五、尚俭助人。六、惜时勤奋。七、真诚可信。八、正直不阿。九、中庸适度。十、居处整洁。十一、内心宁静。十二、节欲养神。十三、谦逊待人。伊娃说：哇，这是守则还是美德？小唐说：是美德十三条，海姐读书摘下来的，做了员工守则。伊娃吐了舌头。

海若从楼上下来，换了一件蓝色长衫，肩膀上搭了伊娃送的俄罗斯披肩，让小方装一筒白茶。小方说：给谁的？海若说：陆以可。小方装好茶，给小唐说：记上，陆以可安吉白茶一筒，一千元。小唐取了记账本要记，海若说：这是我送她的，不记了。小唐说：咱是做小生意的，你总是送这个送那个的，这么多人忙活一天的利润就没了。海若说：都是姊妹们，人家要买的从来都是掏钱买，送是送的事么，让她尝尝这新到的茶。小苏又是抿嘴笑。小唐说：你笑啥？小苏说：没笑啥。那个买茶的男的站在架子前看茶具，取下一只银壶来，问小苏：这什么价？小苏朝小唐努努嘴：这得问二老板。小唐说：两万零五百五十元，真心要，给你打折，两万零五百吧。男的说：这么贵呀！小唐说：一分钱一分货，这是从日本进口的，纯银。男的说：再便宜些了我买一个。小唐说：旁边的那个铁壶便宜，五百三十元。男的就放下银壶，提了买的茶出了店。小唐倒低声给小苏说：他是瞧你漂亮搭讪的，哪里肯买壶？谁是二老板的？小苏说：你在我心目中就是二老板么。小唐说：你看看阿姨好了没，还要蜇的话，就去再弄几只蜂来。自己倒瞥了海若一眼。海若装着没听见，和伊娃说话。

伊娃说：海姐，你这十三条我可做不到啊！海若说：做不到就做不到，你是临时员工，又是外国人。伊娃说：那你又要出去？海若说：我有个急事得去见陆以可，一会儿就回来，小甄还请咱俩去吃老卤蒸面哩。小方就叫起来：咦，咦呀，请老板吃饭？！小甄说：我可不是贿赂老板呀，你们都不请伊娃吃饭，我请的，只是让老板作个陪。海若说：我哭呀，我这老板当得不如伊娃！大家就笑，都说：那我们都要作陪！小甄说：行么行么，十三条第一条就是饮食节制，只要想成大胖子，咱都去！伊娃说：陆以可我见过，我能不能跟你一块儿去？小甄说：老板没让你去，你咋就要去？伊娃说：我明天才是员工哩，师父！海若笑，说：你不累？伊娃说：不累。海若就拿了茶筒，和伊娃出了门。

店外风还在吹着，已经看不见了雾霾，难得看见街道对面一切都清亮。一辆公交车停在那里上人，门再合上，像两只手作了个揖，就开走了。但停车场上，管理员又和一个司机在捣嘴。管理员穿着蓝色制服，总是皱皱巴巴，头发荒乱，没有个威严，常常指定了停车点而停车人不听指挥，或停了车不肯交停车费，就争吵起来。争吵又不能赢，便对那些路过的拾荒人横加指责，对在书刊亭边摆地摊的人野蛮赶撵，凶恶咒骂，呸呸地吐唾沫。海若就把他叫过来，劝他不要吐唾沫，当心逆风，也不要对那些可怜人施威，你是管理员不是蝇拍子么。末了，看着他嘴唇干裂，腰里挂着的杯子空着，让去茶店装一杯茶水。

海若领伊娃朝那辆红色的丰田走去，她在感慨着时下的中国，风是最好的东西。北京的雾霾虽然比西京严重得多，可北京有大风呀，大风一来雾霾就没了。自古以来都说西京风水宝地，风水讲究的是背山、面水、向阳、避风，正是这避风坑害了西京。伊娃听着，倒戏谑这风水理论该修改啦，就听到有人在喊海老板。停车场的右边冒出一个人，身子滚圆，光头粗脖，一倾一倾地跑过来。伊娃眯了眼说：瞧这跑的样子像狗还是像熊？海若说：那就是狗熊。两人就笑着等那人跑近了，才严肃起来。

海若并不认识来人。来人说：我是章怀，冲浪公司的。海若说：西京不靠海，冲浪？章怀说：给你说吧，搞拆迁的，商厦那里原来的村子就是我们拆迁的。你不认识我啦?! 海若说：对不起，来茶庄的人多。章怀说：我是严念初的表弟，上次开车送她来店里，还认识你们众姊妹中的好几个哩。海若说：哦，你这发型变了么。章怀嘿嘿地笑着搔头，头上出现几道红印子。海若说：我出去办个事，你进店喝茶吧。章怀说：你们店里不是只卖茶不卖茶水吗？海若说：对外不卖茶水，念初的表弟来了还不给喝？！章怀说：不喝了，冯迎托我来捎个话，碰着你就给你说了吧。海若说：哦？章怀说：昨天在朱雀路碰着了冯迎，她好像很急，要我捎话到茶庄，说是有个叫羿光的欠着她十五万元，她又借了叫夏什么花的二十万元。海若说：夏自花？章怀说：对，是夏自花。冯迎说让羿光直接给夏自花十五万，剩下的五万她让她妹妹再给夏自花。海若却一下子变了脸，说：你昨天见到了冯迎？章怀说：昨天上午呀。海若说：这怎么可能？冯迎十天前随市书画家代表团去了菲律宾，不会这么快就回来。就是回来了，她不来茶庄却让你捎话？！你见的是不是冯迎？章怀说：是冯迎呀，她烧成灰我也认得！海若说：话难听！章怀一愣，忙说：我老家的话，比喻，比喻，意思是强调认得的。冯迎左腮上有个痣，穿的是白西服，浅花裙子，是不是她？海若说：她走时是穿的白西服浅花裙子。章怀说：她说的人和事对不对？海若说：人名都对，账的事我不清楚。章怀说：反正我把话捎到了。却偷眼看伊娃，说：这老外脸白得像蒸馍啊！海若说：哪有用蒸馍形容脸白的？！章怀还要伸出手来摸，海若用茶叶筒打了一下，说：脏手！赶走了。

　　伊娃问：冯迎是谁？海若说：冯迎、夏自花、严念初都是我们姊妹伙的。冯迎喜欢画画，茶庄二层上的壁画就是她介绍的画家来画的。两人坐上车了，海若就给冯迎拨手机，手机没开，说：这怎么回事，他见的不是冯迎吧，可说的又像是真的？

　　一阵子风从樱树那里旋着过来，花瓣如鳞片一般撒在空中，汽车从停车场往出开，后视镜竟然都看不清晰。这情景使伊娃想起了一个成语：弥天大谎，但她看了看海若，没有说出口。

三　陆以可·西涝里

旧城的西涝里还是棚户区，巷道逼仄，房屋老朽，各种电线被束成一捆如黑蟒一样穿过那排法国梧桐树。这些法国梧桐都是二十世纪五十年代移植过来的，原本可以高大成材，但为了电线的通畅，中间的枝股从几十年前就被无数次地砍伐，树桩越来越疙疙瘩瘩，两边的枝股也便七扭八歪，丑陋不堪。只有巷道北头的空地上孤零零地竖着一幢楼。

楼前有个喷水池，却没有水，池子里落着厚厚的尘土。旁边倒是栽了几种健身器械，两个人双手挂在单杠上，一动不动，像是在吊死。一个人则将脊梁不停地撞篮球架的铁柱子，咚咚，一只鸽子飞来要歇脚，又飞走了。有了二胡响，循声寻去，有人就坐在远处的砖垒子上，低着头，看不清眉眼，把悲风中得来的音调变成了一种哀伤，可能是常在那里拉，也没听众。

海若说，陆以可的能力广告公司就在楼的十三层。

海若和伊娃要上楼的时候，电梯门开着，轿厢开得老高，两个浑身油污的工人蹲在下边敲敲打打。问：电梯坏了吗？并没有回答。再问：还要等多长时间？两个工人依然没有应声，眼睛翻着看她们，白多黑少。海若拉了伊娃就出了楼道，仰头朝楼上望，一时数不清十三层的窗户。伊娃说：这里环境不好。海若说：这楼上有住家户也有公司，人是杂。她拨通了手机。

手机里传来陆以可声：真是邪了，刚想到你，你就来电话啦，咱俩有心灵感应啊！海若说：别自作多情！陆以可就咯咯笑，说：在哪？海若说：在你楼下。陆以可说：快上来啊，我才买了一箱拉菲！海若说：电梯坏了。陆以可说：一小时前我回来还好着呀，怎么就坏了？嘿嘿，过去文武官员见皇上都要下马的，你要见我也不容易么，那就撅了屁股爬楼吧。海若说：啊呸！你给我下来。陆以可说：我跑了一上午，高跟鞋把脚都磨破了。海若说：下来！

伊娃一直偷着笑，说：咱是寻她来的，你让她下来就下来？海若说：我强势了？伊娃说：是强势。海若就笑了，说：姊妹里她和我最铁，用不着客气，你见过家里人见面还握手吗？果然一会儿一股子香气，陆以可一瘸一跛地从门道里出来了，穿着牛仔裤白衬衣，脖子上挂着一块玉，脸上涂脂抹粉着，但眉毛画得太夸张了，长得要插入鬓角。伊娃先叫了一声：哎哟，用的啥牌子，这香啊？陆以可说：体香！定睛见是伊娃，哇地就上来拥抱了，问是什么时候来西京的，第一回到她的公司来了，却遗憾没能上去。海若说：瞧你这妆化的，别吓着伊娃！陆以可说：是不是？平日不化妆，也不会化妆，可上午去市政府总得捯饬一下么。人家局长还说漂亮哩！海若撇着嘴，说：局长是老头吧，老头看女人能有不漂亮的？陆以可说：新上任的柳局长，年龄刚过了四十。海若说：凡是赞美花的，都是想着能把花从枝头掐下来！陆以可说：他没掐着我，倒是我把他拿下了！海若说：批了几个广告牌？陆以可说：一个，在机场路上的。海若说：咦，就一个广告牌倒买一箱的拉菲？陆以可说：这已经不容易啦！广告牌竖起来了，未招商之前给你茶庄先做一个？免费的。海若说：茶庄用得着吗，我只做回头客的生意。陆以可给伊娃乜眼，说：人和人不一样吧？伊娃只是笑。陆以可说：不上公司了，那我请你们吃饭吧，前面西门里有家叫虾塘的馆子。海若说：不是来向你要吃饭的噢！把陆以可拉到了一边。

伊娃知趣，拿了手机去拍那个拉二胡的人。健身的已经走了，篮球架下却坐着了一个老太太。不远处还坐了一个老太太，带着个孩子，从口袋掏核桃砸了，把核桃仁喂进孩子嘴里，再捏了孩子鼻子，说：擤！擤鼻！鼻涕捏下来摔在地上。那个老太太就挪身过去搭讪，好像在相互问起哪里人，儿子在什么部门上班，把你从乡下接来住的吗，或是女儿进城打工了，你来给带孙子的？孩子一边嚼着核桃仁，一边不安分，从奶奶的兜里掏出核桃自己也要砸，可砸偏了，核桃竟在地上跳跃，骨碌碌滚到伊娃的脚下。伊娃想，这核桃知道自己被砸，还这么快乐？！

海若说：我托你办的事呢？怕是只顾自己的生意，把事丢到脑后了吧。陆以可说：我能不晓得个轻重缓急？！公司年轻小伙十几个，我先征询意见，愿意献血小板的只有三个，也该是夏自花病要好呀，经检查，三个人中就还真有一个符合标准的！小伙姓高，蛮帅的。海若说：这是治病哩，哪在乎帅不帅？陆以可说：夏自花吃菜讲究菜要长得好的，吃鱼讲究鱼也要长得好的，小高如果太丑，我还不愿意的。已经谈妥了，就看几时去医院？海若说：谈了什么价？陆以可说：就给六千吧，他在公司工资是三千，这抵住两个月的。这钱我来掏。海若说：不让你掏，大家分摊，表达个心意么。小高是哪里人？陆以可说：陕南山区的，来城里打工了三年却换了四个公司，来我公司后早晨上班总是迟到，大家意见很大，提议辞退他。我问了情况，才知道他爱诗歌创作，夜里都在写，但写了又发表不了，仍痴心不改，这倒令我感动，才把他留下来。没想在这事儿上起了大作用！海若说：真是要感谢他！这样吧，在你那儿多干室外活，也不合适他，让到茶庄来上班，我给他四千元，既然爱写作，早晨可以迟来一小时，还能有机会接触羿光老师么。

说完了话，海若就打电话，一会儿给一个人说血小板的事已经弄好了，没想到一切顺利，都是天意吧，病该好了。接着又给另一个人电话，好像是让告诉那医生，又好像是医院里调换单间病房，需要给院长说说。海若就有些急，声音高了起来。

拉二胡的人还在拉，声音像扯锯，在锯天空。伊娃不拍照了，近前说：大爷，你能停止吗，那边在打电话，重要的电话，你这样拉二胡会影响别人。拉二胡的人手没有停，拿眼睛瞪着。伊娃说：我说的不对吗，你还瞪我?！陆以可过来把伊娃拉走了，说：那不是瞪，你没发现他一只眼睛是假眼球吗？伊娃还有些生气，过了一会儿，问陆以可：是海姐的家人病了吗？陆以可说：是我们的一个小姊妹，叫夏自花的，你认识不？伊娃说：你们众姊妹我只知道三四个，叫夏自花的不认识，病得厉害吗？陆以可说：是白血病，人已经躺下起不来了。医院要给她输血小板，但肯献血小板的人很少，得病人家属去想办法，夏自花就只有老娘和一个孩子，老娘严重的风湿腿，孩子才两三岁，他们怎么想办法？伊娃唏嘘了半天，倒想起在茶庄见到的老太太和小男孩，便问夏自花的老娘是不是白头发，孩子很皮，一对招风耳？陆以可说：耶，你知道？伊娃说：早上我见他们在茶庄。陆以可说：只要在茶庄见过，肯定就是，老太太得了个偏方，每过三四天就去那儿用蜂来蜇腿的。伊娃说：哦，我就疑惑茶庄怎么还养蜂的？陆以可说：城里是不允许养蜂的，夏自花为了给她娘治病，特意去街道办申报了的，但要求蜂箱必须架在高处。茶庄原来是两个店铺，两边的店铺就是夏自花的烟酒店，蜂箱也就架在楼二层的窗下，后来海姐接了两个店铺变为茶庄，蜂箱便一直还保留在那里。陆以可说着便叹息起来，说：咳，本该是夏自花要伺候她娘的，如今倒是她娘拖着病身子来照顾她和她的孩子，可怜的。伊娃说：是可怜。那孩子的爸爸呢？陆以可却不说话了。伊娃愣了，以为是孩子的爸爸去世了，或是夏自花离了婚，就说：是不是我说了不该说的话？陆以可说：这倒没啥，只是我没见过孩子他爸爸，夏自花从来没提起过，我也是不会问的。说着，看着伊娃笑了一下，说：或许海姐知道吧。伊娃闭着嘴嗯了嗯，也就转了话头，说陆以可脚上的平底鞋好看。

任何人有了手机，手机就是了上帝，是神，被控制着也甘愿被控制着。海若就一直在打电话。她每打一个电话开头都声调很高，似乎在训斥，接着就声音软下来，步子踱来踱去，后来转起圈子了，像乡下的牛在推石磨。牛推石磨怕牛晕，得用黑布蒙了牛的眼，海若是转得久了便举了头望天。伊娃和陆以可在等着，伊娃说：她咋有那么多的电话？陆以可说：可能在请求给夏自花调整一个单间的病房吧。伊娃说：求人还那么强势的？陆以可说：你不知道，她老是给我分配活，即便要让我给她帮忙，她也是先把我镇住了然后才说事的。大前天茶庄急需几个劳力，要我派几个工人去，她给我打电话，开口就是你最近是不是对我有意见了，是我生意比你做得好，还是我漂亮，你嫉妒啦？我说没呀没呀，你生意就是比我做得好，你就是漂亮。她说那我的微信你为什么不点赞，十天了你也不来茶庄？我说你的微信我还没顾得看哩，今天还想着就去茶庄呀。她说你现在就来，来时带上四个工人。伊娃说：那你带了工人去了？陆以可说：去了呀，不去好像我理亏似的。两人就笑起来。

海若还打着电话，拿眼睛往这边看，好像电话要结束呀，却又停在那一行冬青前，一边继续打电话，另一只手就有一搭没一搭地掐冬青叶子。电话打了三分钟，一枝条上的叶子全掐光了。伊娃便走过去，说：冬青疼啦！海若这才意识到自己在掐叶子，电话也终于打完了，长长吁口气，却指着陆以可说：你和伊娃说我坏话了？！陆以可说：说了，说你应该把手机砸了！海若说：砸你个头！扔过来的却是她从口袋掏出来的茶叶筒。陆以可接住，说：送我的？海若说：白茶！陆以可说：要送白茶就送白牡丹茶饼么，熬茶饼加点盐，味道才好哩。海若说：不肯要了就拿过来！见海若伸手来夺，陆以可在怀里抱得紧紧的，招呼着去西门里的虾塘店去吃虾。海若说：你还真要给伊娃接风呀，要吃就去家大酒店，把大伙都叫上。陆以可说:吃大餐以后有的是时间，今日你二位到我这儿了，咱还是吃虾。

因为去虾塘店路不远，那里又不好停车，三人就步行着去。

经过一条横巷，两边墙上有白灰画成的圈，圈里都写着个"拆"字。而那些大杂院没有了大门，里边除了几间砖墙脊瓦的正房外，充塞了高低宽窄的棚屋。棚屋有的是水泥抹的顶，有的是塑料板搭成，还有油毛毡的，上边压着木条和石块。屋棚下堆集了各种东西：三轮车，自行车，砖垒子，作废的门框，旧电视机，大小不一的陶盆里长着鸡冠花、兰草、仙人球。伊娃往里看的时候，院子里有人也往出看，伊娃就把目光避开了，移到一棵并不粗的柿树上去，想象着到了冬天，树梢上还有一颗柿子，那是留给乌鸦的。陆以可说：海姐，这些大杂院都有门墩，上面雕刻着各种图案，谁要是拍照了出一本图册，也是一份城市历史的记录。海若话到口边，手机又响了，但立即黑了屏，说：没电了，把你手机给我。陆以可给了手机，海若快步向前去回拨了通话。伊娃说：这是要拆呀？陆以可说：拆呀。伊娃说：也该拆了。回头望了望远处那幢高楼。陆以可估摸到了伊娃的意思，说：伊娃伊娃，你听不听一个故事，是关于这里的。伊娃说：听呀，洗耳恭听！调皮地还真搓了搓耳朵。

陆以可就说起来。那可是好多年前的事了，就在那棵柿树下，围着一堆人。有一位姑娘本来是路过的，她才没有兴趣凑过去看热闹，却这时有声音说：你来呀，来呀。声音好像是从人堆里发出的，声音又挺怪怪的，她就顺脚前去，人堆中原来坐着一个修鞋匠正给人修鞋。修鞋匠头低着，嘴里嘟嘟囔囔，当把一只鞋钉好了掌子，往身边的木箱上放时，抬起了头来，那一瞬间，她看了他，他也看了她，她就惊住了：父亲！是父亲？！那是往脑后梳的发型呀，因为额不宽,头发又浓密,只能往脑后梳着才好看的。而且是大鼻子,截筒形的那种,嘴唇很厚,两角还稍稍下垂。这就是父亲啊,年轻时的父亲,这样的形象一直在她的记忆中。她没有叫出声来,还是看他,他好像也知道她看他是她的父亲,又伸手把木箱上的鞋拿起来重新放好,脸还是仰着,意思是让她再看看,然后才低下头去修另一只鞋。

她的父亲已经去世三十多年啊,但他就是她的父亲,难道世上有和年轻时的父亲长得一模一样的人,或者是再生人,是父亲的又一世也三十多岁了?!

姑娘退出人堆,回到所住的宾馆,一个半天和一个整夜,脑子里都在想这件事。不管是酷似还是再生人,为什么在这个城市遇见了他?虽然当时她没有说话,他也没有说话,可他脸上的神色分明是他和她是有着关系的表情么。姑娘想着他必是固定地在那里修鞋,她还要去看他,但她奇怪地连病了三天,等到三天后去了那里,他再也没有来了。她越发相信那是父亲来昭示她什么的,于是就留在了这个城市,买下了这个街区的房子。

伊娃听着这个离奇的故事,浑身都战栗了,睁大眼睛看着陆以可,说:啊,那个姑娘呢,那个姑娘是谁?陆以可说:就是我。伊娃说:陆姐,你为什么要告诉我这个故事呢,它让我害怕,也太伤感。陆以可说:你不是疑惑我怎么就住在西涝里吗?伊娃一下子抱住了陆以可,脑袋搭在她的肩上,脸像烤着了一样烫。

海若在前边回过头了,看着陆以可和伊娃,陆以可和伊娃就分开来,但海若并没有说什么,还是在接听电话。接听电话着,海若就高了声:向其语,向其语,你不要给我狡辩!接着却在柔和地叮咛这样又叮咛那样,说:记住了没有?你给我重复一遍。陆以可悄声说:向其语怎么啦?伊娃问:向其语是谁?也是你们姊妹伙的?陆以可嗯了一下,却说:我原籍是武汉,一岁时母亲就死了,是父亲把我带大的。高中二年级，青春叛逆期，一心要摆脱父亲，辍学就到社会上做生意，去过北京、上海，也去过深圳、成都，一直漂泊不定。来西京旅游时经历了那件事，才定居下来，生意也顺当，有了自己的公司，后来就结识了海姐。

　　走到西门里，那里有个大的广场，广场南头的三角地带，大多是些饭馆，门面都小，招牌却非常大，其中就有一个是虾塘。海若吩咐陆以可：你去给咱订包间点菜，我和伊娃到前边那间艺品店转一下。陆以可说：那个小店铺的，能有啥入眼的东西。海若说：上个月我去转过，有一件台湾来的廊鱼，我给羿老师提说了，他有兴趣，我拍个照片了让他再看看。陆以可撇了撇嘴，说：那你们往快点儿。海若说：菜点好了给伊娃打电话。伊娃把手机号码告诉了陆以可，蹦蹦跳跳地跟着海若去了。

　　进了艺品店，店老板和一个人在说话，给她们点了一下头后，话又继续着。说的好像是关于西京的地理和风的走向：这么大的城市竟然没留出风通道，风不顺畅，雾霾能不弥漫吗？说着说着就不满市政府了：专家们是规划了三条大的风通道，只建成了一条，再建另外两条时，是香港的房地产商人看中了风通道上的地盘，市政府便以发展经济为由，把风通道的规划否定了。妈的，他们在骂：城市发展已经使一代农民妻离子散，再还要以环境污染为代价吗？！海若到处找也没找到那件廊鱼，问店老板，回答是昨天卖了，问还有没有，回答那是稀罕物件，只收到一件哪会有第二件？海若十分遗憾。出了店，伊娃说：小店老板倒热衷议论政府的事？海若说：凉粉摊上常有人为联合国的什么决议争得面红耳赤的哩！伊娃说：这个城市的人有趣。海若说：经济不好的城市饭馆多，混得艰难的男人关心政治么。伊娃说：男人？女人就不关心政治？！海若怔了一下，说：在中国啥能没政治？自个儿一笑，伊娃也笑了。伊娃说：艺品店怎么卖鱼了？海若说：不是吃的，柚木刻的鱼，挂在寺庙走廊里,来香客了,香客一敲笃笃响,殿里的和尚就知道了。伊娃说:那为什么敲木鱼而不是敲鼓呢?海若倒一时回答不上来了。

接到陆以可的电话,海若和伊娃进了饭馆,上楼,寻十一号包间。一推门,里边倒有一个男的,大高个,小脑袋,头发油腻,却在后脑勺束了个小辫儿,一身白色的中式宽腿裤和对襟褂,都是土织布,皱皱巴巴的。海若忙把门拉闭了,往前又走。伊娃说:那人啥打扮?海若说:不是画家就是音乐家吧,他们觉得这是艺术范儿。伊娃说:脏兮兮的。但身后门却开了,陆以可说:是这儿,是这儿。陆以可旁边就站着那男人。海若说:我以为进错包间了。陆以可说:我刚才在洗手间。这是范伯生先生,市书画研究会的,和羿老师熟,和冯迎也熟,我还是在冯迎家见过一面。正好在店里碰着,就一块儿吃饭吧。范伯生说:不好意思,听说海若女士也来吃饭,我也想结识结识,海若女士果然惊若天人!海若说:这话怕不适合你的嘴吧!范先生笑了笑,一嘴的黑牙,说:是美女,大美女!海若说:我能有陆以可美吗,能有这俄罗斯的伊娃美吗?范先生说:都是美女,你更有骨相美!海若摆了摆手,想起冯迎了,说:你和冯迎熟?冯迎去菲律宾了你知道不?范先生说:那个访问团就是我参与组织的,本来我也去的,老娘突然生病住院才未成行。海若说:访问团还没回来吧?范先生说:没回来呀,他们原计划要多待些日子的。海若说:胡说的,果然是胡说的!范先生说:我,我没有打诳语呀?!海若说:哦哦,不是说你,我想到别的事啦。说罢,请范先生入座。并安排了伊娃挨着范先生坐,伊娃出去一下,回来却坐在了海若和陆以可中间。

海若说:这虾塘还真是有名了,范先生也来吃呀。范先生说:我也是第一回,羿光老师托我来这看看前边艺品店的一件木刻廊鱼的,可人家已出售了,逢到饭口,过来吃饭就碰上了陆以可。海若笑了,说:我也是给羿老师去看看的,算他与廊鱼没缘。范先生说:

啥都有个缘分，上月五号，浙江来了个大老板，喜欢收藏，我特意推荐羿老师的书画作品，人家也同意一次买二十张书法，我给羿老师打电话，他竟然去陕北高原采风了。肉片子送到口边，吧嗒，又掉到地上了。海若说：你倒给他拉生意！范先生说：我每年让他赚个五百万吧。我认识的企业家多，咱市上的书画家我差不多都给拉过。海若说：那书画家回赠你的作品就多了！范先生说：是不少，但我一张都不卖。艺术作品么，越往后越有价值，急着变现，肉价就成萝卜价啦！

海若觉得有些热，脱了外套挂在衣架上，又到洗手间去补妆。伊娃也跟进来。海若说：我们说话你听得懂？伊娃说：每句话都懂，但说的意思不懂。那人夸夸其谈。海若说：风箱越是鼓胀，很快就空洞么。开始补眉，说：一天不画眉，就感觉没长眉毛似的。伊娃说：是不是眉梢扬起来？海若说：我这脸形不宜那么扬，扬起来就像陆以可了！两人在洗手间嘻嘻哈哈，半天不出来。

陆以可说：你认识那么多企业家，也给我介绍几个么。范先生说：陆以可呀，你是做什么生意的？陆以可说：我在机场路上有块广告牌。范先生说：我好多朋友每年广告费大啊！机场路上的位置好，怎么只有一块广告牌？陆以可说：批准个广告牌不容易呀。范先生说：工商局有个副局长是我乡党，我们常在一块儿搓麻将，几时再搓了，我喊你过来，慢慢就熟了，人么，就是个感情动物！陆以可说：好啊好啊，我加你个微信。范先生打开手机，陆以可近前用自己手机照。她的手指又细又长，嫩若葱管，指甲上并没有染色，只是涂了油，倒显得粉红透亮。范先生说：真漂亮！陆以可说：你是说我手吗？范先生说：你能去做手模啊，这是我见过最美的手！陆以可说：人常说美人总有一陋，我是丑人还有一美呗。坐回座位，菜就继续上桌。陆以可喊：哎，哎，你两个快出来，吃饭呀，还补什么妆？

菜是先上了一盘小酥肉，一盘炖豆腐，一盘烧鹅，一盘炒百合，再就是十份大虾，糖醋的，椒盐的，麻辣的，焖、炖、蒸、煮，各是各颜色，各是各味道。只是范先生吃声挺大，伊娃抬头看了下海若，海若无声笑笑，也不便说什么。四个人把虾全吃了，别的菜剩下不少。吃毕，范先生去结了账。陆以可说是她请客的，范先生说：算你请客，我来埋单，和三个美女一块儿吃饭我怎能不掏钱？羿老师说得好，热爱妇女，能使男人高尚啊！

出了店门，风算是停了，但天也暗下来许多。有人在广场上放风筝，一只巨大的纸蜈蚣在空中。伊娃兴奋得去搀扯线人，叫道：让我扯扯。扯线人见是老外，让她扯，纸蜈蚣竟牵动了她跑，尖声叫：我要飞呀！飞呀！范先生说：瞧这洋妞，我就想起冯迎了，那年我们在渭河滩放风筝，冯迎也是要扯线，喊叫着让我飞，结果风筝把她带到了水里。海若便把伊娃叫过来，四人步行回到陆以可公司的楼下。因范先生要去羿老师家，和海若、伊娃同路，就搭了海若的车。陆以可向大家告别，双手还放在半开的车窗玻璃上，对范伯生说：啊，谢谢你埋单呀，范先生！

28

四　羿光·拾云堂

　　范伯生似乎听到屋里有人说话，按了一下门铃，声音却立即没了。再按了门铃，越发没有响动。范伯生咕哝一句：哦，你忙。乘电梯到楼下，坐在花坛沿上吸纸烟。
　　一群鸽子从对面楼上飞起来，满空中像是撒开的纸屑。楼前有人从三轮车上往下卸水泥、沙子和瓷砖。又不时进来送邮件的、送外卖的，送外卖的搞不清三单元是从左边往右数的第三个门洞，还是从右边往左数的第三个门洞，但他是结巴，费了劲儿地询问范伯生，范伯生却不吭声。结巴说：我、我们问、你话、呢你咋不、不说？范伯生说：我我，也、也是结巴。我说话、了你、你以为、为、我学你、你哩。还是不给说哪个门洞是三单元。有楼上的住户下来遛狗，先是一只斑点狗，再是一只褐毛狗，褐毛狗一见斑点狗就兴奋，跑过去闻屁股，斑点狗的主人忙站在了两狗之间，厉声呵斥。褐毛狗的主人并不生气，或许知道他的狗是土狗，不能坏了人家的血统，就呼叫了回来，用双腿紧紧夹住，倒注意起卸下来的水泥、沙子和瓷砖。于是发问：谁家装修？斑点狗的主人发牢骚：这又得半个月叮叮咣咣地砸呀，楼道到处还得是垃圾和灰尘！褐毛狗主人说：我突然能理解国际上对中国环境污染的指责了！这就像装修，发达国家是早装修过了的人家，当然安安静静，也干干净净，咱国家正发展，就如同后来的入住户在装修么，是不是？他为自己的理解而得意，但斑点狗的主人不接他的话，他便寻别的人，发现了花坛沿上的范伯生，不认识，就目光怀疑起来。范伯生从口袋取了墨镜戴上，头昂扬着，一语不发。

约莫过了一个小时，有一女子从楼道出来，二十出头，长腿细腰，灰发红唇，神气和步姿明显是个模特。范伯生会心笑笑，还故意再证实一下，叫声：羿老师！这女子并没有看他，脚上的高跟鞋却拐了一下，匆匆出院子去了。范伯生进了门道，按电梯，要再上楼，随之有人喊：等等！一个小伙提了两大捆书，跟跟跄跄也进了电梯。范伯生问：找羿老师签书的？小伙说：你也找羿老师？范伯生递上名片，小伙看了，说：我看你像艺术家，还真是！范伯生说：年轻人不错，爱读书啊！小伙说：做礼品的。范伯生说：送礼应该买羿老师的字画作品么。小伙说：签名书送人比请吃一顿饭还能联络感情，小公司的，等求人办大事了再来买字画。

这次按门铃，门很快开了，屋里拉着窗帘，却开着灯，羿光就站在门里，没有戴眼镜，眼泡肿胀，似乎才洗罢脸，额上头发湿着。范伯生躲在小伙身后，羿光说：是来签书吗？应该先约个时间呀，签这么多！小伙说：都喜欢读你的书啊！羿光转身回到客厅，小伙也提了书进去，从背包里取出一条香烟，放在茶几上，还在说：在出租车上司机一看见拿着你的书，就说是找羿作家签书吧，我问你也知道羿作家？他说当然知道，羿作家是咱们市的一张名片么！他也知道你就住在这一带，好多次拉的客都是大包小包拿了书来签名的。羿光戴上眼镜，坐下来低头就签，嘟囔道：天天都有人来的，一看见谁提着书，我这头就大了，哪有时间啊?！才一抬头，见又进来了范伯生，说：是你把他领来的？范伯生说：我不认识他呀。我去艺品店，那件廊鱼人家已经卖掉了，来给回复时在电梯里遇到他。羿光说：哦，卖掉了？你坐吧。范伯生没有坐，说：屋里的东西又多了！

确实是多，除了靠着四面墙的柜架上塞满了书外，几乎所有的桌上、案上、柜架顶上、茶几和沙发旁都摆了古玩：陶制的砖、罐、瓦当、彩俑；石雕的狮、貔貅、麒麟；还有奇石、怪木、水晶、漆器；镜框里装着的唐卡、绣件、剪纸、皮影。窗前竟然竖了一根盆粗的原木，光洁油亮，直挨着天花板。

小伙早看得目瞪口呆，这简直是个博物馆么，却不明白竖这么高根木头？范伯生说：通天柱，这是海南黄花梨木，看到上边的云纹吗，青云直上！小伙说：哇，海南黄花梨！街上一件海南黄花梨手串都两三万的，这么粗的一棵树呀，哦通天柱，得值多少钱啊？！范伯生说：还有十几块和田玉原石哩，卧室床上就有三块。小伙说：和石头睡觉？！羿光说：老范你来帮着，把签过的书捆扎好。范伯生就不再说话，帮着捆扎起书来。

签完了书，羿光打发了小伙，范伯生去拉窗帘，要让光亮进来，没想刚一拉开，竟冲出一只蛾子来。而小伙又返回来说忘了照相，难得见名人的，一定要照个相呀。羿光就站起来，面无表情，照过了，小伙最后再握了握手，才笑嘻嘻走了。

羿光说：廊鱼被卖掉了？年前得到了一个，只说这次来配对的，却卖掉了！范伯生说：收藏哪有心想就事成的。羿光说：你不懂。你瞧那对石狮，几乎大小都一样吧，一个是去年八月得到的，到了十一月，另一只就又得到了。一个吸引一个哩。范伯生说：倒不是它们一个吸引一个，是你的能量大，都往你这儿聚的。羿光嘿嘿着，抚摸那些石刻的狮虎麒麟，还有一只腰身细长的羊和一只扁平的龟，说：凡是一雕刻成，它们就都有灵性了。范伯生说：那你干什么它们就知道了？羿光定起眼睛，说：啥意思？范伯生便笑，说：你每天怎么写书成名呀，怎么写字发财呀，啊还有怎么接见美女呀。羿光倒急了，说：哎，哎，你是给我介绍过一个姑娘还是介绍过婆娘？！范伯生说：前日一个女子想让我带她见你，啥都好，就是年轻轻的把头发染了个灰色，这不是胡作怪吗，层次低，我没让她来。羿光说：你知道不，那叫奶奶灰，正时兴哩！范伯生说：哦，那叫奶奶灰？长知识，长知识了！冲着羿光狡黠地笑。羿光说：你诡，知道啦？范伯生说：知道啥啦？！羿光拉了范伯生往卧室门口去，那里有一对石雕，都是狮身上骑着一个童子，一个童子捂着耳，一个童子捂着嘴。羿光说：这叫天聋地哑，不该听的不要听，不该说的不要说。范伯生要进卧室，羿光挡住了，又有人在按门铃。

这次来的是个胖子，满头大汗，说：对不起羿老师，路上车堵，有些迟了。羿光说：那就直接上楼！两人就往楼上去，范伯生也跟着上了楼梯。楼梯的每层台阶两边都摆着小石狮，梯口上方挂了张匾：拾云堂。拾云堂也就是十五平方米的小间，一张大案桌，一台大沙发，再就是四壁的字画和随地摆放的各类古陶。羿光站在案桌前，铺了宣纸，开了砚台，毛笔蘸上墨汁了淋淋漓漓滴着，问：钱都带了？胖子说：我带了九万。把一个纸袋子放在案桌上，又推到羿光跟前。羿光把笔放下了，说：那不行。已经给你说好的是一个整数的么？你把钱收好。胖子头上汗更多了一层，不断地用手擦。范伯生说：羿老师的书法作品从来不和人讨价还价的，你出这么多汗。胖子说：穷汗富油么，羿老师书法作品的价值我知道，不搞价我也知道。羿光盖了砚台，从香烟盒抽出一支给胖子，说：以后再写吧，你吸烟。胖子别扭了一会儿，从口袋里再掏出一万元来，还拿在手里，说：太贵了，你能再少点，我这是向三个亲戚借着硬凑了十万。羿光说：好吧好吧，就少两千吧。胖子蘸着唾沫从一万元里数到两千，抽出来了，将八千元放在九万上。范伯生说：我来点点。羿光说：这倒不用了。拉开案桌抽斗，把钱丢了进去。重新开砚台，毛笔蘸了墨汁，说：贵是贵，你买了去都是办升迁呀，揽工程呀，贷款呀的大事么。胖子说：这倒是，人家点名只要你的。羿光说：那你吃肉我喝个汤么。在纸上龙飞凤舞地写就了一首唐诗，按了印，说：好了！胖子说：咦呀，这么快，印钞票啊？！范伯生说：钞票得印两面，这只一面。羿光就看着范伯生说：那你来写吧！范伯生赶紧笑。羿光说：这是上天给我的补偿么。胖子说：补偿？羿光说：著书只是赚个名声，稿酬养不活家啊。又去盖砚台，范伯生赶紧拿过一张小纸，铺在案桌了，说：动起笔了，你给我写个小片片。羿光说：你几时拿个册页来我写。范伯生说：哎呀，应允的银子不如现给个铜，就写四个字。羿光没动弹，范伯生说：两个字，一个！羿光说：你就会占我便宜。范伯生说：电视上的《动物世界》里，那些大象呀犀牛呀甚至鳄鱼呀，身上都有小鸟在啄吃虫子嘛，权当我是小鸟。羿光哈哈大笑：大动物身上都有附生物，你是附生物，是附生物，可我也是附么！笑着笑着，写下一个福字，把笔扔到了窗外。

　　送别了胖子，羿光返回屋，范伯生倒已经自己给自己沏了一杯茶，说：晚上我请你吃羊吧，朱雀街有家陕北饭馆，专门清炖羊肉。羿光说：不吃了，我正减肥，已经坚持了三天过午不食，最近市上有什么新闻？范伯生说：南齐巷新开了歌厅，里边有漂亮女孩。羿光说：政治的。范伯生说：政治的？你认识市上那么多领导，你啥不知道？！我倒请教一个问题，再大的艺术家为什么都经不住官的诱惑？羿光说：在中国，权力面前艺术都是雕虫小技么。范伯生说：你这么说，我明白文联换届，组织上要王季做主席候选人，王季就同意了。羿光说：文联这单位，主席人选历来是要在专业上能扛旗的人，王季应该呀，他是大画家啊。范伯生说：但你知道不，这消息一传出，网上就有文章诽谤王季。羿光说：肯定是嫉妒么！嫉妒是人性中最丑恶的东西，一旦发展到恨，那就什么事情都能做得出来。你见到王季，告诉他别生气，谁骂他那是替他消业的。范伯生说：你知道是谁写的吗？羿光说：谁？范伯生说：这事应是破坏换届，组织上动用新技术查出来了，是焦效文。羿光说：果然是同行。范伯生说：我就想不通，即便王季当不成，八竿子也轮不到他呀？！羿光说：可怜人么。范伯生说：我是可怜，竟然还让他参加了代表团去菲律宾。羿光说：这不是说你，宵小卑微者可怜。范伯生说：瞧着吧，代表团一回来，组织上会有人寻他的。羿光说：代表团几时回来？范伯生说：冯迎没给你电话？羿光说：没有。范伯生说：她怎么能不给你电话，你不是和她好吗？羿光说：我和那十姊妹都好！范伯生看着羿光，羿光耸耸肩，表演地笑了一下。

五 希立水·西明医院

给夏自花输入了血小板后,海若和陆以可一直待在医院。第三天,通知希立水来值班。

希立水每天下午都在健身房,差不多一年了,身子明显瘦下来,而且还有了马甲线,接到电话,赶忙回家冲澡换衣化好妆,就匆匆赶了过来。医院里,海若和陆以可已经离开,还在陪伴夏自花的是她母亲和孩子。孩子并不知道害怕,也没愁苦,在病房里待不久就叫喊着下楼玩,老太太便带了到病房过道里,他一会儿趴在这个病房门口往里看,一会儿又趴在那个病房门口往里看。病房里医生为病人检查,被子揭开了,听诊器在肚子上来回按,说吸气,鼓,呼气。他也跟着吸,吸着鼻涕。病人家属就把病房门关了。有的病人下床出来在过道走,他会跟着摇摇晃晃,等到人家进了公用的厕所,他才咚咚地跑过来。老太太只是腿疼,坐在过道的条椅上一边搓膝盖,一边抹眼泪。护士不止一次对希立水说管好孩子不要乱跑,既影响病人休息,到处乱摸乱动也不卫生。希立水就说这里有她伺候,打发老太太和孩子回家去。婆孙俩一走,希立水给夏自花冲了一碗藕粉吃了,又服药,喝了两次水,看着点滴打完了,再扶着在过道转了转,还去了趟过道尽头的厕所。

厕所的窗外能看到旧城的东城墙，墙砖风化得厉害，坑坑洼洼地不平，一条裂缝，猛地看去像是躺着的一棵枯树。但就在那墙垛下的砖缝里，几处都生出一撮草来，草竟然开了花，是米粒般的白花。有人在墙头上吹埙，这种中国最古老的陶制乐器，吹土为声，呜呜嘟嘟，时断时续，希立水便感觉到了城墙的疼痛。

夏自花说：立水，真害累你！你也回家吃饭休息吧，我这里还行。希立水说：我晚上不吃饭的，今夜都陪你，明早徐栖来换我了，我回去睡。夏自花背过身，流了一股眼泪。坐在了便器上了，夏自花让希立水先出去，希立水不出去，拿着手纸就站在一旁。等起来时，夏自花一阵晕眩，希立水过去扶住，侧了头要看看大便的颜色，夏自花却立即拉水冲掉，说声：正常着的。突然气不够用，急喘起来。

回到病房歇了一会儿，喘渐渐平息，希立水便给夏自花梳头，又掏了化妆盒给敷粉。夏自花说：是不是不成个样子了？希立水说：瘦是瘦了，越发清秀哩。夏自花说：有什么清秀？以前说气血，只以为就是一个名词，哪能知道气是气，血是血，这气不好了血不畅，血不好了这气都短。希立水说：我也这样呀，胃不疼不晓得胃是啥，上个月扭了腰，现在明白腰在哪儿了。说完，还弯起身子，双手拍着腰让夏自花看，夏自花却不说话，眼里是一种奇怪的光芒。希立水说：我是不是又有些轻狂啦？夏自花说：立水，你好着哩，以前是我太生硬，姊妹们里见了谁都要砸呱的，尤其对你和徐栖，你肯定有过埋怨，你要原谅我哩。希立水说：打着亲骂着爱么，上次吃了菜合子咱们去给海姐买生日蛋糕，我牙上沾着韭菜，店里那么多人一直和我说话，没谁提醒，让我丢丑，只有你来把我拉到一边，训斥我擦了牙。要说埋怨，倒埋怨你啥事都藏着掖着，就拿这病来说，如果早告诉大家，早来医院治疗，也不至于耽搁。夏自花笑了一下，笑得无声，眼泪却又流下来。希立水说：哭啥的，你笑着多好看！夏自花说：我不哭了。自己擦了眼泪，却问道：生意最近还好吧？希立水说：汽车专卖店么，好能好到哪儿去，坏也能坏到哪儿去，有经理在经管着，我也不大去。夏自花说：你活得潇洒！和胡胜怎么样了？希立水说：刀割水洗，没瓜葛呀。夏自花说：他曾经来找我给你劝话，我还没来得及问你，这就病了。希立水说：他找过你？让你劝我？夏自花说：他说他想复婚，他、他啥都可以改，希望，能、从头再来，而你……希立水说：狗能改了吃屎？！见夏自花又气短得说话不完整，脸色开始煞白，忙扶着让躺下。夏自花还在说：能复婚了也好。希立水说：水都泼出去了收不回来么，我现在才理解海姐、向其语、应丽后和冯迎为什么都单身了！夏自花说：你也要单身啊？希立水倒笑了，说：我怕我熬不住。夏自花伸了手来戳希立水的脸，要羞她，却咳嗽起来。希立水忙帮着拍后背，咳了几次，咳出一点儿痰，夏自花已经是脸上有了汗。希立水说：咱不说这烦心事了，闭上眼歇着。夏自花闭上眼，说：你也趴在床沿眯一会儿。

希立水没有眯，看见枕头下压着一本书，是羿光的散文集，说：我给你念一篇吧。翻开一页，念起来，念着念着，夏自花就睡着了。希立水就坐在那里静静地看起夏自花。夏自花枯瘦得腮帮下陷，颧骨显得很高，但一双丹凤眼闭着了，扁平细长，角尾上挑，还是那么好看。想着多年轻漂亮的人儿，平日身体不错呀，又特别讲究养生，不止一次地给她讲授早晨起床后舌头搅动牙齿，搅动得满口唾液要咽下，对胃有益对牙齿也有益，如何下蹲着再调节呼吸，可以保健妇科。可谁能料到她竟患了这么不好的病。希立水在心里感叹：看来开车的技术好坏与出事故无关，身体的强弱与寿命无关。但立即就打自己嘴，夏自花命长着哩，做过了血小板治疗病会好的。她站起来，走出病房，在过道伸懒腰。

各个病房的灯都熄了，值班的护士也坐在医护台后垂了头打盹儿。希立水站着发了半天呆，突然想起了什么，拿手机去了过道尽头，又下到楼梯拐角处，拨羿光电话。

电话拨通了，羿光正和人打麻将，还笑着说：呀，这么晚了给我电话，是想我了？希立水说：我想你，你不想我么！羿光说：昨晚我还梦到背了你们上山，第一个背的就是你。希立水说：为什么就不单独是我？！羿光说：你们是不拆伴啊。希立水说：那你十个人都背吧，看累死你！两人都笑起来。希立水说：不闹了，说正经事，方便不？羿光说：都是自己人，你说。电话里有吵闹声，催促着出牌。希立水说：影响你玩了？羿光说：我一心能二用！希立水说：还是那事么。羿光说：什么事？希立水说：你把我的事从不放心上！上次聚会你带的那个男的，大家都起哄要给我们撮合，你也说双方愿意了你来当媒人。羿光说：哦，王北星呀，不是听说他对你蛮满意的么。希立水说：我是经过了两个男人，对婚姻就得十分谨慎吧。我问问，他那么大年纪了怎么是单身？羿光说：他有过一段婚姻，仅仅是三个月，还算个准处男哩。希立水说：是因什么离的婚，是女的看不上他了还是他看不上女的，是脾气原因还是经济问题还是身体的麻达？羿光说：为什么要管那些呢，谈恋爱要的是感觉，对上眼了就好，太理性那是买货吗？希立水说：我情况不一样呀，不能出了坑又遇着崖。再者，他是啥学历，在单位工作怎样？知道他是拿死工资的不会有多少积蓄，可他有房吗？是单独有房住，还是和父母一块儿住？羿光说：这些情况我得了解一下，我接触他只觉得人不错，不是见面熟的那种，言语短，但心里有数。希立水说：我咋老碰着闷葫芦！羿光说：世上有几个像你伶牙俐齿的？！希立水笑着说：可我不是胡搅蛮缠呀！还有，你知道他的星座吗？羿光说：还算命呀？我不懂星座，好像听他说过生日是十二月二十九号。希立水说：哦，摩羯座！你先忙吧，一会儿我给你电话。但这时候，希立水听到了有牌友在说：这是谁呀，纪委审查干部啊？有病！

有病？希立水挂了电话，直戳戳立在那里。是有病，爱情确实是一种病，咋的啦？可谁有药呢，找对象就是找有药的人嘛！希立水抽动了一下脸上的皮肉，她感到了一种笑。

楼梯上没有人上来，也没有人下去，拐角处的顶灯不是很亮。医院里是死人的地方，你看不见的亡魂可能到处都有，深夜的这个时候，如果突然有人无声地从楼梯上来，那一定就是鬼了。但希立水并不害怕，她自信身体健康，尤其在恋爱期，头顶上阳气冉冉，或许鬼看到了那是燃烧的火焰，就避而远之。她开始翻手机，她的手机里下载着一张星座用情图，分别是在十二个人体上以心形标出用情的部位：白羊，一颗心形在右胸。金牛，三颗心形分散在中左胸。双子，一颗心形在嘴。巨蟹，一颗心形在右胸。狮子，一颗心形在头。处女，两颗心形在右胸。天秤，四颗心形分布在头。天蝎，一颗心形在下身。射手，一颗心形在正胸。双鱼，浑身布满心形。水瓶，没有心形。摩羯，没有心形，全身上下都没有。希立水立时额上一层汗，又拨通了羿光的电话。

羿光说：你怎么出的牌，这个时候还敢出饼吗？！你说！啊就是给你说的，你说。希立水说：对不起，又耽搁你，我查了，摩羯座对爱情不用心。羿光说：不可能！王北星干事挺投入的。希立水说：但这图上他没心。羿光说：你看什么图？希立水说：从网上下载的十二星座用情图。羿光说：是那些玩测试的吗，哪有什么准头？！希立水说：你是不是双鱼？羿光说：我是三月十五的生日。希立水说：你就是双鱼座！双鱼是浑身布满了心形，你正是这样！你这么准，他就不准了？！羿光在那头哈哈大笑，说：我浑身都是心形？有十颗心吗，哪一颗是对应你的？希立水停下，没有说话，隔了一会儿，说：哼，姊妹十个，你就对我不好！羿光又要笑，好像笑声戛然而止。希立水就说：那你能再考察一下他吗？羿光说：嗯。电话就断了。

希立水腿有些软，扶着过道的墙壁回到病房。夏自花还睡着，她就把灯熄了，坐在床沿上。姊妹们曾经议论过这世上的人，人可以分两种，徐栖、司一楠认为是富人和穷人，严念初、冯迎认为是美人和丑人，希立水理解她们这么说与她们的出身、境况有关联，而她只认为就是男人和女人。现在她的脑海里就闪出胡胜和王北星，两相比对，却总是拿了这个的长处比那个的短处，或拿了那个的长处比这个的短处，时而清晰，时而模糊，心神就不定得厉害，再去了楼梯拐角拨羿光电话。

但羿光的电话关机了。重回到病房，值班护士来查房，拉开，希立水呆呆坐着，过了一会儿才反应过来。护士说：你没打个盹儿？希立水说：在打盹儿。护士说：你是打盹儿了还睁着眼？希立水支吾着。护士问病人有什么情况，回说没有，倒问起主治医生、护士长和对方的名字，说是明天她回去了买些书，让羿光签名了送来感谢你们。护士说：啊，羿光，那是大名人呀，你能弄到他的签名书？希立水说：我们是老朋友。护士说：那太好了！我上中学时课本上就有他的文章哩，听说他书法作品也超好？希立水说：这我不敢应允，他书法作品贵呀。护士说：我听说他认钱不认人的？希立水说：谁不爱钱呀，都是别人干指头蘸盐地向他白要书法作品，白要不上了就诋毁他。护士还要说什么，希立水手机铃响，一看是羿光打过来的，说声我接个电话，碎步又往楼梯拐角去了。

羿光在解释刚才手机充电，现在他们休息一会儿吃泡面哩，可以多说些话。就说：你让我多了解他，你也得说说你，他若问起来我也好回答，你现在是彻底离婚了吗？希立水说：离啦，自由身！羿光说：哈，这下你们姊妹们都成光棍啦！希立水说：陆以可、徐栖、司一楠可都是没结婚的。羿光说：好女人的婚姻咋都不幸啊。希立水说：也不是不幸，是追求自己合适的啊。羿光说：那王北星也不一定就合适你呀。希立水说：谈了不合适再找么。羿光说：这好，女人总得有个家，也有个性的问题么。希立水说：海姐她们已说好，将来一块儿去老年公寓，相互在一起，直到死去。至于性吗，嘻嘻，谁也不缺个男人。羿光大笑，说：那也是，过去性是传宗接代的，现在是人的艺术了么。希立水说：艺术？羿光说：我告诉你什么是艺术，把实用的变成无用的过程就是艺术。比如书法，不就是写文字吗，为了记事才有了文字，那是实用的，如今书法并不看你所书写的内容，主要看表达的情绪、气韵、节奏、线条、整体结构和笔触。性也如此，不为生孩子了，仅仅是一种欲望宣泄和身体的娱乐。希立水说：你说得好，我把这话要转给海姐她们听呀！羿光说：这话我给你海姐、陆姐和冯姐说过。希立水说：给她们说过就不给我说？！羿光说：这不也给你说吗？谅解谅解。希立水说：不谅解！又接着说：但还是爱你吧，那你就多给我考察考察王北星啊！羿光说一定一定，挂电话前却说了一句：唉，寻对象呀，寻来寻去，其实都是寻自己。

六　虞本温·火锅店

　　虞本温清早一起来，蓬头垢面的还坐在马桶上，就打电话通知店员收拾打扫四楼上最大的包间：一定要支两张餐桌，桌上都是鸳鸯锅，更替碗盏杯碟，更换椅子，围裙要全是新的。关于这次请客，海若先是不主张吃火锅的，虞本温却坚持，说好不容易轮到她请客了，她是开火锅店的，难道是火锅档次不够吗？即便在一般人的意识里吃火锅便宜，那也看怎么个吃法，她可以上各种海鲜呀！如果嫌火锅店的环境不好，不能待过长时间，那就吃罢火锅了，备最好的葡萄酒，一律拉菲吧，还有德国黑啤、冷盘、糕点、酸奶、可乐、水果，全拿着去茶庄再聚嘛。海若这才同意了，叮咛通知所有的姊妹都到，还得请到吴老板和羿老师，到茶庄再聚的时候她也让伊娃参加。虞本温便一个一个地打电话，打通了陆以可、向其语、应丽后、严念初。冯迎是去了菲律宾不能来，夏自花住院不能来。轮到徐栖在医院值班伺候夏自花也不能来，而司一楠却答应，到时候她把老太太用车送去医院了，她再和徐栖晚一会儿到。希立水的电话关机，便发去了短信。给吴老板的助手打通了电话，助手说老板在闭关，刚刚进入第二天，肯定出席不了。羿光是一接电话就乐了，说：真是想啥就有啥，我近日口寡，还说去吃火锅或麻辣烫吧，你就请客了！是不是这次轮到你，你这个富婆儿可要露一手啊！虞本温说：轮了七个月了才轮到我，我是得好好表现的，可哪里是富呀，也不至于是婆儿吧。羿光说：是姐儿。虞本温说：月初你给她们都写扇面了？羿光说：陆以可过生日，加上她生意受挫，老是嘟囔这西京怕是待不成了，我在扇子上写了四个字，没想回来的司一楠、向其语、应丽后、严念初都要，我不能厚此薄彼呀。你不来么。虞本温说：好，那我有空了就去。羿光说：你敢来啊？虞本温说：咋不敢？鱼还怕上餐桌，鱼的坟墓就是建在人的肚腹中嘛！自己先笑起来。羿光直夸这话说得好，他可以用在自己新作上呀。就又问：男的还叫了谁？虞本温说：吴老板闭关了，就只你一个。羿光说：我成红色娘子军的党代表哈！说罢却解释刚才接了市组织部部长通知，说是北京来了一个重要人，看过我的书很喜欢，部长晚上要宴请人家，须让我也参加。虞本温说：哦，当官的让你去你就去，我们请不动你啊！羿光说：我还在体制内么，人家管着我，没办法呀。虞本温也是遗憾了半天，说：看来咱俩之所以走不近都是天意！那你参加我们酒会吧，饭后都在茶庄。羿光说：这就好！虞本温这才漱口刷牙，洗脸梳头，精心收拾之后，穿了一身白筒裙，开车去了火锅店。

到了晚上九点，羿光来到茶庄，还在小楼东边的山墙外的小窗下，就听得二层楼上娇声嫩语，笑声不断。刚转过墙角，一辆三轮车叮叮当当急速过来，猛地停下，跳下一个小年轻叫道：羿老师好！羿光闪了一下身，还没反应过来，小年轻说：电视报刊上有你的头像，我见到活的啦！店里出来小唐，厉声斥责：你这啥话？！羿光倒笑了，说：前年我生病住院一个读者来探视，见面就说他在路上还想着才子命短，说完便后悔了，啪啪打自己嘴巴。他说的倒是心里话，这位是？小唐说：新来的小高，高文来，也会写诗。羿光说：哦，诗在哪儿发表过？高文来却进店取了条凳子，让羿光坐。

小唐说：迎进店呀，在外边坐啥哩？！高文来打打自个儿脑袋，这才拉开门让羿光进，说：我才学哩，还没发表过。海老板说我过来了可以接触到你，我还有些不信。羿光说：我这自投罗网了！高文来说：不敢不敢，老师就住在后边小区的楼上？羿光说：二号楼三单元的楼顶层。高文来高兴地拍手，手却拍不到一起，在空中摇。小唐说：羿老师忙得很，我们从来不去打扰的，你别动不动就去敲门！高文来说：这我懂。小唐就领着羿光上到二楼，高文来从三轮车上搬下四箱红酒，抱起一箱噔噔噔地也上了楼。

　　二楼上新安了一张八仙桌，桌上摆满了冷盘、糕点、酸奶、冰激凌、牛肉干、水果。罗汉床上坐着海若、陆以可、虞本温、伊娃，正琢磨这一月虞本温请了客，下一个就轮到陆以可，档次越来越高了，该到哪个大酒店呀。羿光突然进来，大家嗷地起身。海若说：看，来了吧，我说会来的，这不就来了，还西装革履的！虞本温说：这才是咱们亲爱的羿老师么！陆以可就撇嘴：咦，恁肉麻的，人家就不去你店里！虞本温就故意手掩了面，呜呜呜地哭。陆以可说：往眼睛上蘸些唾沫！海若说：今日虞本温可出血了，上的都是三文鱼呀，大龙虾呀，海蟹，牡蛎，还有海参、海胆。羿光说：我实在是走不开呀，虞本温明知道我来不了偏给你们吃最好的东西！虞本温说：我那海鲜都是从澳洲进的，你随时来，由你挑着吃！羿光说：虞本温是最舍得，又最热情的。赶不上吃火锅，酒会肯定来的，这不，那边吃完饭，部长又安排去喝茶，还叫了三个秦腔名角来清唱，我说谎说家里有急事，就火急火急地来看你们了。海若说：你再不来，虞本温就彻底请客失败了。大家一阵笑。羿光把海若拉在一边，悄声说：你没请市委秘书长呀？海若说：虞本温请客，他和她们都不熟，我没有请，巩老板也没请。羿光嗯了一下，高声对虞本温说：怎么只有你们几个？虞本温说：我说你肯定参加酒会的，她们吃完火锅就都先回家要再换衣服，很快就来了。咦，你是想见呀,牵挂谁没来呀?羿光一时倒不好意思,用手摸脸,像猫儿一样。陆以可说:羿老师还害羞哩。大家又瞧着羿光笑,伊娃一笑,还出了声。海若说:他好就好在那种不经意间流露出的羞涩感,这才有魅力么。羿光一定睛,却盯着伊娃,说:嚯,还有国际友人?!

　　海若拉过来伊娃,给羿光介绍。高文来把酒全搬上来,立在一旁目不转睛地看羿光。海若又介绍高文来,羿光说他们已在楼下见过了,就还给伊娃发笑。陆以可说:坏了!拉了伊娃耳语。羿光说:以可你给她说啥的?陆以可说:我给她讲蛇和老鼠的故事。蛇要吃老鼠的时候,蛇只盯着老鼠,老鼠就不会逃跑了,反倒站起来一步步朝蛇走去。羿光说:啥意思,谁是老鼠谁是蛇?陆以可和伊娃同时爆发了笑,嘎嘎不已。海若说:羿老师在外边可是人人敬畏的,咱们熟了就随便了,可也太随便了!

　　楼梯口,高文来开启酒瓶,小唐把酒杯拿来,高文来说:网上流行一句话,人见人爱,花见花开,汽车见了爆胎,我现在是看到了。小唐说:别胡用词,那话是说姑娘的。高文来说:大家都喜欢羿老师嘛。小唐说:是羿老师更喜欢大家。

　　海若征询羿光对室内布置的意见,看哪儿不合适?羿光就夸说桌子、椅子、柜子、条案,甚至罗汉床都买得好,就是要这样的仿明家具,方位也摆得非常舒服。室内装饰和布置是讲究风水的,而风水最基本的要求便是搭眼一看舒服。你抱过小孩进来过吗?海若说:没有。带着狗进来过吗?海若说:也没有。你可以试试,小孩子进来不哭不闹,狗进来不狂不叫,那就是宜居之室了。这条案是金丝楠木吗?条案上的瓷佛像开脸多精致,肯定是名家烧制的,有古意,神气充满。哦,放这么多书籍,有文学的,经济的,画册,字帖,还有关于茶道的,瓷器的,插花的,鉴定玉石珠宝的,啥都有么。在这儿安放古琴好。海若说:我最得意的你倒视而不见,壁画呢?羿光说:我偏要让你显摆未遂!说完便笑,看了一眼伊娃,伊娃正忙着摆碟盘。羿光说：是王季画的？海若说：是王季先生画的。羿光说：如此大的壁画我在市里别的地方从没见过，也只有王季能画！但这好像是洞穴里的画？海若说：你厉害！就是临摹了西夏王朝白城子的一个地宫画。羿光说：王季要这么临摹的？海若说：我要求的。羿光说：为什么选用这画呢，西夏是中国历史上的小王朝，虽然辉煌过，但历时短促，应该是昙花一现啊。海若说：不知怎么，我第一次在书上见到这画就特别有感觉，再是活佛从西藏来，画里环境挺合适的，才请王季先生临摹在这里。羿光哦哦着。陆以可说：羿老师和王季先生是市里文艺界的两个王啊，听说王是一般不肯见王的？羿光说：你的意思是我故意贬低这壁画？我和王季是对手，更是朋友，惟大将不惧大将，亦惟大将能知大将。陆以可首先鼓掌，海若也跟着鼓掌。羿光问：活佛几时来？海若说：吴老板说就这一月里吧，还没个准确日子。羿光说：要说私心呀，我倒是有的。茶庄开业时认识你，这名字和牌匾也都是我起的写的，外人常以为这是我的茶庄，或者说是我在茶庄有股份，都这么熟了，没见你给我收拾个房间搞写作，或有个文学沙龙的去处，而活佛仅让你接待几天，就装修了这么大的房间，极尽高贵雅致！海若说：我是居士么，活佛来了，还有以可她们四个也想认师父皈依呀。说着就笑起来：自己人有谁见面了还握手？你竟然吃醋了？！活佛走了，这里可以是我没事了来坐着发呆，更是供众姊妹们来聚会呀，当然盼你来写作和办文学沙龙啊！

正说话，向其语就上了楼来，穿了红色吊带深领裙，心口上挂着一块玉佩，袖子非常宽敞，百褶下摆，一双黑色尖头高跟鞋。她稍有些内八字，两条腿前后叉着，在楼梯口站了个姿势。虞本温说：你说回去换个衣服，竟穿成这样？！向其语说：海姐把茶庄办成了文化场所，更有羿老师在，我虽没文化，可也得有富贵啊！海若说：富还可以，穿这一身就贵啦？向其语说：才学哩么。

接着，应丽后来了，也穿了件吊带裙，只是灰色的，吊带在肩上绑成蝴蝶结，脖子上也挂块玉佩，一手提两个购物袋，另一只手提着百搭小背包。向其语迎上去说：我是吊带裙你也是吊带裙，快撞衫了！啊，这小背包好。应丽后说：刚才路过商场，原本去买双鞋的，没想新到了这韩国的包，就买了。羿老师，这包好吧？羿光说：好啊！应丽后说：真的好？羿光说：你最适合这包的。应丽后眼珠圆润，眼尾上扬着笑。向其语说：你这狐狸眼！羿老师欣赏，难怪应丽后从去年以来就能买四个名包！一个声音说：女为悦己者容么！众人闻声扭头，楼梯口又上来了徐栖和司一楠，说话的正是徐栖。

徐栖长发飘飘，佩戴了玉佩外还有一件苗族少女的那种银项链，黑色衬衣，黑色短裙，配着黑长筒高跟鞋。司一楠好像才洗过头，短发上抹了发胶，往上拢起很高，也是一身黑，黑衬衣，黑短裤，却还外套了一件牛仔夹克，脚蹬了一双棕色牛皮鞋，背着双肩包，手里拎着一个小包。徐栖上个楼梯就累了，说完就笑，在喘息中吟声断断续续。司一楠把小包给了徐栖，徐栖却转身低声说：你忘了戴玉呀？司一楠扯了下衣领，露出佩玉系绳儿，说：在里边的。

羿光快活地叫道：呀，人是衣服马是鞍，今日都穿得这么鲜亮，既然是女为悦己者容，让我来抱抱，我是抱衣服啊！他展开双臂向她们走去，她们却都像喜鹊一样跑开。

后来严念初就来了，竟然戴着墨镜，身穿白色衫，一件豹纹长袖外套，看不到下身穿的什么，直溜溜两条大长腿，左脚脖子处还文了一枝小花。她一进店，店员们就哇地叫了，说这一身潮啊，严姐什么时候都是引领时尚的。等她一上楼，羿光就高声叫道：惊若天人哈！严念初把墨镜推到脑门上，说：谢谢！大家却都没了声响，一时安静了。海若便拍了拍手，说：还缺希立水吧，吃火锅来得迟，现在还迟迟不到，咱不等她了！众人围上桌子。

圆桌不分主次，谁坐在哪儿都是主席。陆以可拉着伊娃在西边先坐下。向其语靠着陆以可。严念初坐在南边。司一楠、徐栖坐在东边。应丽后要坐到司一楠和徐栖中间，司一楠拉徐栖过来，应丽后便挨徐栖坐了。然后虞本温坐下。羿光挨着向其语坐，向其语倒噘了嘴，说：你和严念初坐去！羿光说：我就和你坐，你这一噘嘴了性感。陆以可便哧哧笑。最后海若才寻空位坐下来。小唐过来问：海姐，沏什么茶？是云南滇红还是月光美人？大家说：还有月光美人茶呀？小唐说：才进的新品种，之所以叫月光美人，是这种茶由美貌女子采摘，晾干后存放于干燥暗室，只有晚上才拿出室外，吸收月光精华，一连十个晚上才能完成。海若说：不要喝统一茶，这些人个性各异，口味难调，就不用壶了，把那批意大利水晶杯拿来，谁想喝什么就沏什么。向其语说：对对对，喝一样的茶了，那只是一种人，而我们是每个自己。我就来一杯茉莉花茶。陆以可说：新品种还不知道味道怎么样，给我和伊娃沏云南滇红吧。虞本温说：我还是老基本，白茶，安吉产的。应丽后说：我要岩茶，水仙牌的。司一楠说：给我肉桂。徐栖：龙井。小唐问：马肉还是牛肉？徐栖说：马肉牛肉？小唐说：马头山的肉桂叫马肉，牛家山的肉桂叫牛肉。司一楠说：马肉。徐栖低了头说：长知识啦，那我不要龙井了，和司一楠一样的。小唐问严念初，严念初说：我来杯白水。小唐又问海若：海姐你呢？海若说：要先给羿老师！羿老师你喝啥？羿光说：常言秀色可餐，刚才火锅没吃上，现在是秀色可喝，不要茶了。海若说：要茶的。羿光说：那就月光美人！海若就说：给我一杯铁观音。小唐便一一按要求沏了茶，放在每人面前，又去楼梯口和高文来盛酒。

高文来一边盛酒一边却拿眼睛瞅视小唐的胸，小唐手一抖，将酒杯中的一股子酒泼到高文来眼上，说：你往哪儿看？！高文来说：我看你的脖项。小唐说：我脖项上有花啦？高文来说：我看脖项上挂没挂玉。小唐一时没了话，用抽纸替高文来擦脸上的酒，才说：我哪儿会有玉？高文来说：她们都戴了一块玉佩。小唐说：玉佩是海姐给她们的，十个人都有。高文来说：哦，我知道你为什么没有，小唐说：我不是老板么。高文来说：是你太凶！小唐扔了纸，不给擦了。

酒端上后，大家呼啦起身碰杯，说一堆感谢金主赐给了我们美食又赐给了美酒的话。虞本温说：我什么金主呀，不要感谢我。咱每月都聚会的，我也吃请多少次了。之所以吃完饭又来茶庄，我们都是在这里相互认识成了姊妹，姊妹们又认识了羿老师，一直走到了今天。可以说，如果延安是革命的圣地，茶庄就是我们走向新生活的圣地。现在海姐又扩大了二楼房间，海姐也有意思让大家来看看装修布置得怎样。活佛来了，这里是佛堂，活佛走了，这里又是咱们今后相聚点。来呀，咱们感谢茶庄，感谢海姐，让海姐给咱们致酒词吧。海若说：你掏钱请客的，我致什么酒词？虞本温说：咱们姊妹们都是在你这儿抱团取暖，一把散沙你把它握成了一团，你不致谁致？羿光低头给严念初说：一个个都是些刺猬的，抱团取暖着倒也相互扎得疼，一把沙子能握吗，越握越从指缝漏的。严念初说：你这么看我们？羿光说：我在引申虞本温的话。海若看到羿光和严念初交头接耳，但她没听见他们说的话，说：羿老师你来致吧。羿光说：我是嘉宾，带来嘴只负责吃喝。海若就对着虞本温说：我说啥呀？说你这次给大家吃得好，喝得好，把档次猛地提上去了，使后边再请客的人作难去？！虞本温直摇手，说：吃饭喝酒只是由头，你就说这二层楼新房间，为什么要迎接活佛，有了新聚会点，往后的作用和意义。海若说：那好，我说几句。不管当今社会有什么新名堂，新花样，新科技，而释迦牟尼要让我们众生解决的问题一直还在。我们不能去寺庙里修行，打坐，念经，我们却可以在日常生活中做禅修，去烦恼。当然，具体到咱们众姊妹，现在都还不会。借着接待活佛，茶庄扩大了这间房，权当做个佛堂或禅室，以后就开始礼佛呀。今天我们大家坐在这里，是什么力量让我们坐在一起？表面上是请客吃喝，其实这是我们过去业的缘故吧，也更是我们每个人有着想解决生活生命中的疑团的想法和力量才聚成的。

海若这么一说，气氛倒严肃了，都没了声，杯子不动，筷子不动。海若说：这话说得不是我的风格呀，你们不吃不喝着也不是你们的做派么！大家这才恢复了真面目，说：海姐像政府领导讲话，话说得好，咱们得吃好喝好！一时红口白牙，狼吞虎咽，推杯换盏，混乱不堪。乐得陆以可嚷道：哎哎，还得注意些形象啊，十钗们！

应丽后和严念初挨着坐，不小心把桌上筷子撞掉，低头捡筷子，看到桌子下面全是些大长腿，待到陆以可说话，她摸了摸严念初臀，低声说：你没穿裤子？严念初说：我光屁股啊？！站起来，撩了撩外套。应丽后说了句：你敢穿裹裆裤？！便也端了酒杯，接着陆以可的话，说：咱姊妹么，我觉得叫十钗不好，这是套用金陵十二钗，本来就俗了，何况那十二钗的命运都不好。应该叫十佳人。向其语说：也是旧话，俗！羿光说：说到佳人，我立马脑子里闪出两句话来：才子正半老，佳人已徐娘。徐栖说：羿老师这是笑话我们都老了？虞本温说：徐栖当然还小，众姊妹中除了徐栖和严念初，别的也都是徐娘了。羿光说：徐娘用化妆品收拾收拾还是光鲜照人的，只是过了半百的我满脸枯皱了。话说得沧桑，大家就相互看着，整头发的整头发，补妆的补妆，却也笑岁月是杀猪刀，帅哥终于也老了。海若就说：帅哥到底是帅哥，老了也有老的帅么，是不是？咱们敬一下羿老师，感谢这么多年了每次都参加我们聚会，用他的学识和智慧，影响我们，提高我们，亲切我们！杯子全举向羿光，碰得叮叮当当响。羿光说：向其语认为称作佳人也俗，也确实落了俗套，我建议，既然你们每人都佩戴了一块玉，不如就称为西京十块玉。大家一愣，面面相觑，接着哄然欢呼：啊，这好，这好，咱们就是西京城的十块玉！羿老师咋能想起这个比喻？羿光说：咱市里有个姓冯的女作家，她的小说里就把四个女子叫作四块玉的。说着，眼睛倒盯着伊娃，伊娃一直没说话，瞅着大家微笑。羿光说：哎呀，伊娃也应该是一块玉嘛！海若说：噢噢，我倒忘了介绍伊娃了，伊娃是俄罗斯的，陆以可、虞本温、徐栖都认识，别的今天第一次见。就给伊娃说这是向其语，原有一块地的，一转手赚了上千万的，现在与人合办了康复医院。这是应丽后，太能倒腾房子，有二十三间门面房出租着。这是严念初，先前做过电梯生意，现在做医疗器械，那可做得厉害。这是司一楠，全市最大的红木家具店老板。伊娃便一一叫姐。虞本温、应丽后、严念初、司一楠都说：伊娃长得干净，又性情安静，我们喜欢，海姐是该给伊娃一块玉的。并教唆伊娃：你咋不向海姐要呢？伊娃说：我瞧着你们都戴着玉，还纳闷这是为什么？原来是海姐送的，海姐，我也要啊！海若说：我已经准备好了，还没来得及给你哩。去了罗汉床上，在那个装着各种珠子和系绳儿的筐里翻，拿出一块已拴了系绳儿的白玉佩，就挂在伊娃脖子上。羿光说：伊娃，这一块玉佩值几万人民币的，可是我给你争取的！伊娃给羿光作了个揖。大家举了手机拍照，羿光又说：真是美女！大家说：我们就不是美女啦？！羿光说：都是美女，资深美女！

　　酒喝过了三巡，严念初就拿个糕点盘，点着香烟，站起来和伊娃去说话。别的人也都不坐了，端了酒各自走动，或两人靠在窗前，或三人倚在罗汉床头，高声低语，随意自在。

　　海若拉了虞本温到楼梯下，高文来在隔间烧水，煤气灶的火旺，铝壶里就响声很大。海若说：今天人多忙乱，小心水溢出来浇灭了火而漏煤气。高文来说：开水不响，响水不开，我在这守着。虞本温突然说：哎呀，我倒忘了买香烟了，她们有几个吸烟的。海若说：小高小高，你快去买一条香烟。给了五百元。高文来说：那你看着火。就出去了。虞本温说：让你掏钱？海若没理会，说：吴老板没有来，他助理怎么说的？虞本温说：吴老板闭关了，才是第二天。海若说：前五天我去他那里取《楞严经大义》，没听说闭关呀。这闭关也不知是七天还是半月，看来活佛半月里到不了啦？虞本温说：可能到不了。海若说：但咱们把接待行程制定好，到时肯定要去法门寺、广仁寺的，你要早早备着一辆好车。虞本温说：大家都是好车，严念初和应丽后又是奔驰，我这样想，咱陪的人多，如果坐一辆车就得是考斯特，你和市委秘书长熟，能不能派个接待上边领导的带着办公桌的那种。海若说：政府的车靠不住，人家若恰好有接待任务了怎么办，还是弄个私企的吧。虞本温说：那巩老板做房地产的，业大势大。他那儿该有吧？海若说：他那儿有一辆房车，也有一辆商务车。虞本温说：房车更好呀，我倒没想到，咱都用房车，我有个朋友就有一辆，我再弄来。海若说：那就这样定了。看了一下窗外，夜已经深了，远处的路灯依然通明，行人还是不少。突然有了一下极其尖锐的嘎啦声。

店里的人都侧头惊恐地往外看，小甄说：是打雷下雨呀？小苏说：想得美，咋不说开始刮风呀，明天就该没雾霾了?!高文来拿了一条香烟跑进来，衣服上一层湿点子，抹着脸说：妈呀，前边路口一辆拉土渣车撞上人了！张嫂就问：出人命啦？高文来说：人趴在路沿上，我去的时候却站了起来，好像是撞晕了，原地转了个圈儿，司机下来见人没事，把车又开走了，可丢起雨星子啦。小甄说：这不真就下雨啦？小苏没理她，说：现在拉土渣车是疯了，看电视新闻这一季度已撞死了三个人，市政府不是已经对拉土渣车大检查吗，车咋还是开得那么快？即便不撞了人，那车都是不盖帆布，尘土飞扬，还嫌空气污染不严重?!在店里买茶叶的一个顾客说：不从根本上找原因，大检查能起作用？高文来说：根本原因是啥？顾客说：这些拉土渣车都是私人承包的，承包人又雇用司机按趟数计费，为了多赚钱就比着看谁跑得快。明白吧？高文来说：还不明白。顾客说：不说了，我说了顶屁用，你就是明白了也顶屁用。高文来哼了一下，去隔间把香烟给了虞本温。

雨好像还越下越大了起来，雨点子在窗玻璃上嘭嘭响。海若对虞本温说：如果这雨能下一夜就好了，希立水怎么还不到？你打电话催催。虞本温嗯着先上了楼。铝壶里的水也烧开了，关了煤气，海若自己提了壶才往楼上走，店门口进来一个人，头发湿着，牵了一条狗，狗毛也湿着。海若还没等说不要带狗进店，高文来已去挡了那人，说：避雨吗，前边左手那儿有个亭子。那人说：买茶呀，不卖茶吗？！高文来说：啊卖的，卖的，你进来，狗留在门外。那人说：这是我的狗。高文来说：我们这里没有狗的茶。海若一笑，提壶上了楼。

楼上烟雾腾腾，差不多的人都在吸香烟。羿光还在赞叹美女们用两个指头夹烟支，吸一口了胳膊更高高举直，潇洒优美，态味十足。徐栖在问什么是态味，羿光讲起了女人的态状如佛之光，火之焰，珠玉之宝气，徐栖便神气像蔷薇，一会儿嫣然欲笑，一会儿则遇风雨，萎红寥寂。羿光忍不住捏了一下她的鼻子，说：你这个小脸，好可爱哟。外边街头的霓虹灯透过玻璃进来，使许多吐出的烟圈五颜六色，四面墙上的壁画也要活起来，若梦若幻，人就面目全非，皆在仙境。海若有些气促，顺手打开了一面窗，烟气酒气开始往外飘，而雨线更密了许多，但房间的人并没理会。几个人坐在了罗汉床上。陆以可、司一楠、徐栖、羿光又簇在条案左边的屋角处说话。他们转了话题说接待活佛的事，陆以可说：海姐的居士是前几年吴老板介绍在活佛名下皈依的，这次活佛再来，我和希立水要海姐介绍着也皈依呀。徐栖说：你和希姐皈依，那我也皈依呀，司一楠你呢？司一楠说：你皈依我就皈依。羿光说：你们把皈依当时氅呀，就是皈依，西京不是有寺院和和尚吗，偏要在西藏的活佛名下？这就像去庙里烧香，不一定在每尊佛前都烧，给一尊佛烧了就等于给所有尊都烧了。徐栖说：那不一样吧，为什么说佛争一炷香呢？羿光说：你身上有三四个口袋，把钱装在一个口袋和把钱分装在所有口袋里有啥区别？徐栖说：你说的也对。司一楠说：你以后说话要想好再说。徐栖噘了一下嘴，抬头看羿光看她，赶紧一笑，再没说话。羿光说：希立水还让我给她寻对象的，她也皈依？陆以可说：寻找对象是寻找对象，皈依是皈依，这不冲突呀，活佛也都有家室的。西京是有寺院和和尚的，但这些年汉传佛教让人感觉不如藏传佛教纯粹了，何况这次要来的是活佛。羿光说：你知道啥是活佛？陆以可说：是转世来的活着的佛。羿光说：活佛是藏传佛教中最重要的宗教神职人员，咱们汉人习惯称为活佛，其实准确应称之为转世尊者，也就是智者。陆以可说：羿老师就是知道多！羿光说：我不像你们海姐是礼佛人，我是作家，仅仅是为了写作粗略了解了这方面一些知识。陆以可说：那你还知道佛些什么？羿光说：比如佛教讲缘生，说由于各种关系结合而产生各种现象，写小说也是如此，写出这种关系的现象，那就是日常生活，我现在的小说就是写日常生活的。比如佛教中认为宇宙是由众生的活动而形成的，凡夫众生的存在便是生老病死怨憎会爱别离求不得的周而复始的苦恼，随着对时间过程的善恶行为，而来感受种种环境和生命的果报，升降不已，浮沉无定。小说要写的也就是这样呀，小说的目的不是让我们活得多好，多有意义，最后是如何摆脱痛苦，而关注这些痛苦。陆以可说：小说作法我不懂，你说到升降不已，浮沉无定，周而复始的苦恼？你能再说说吗？羿光说：苦恼就是有了自我，有了分别，引起了不自在，不满足，不完整，欲望之下造出的恶为，必然将接受未来的果报。徐栖一时脸色苍白，说：哎呀这不是在说我吧？羿光说：不是在说你，每个人都是如此。司一楠说：那你呢，你也这样吗？羿光说：那当然，我最苦恼的就是求不得。徐栖说：你要名有名，要钱有钱，要地位有地位，要家庭有家庭，你还有什么求不得的？羿光就笑了，说：这就能保证不变吗，就能让我满足吗？徐栖说：我这是不是燕雀不知鸿鹄之志？陆以可说：人心没底，那不是苦恼又周而复始了？羿光说：所以我不去皈依。徐栖说：依你说的我也不皈依了？羿光说：你不是有你海姐吗？

海若并没有听清他们在说什么，走过去时倒听到一句海姐，便说：背着我嚼我呀！羿光忙笑了说：这倒不敢，拿人的手短，吃人的嘴软，正喝着你的香茶啊！罗汉床上的那几个却在大声叫：陆以可、徐栖、司一楠，过来，要听你们回答哩！司一楠说：啥事情要我们回答？三个人就去了。

罗汉床上的个个脸色涨红，先还是以伊娃的年轻漂亮而怨恨时光无情，想当年自己脸是那样紧致，指头一弹都要弹出水的，现在注射玻尿酸也不行，恐怕明年就得去医院做拉皮手术了。然后大家就说起韩国的整容，还是整容好，冯迎算是十块玉中年龄最大的吧，整过了一次真的比咱们几个都显得年轻。这时候应丽后就说：向其语呀，如果让你现在回去二十年，你愿意不？向其语说：愿意，没有了青春才知道了青春的好！应丽后说：虞本温你呢？虞本温说：你是说经济上也回去二十年？应丽后说：当然，让你还过以前的穷日子，但给你青春美貌。虞本温说：我好不容易奋斗了二十年有了今天，我不回去，宁肯再老再丑也不过那没钱的日子！向其语说：虞本温不回去，我回去，虽然我年轻时并不漂亮。还有谁肯回去，肯的举手！过来的陆以可、司一楠也来兴趣了，举了手。司一楠说：如果再年轻二十年，我知道我该怎么度过了。但徐栖手要往起举，又放下了。应丽后说：徐栖你不愿意？徐栖说：我不知道回去好还是不回去好。严念初没举手。她在吸香烟，仰面往空中吹烟圈儿，竟然一连串的烟圈儿，说：说回去就回去啦？如今都活得像这壁画上的飞天了，还要跌落到地上?！向其语就给徐栖耳语：她是不是变化不大？徐栖说：咱姊妹里她算是冻龄的。向其语：她当然无所谓，她美貌么，有美貌就能改变一切的。司一楠说：你俩叽咕啥的？向其语就不耳语了，端了酒杯还和司一楠碰了一下。

　　她们说得热闹，海若和羿光也走过来，羿光只是嘿嘿笑。严念初说：羿老师笑啥？羿光说：你们都是飞天啦？严念初说：难道不是吗？羿光说：那我先给你们讲讲这是个什么社会吧，这个社会说是妇女翻身，其实仍然是男性的社会。我举一个小小的例子吧，从街道办到市政府省政府，甚至中央开会，公布的会议人员名单中从来都是某某某，某某某，某某某括号女，男的为什么后边不加个括号标明是男呢？海若说：正是这个社会对女人不公，我们才要走出体制走出家庭么。羿光说：走出来就做生意？海若说：经济独立呀，不经济独立怎么精神独立呢？羿光说：是要经济独立，可都是些小老板呀，就像坐在窝里孵蛋的鸡，生下的蛋大蛋小，有的蛋还是软的，有的蛋还是蛋皮上沾满了粪便和血，却都咯咯大叫。海若举了拳头就在羿光背上打，叫道：我们在你眼里就是这形象啊！众声齐声讨，羿光抹了一下脸，说：比喻，比喻，一切比喻都是蹩脚的么。当然，你们这十一块玉，不，除了伊娃，是已经够优秀的了，有貌有才，有一定经济实力，想到哪就能到哪，想买啥就能买啥，不开会，不受人管，身无系绊，但在这个社会就真的自由自在啦，精神独立啦？你们升高了想着还要再升高，翅膀真的大吗？地球没有吸引力了吗？还想要再升高本身就是欲望，越有欲望身子越重，脚上又带着这样那样的泥坨，我才说你们不是飞天，飞不了天的。他问了海若：你觉得呢？

　　海若说：念初，给我一支烟。严念初给了海若一支香烟，用打火机点上了。海若吸了一口，慢慢往出吐，烟缕却顺着脸颊钻进头发，像是在燃烧。海若说：所以才要迎接活佛呀。羿光又要再说，一个人叫道：这是在说我胖吗？还是说淋了雨，我可是脚上没泥坨啊！小唐噢了一声：希姐到了！

果然，希立水双手张开，像鸡展开翅膀一样从楼梯口跑过来，她穿了件牛仔裤，白衬衣，背着牛津布抽绳系束口袋的双肩包，全淋湿了，紧着说：对不起，我来迟了，倒酒倒酒，我先自罚三杯！

七　辛起·希立水家

希立水从火锅店回家换了衣服，刚一开门，辛起就披头散发地站在那里。希立水吃了一惊，说：你吓死人了！咋站在这儿？辛起说：我来和你说说话，刚到，你就开门了。希立水说，那好，我带你去茶庄，晚上我们那些姊妹又聚会，你也认识认识她们，如果有缘分了，常来往着，大家一块儿玩。辛起却呜呜地哭了。

希立水看不惯女人哭的，爱哭的女人不可怕，可怕的是男愁哭女愁唱。希立水当下说：又哭了又哭了，你这眼泪水子恁多！还是和田诚斌别扭了？辛起说：我和他分居了。希立水说：你不是盼着能走出来吗？我和胡胜一分开，人一下轻松了，幸福得不行，一个人在街上边走边笑的。你倒哭哭啼啼，心里又舍不下他了？！辛起说：这倒不是。希立水说：那就跟我走，去喝几杯酒，庆贺终于离开他了。辛起说：我不去，你们那些姊妹都过的是好日子，我去了还不是让人瞧不起。等我活得体面了，去了才能和人家说上话。你去吧，我到楼下坐着等你。希立水倒为难了，说：你坐在楼下等我，那我成什么朋友了？那边的聚会你不去也罢，可我不去不行，这样吧，你就在我家，我两个小时就回来。于是，叮咛着渴了自己去烧水，茶在冰柜里，咖啡在桌上瓶子里。饿了厨房里有挂面和鸡蛋，还有酸奶和麦片。要是困了，就到床上睡一觉。辛起感动得又流眼泪。希立水拉开门出去，辛起说：你从外边把门反锁了。希立水说：我还怕你把我家东西拿走呀?!

希立水走到楼下了，突然觉得自己刚才的话没有说好，因为辛起前不久确实有过把家里的一台投影机、一台微波炉和三个青花瓷瓶拿来存放在她这儿的。她打了一下自己的嘴。

希立水是在办第一个汽车专卖店时认识的辛起。那时辛起在专卖店旁边的幼儿园上班，没事了就来店里看各类车，说着的普通话很硬却又夹些港台腔，总在问这辆是什么型号，那辆是什么名字，或者就站在那些车前摆弄着姿势让给她拍照。而对照片怎样美颜怎样修图也都是希立水教给她的。辛起长着一张很洋气的脸，希立水问过是不是汉族，辛起说是汉族。希立水奇怪汉族的人都是平面墙一样的脸，你怎么是墙角样的，辛起说或许我奶奶的奶奶的奶奶被匈奴强暴过吧，说毕就笑。希立水虽然骂过辛起说这话该扯嘴，但她确实喜欢辛起的洋气。后来交往多了，才知道辛起其实是陕西南部乡下人，十六岁就来西京打工，日子过得也是紧巴。辛起曾向她借过几次钱，有的是零零碎碎给还了，有的没有还，她也当面说了不让还了，但她发现辛起拿了这些钱总是先去买了衣服和鞋子。在穿戴上的花销是吃喝上的十多倍，辛起的胃一直不好，尤其经期一来，肚子就疼得死去活来。希立水劝说：衣服是给别人看的，饭是吃给自己的。辛起说：我是乡下人么，必须表现为城市人啊。辛起五官和身材都好，长得时髦，又学会了普通话，比城市人还要像城市人了，就和城里的田诚斌结了婚，田诚斌虽然有工作有房子，但毕竟是一个小公务员，工资低，人又死板，婚后争吵打闹，就把离婚二字挂在嘴边。却是一直要离婚，一直离不了。希立水的婚姻不好，辛起的婚姻也不好，惺惺惜惺惺，希立水就给辛起出主意分居，分居三年就可以去法院起诉。辛起真的就搬了出来，在别的地方租房住，但搬出来时又拿走了家里好多东西。

打人不打脸，揭事不揭短，希立水后悔着自己说了不该说的话，怕伤害了辛起，还想是否上楼再说些别的话安慰安慰，天就开始下雨，便急急忙忙往茶庄去。

开车经过吉祥街，雨是越下越大，一只刮雨器却坏了，希立水把车停在一家修理店前，才交代着店员去更换，有人在她后肩上拍了一下，回头竟然见是许少林。

许少林是希立水的中学同学，那时还曾经追求过她，她没看上，因为许少林的个头还没她高，尤其就在他向她表白的那天，她低头发现他的袜子上有一破洞，甚至透过破洞看到了脚后跟儿脏兮兮的，她就反感了，当场拒绝。后来两人都上了大学，毕业后许少林分配在市城管局，她分配到市供电局后又辞职做生意，十几年里相互都知道些情况，却再没来往。没想到在这下雨天的晚上却在修理店碰上了，许少林瞧她的眼睛依然闪动着喜悦的光泽，她也就夸张地惊叫了。

希立水说：哇呀，是你啊，你怎么也在这儿？！许少林说：我车子的轮胎漏气了，天气真是天意！希立水说：咋是天气就是天意？许少林说：要不下雨咱们就碰不上嘛！希立水笑着说：都还好吧，哟，这车子不错么！许少林说：嘿嘿，单位配的。希立水说：哦，是听说你当处长了，果然是！许少林说：小官小官。希立水说：娶了媳妇，生了儿子，又高升了，人生得意着还这么低调呀？！许少林说：有得有失，职务上是进步了，家里却一团糟么。希立水说：你也闹离婚啦？许少林说：离婚倒没离婚，儿子闹心。希立水说：是儿子个头也不高，学习也不好？那是遗传呀，许少林！许少林笑了笑，说：我这个头让我自卑了几十年，我总算找了个高个儿老婆，儿子现在比我高了，长得帅，学习还行，却早恋了，讲吃讲穿。我骂他潇洒啥哩，拿我钱去耍人？他却说我花的是他的钱！我花他的钱？你听狗东西咋说，说你就我一个儿吧，家里的钱到底是不是我的，你现在是不是花我的钱？希立水就笑，说：这智商高啊，将来可能也是个领导。许少林说：唉，你就会戏谑我。希立水说：以后得巴结了，你是处长了，有什么好事了别忘了我。许少林说：几十年了啥时忘了你。哎，市上要在各条大街口办几十块LED显示屏，这事我管的，你有没有兴趣？希立水说：啊？这是大生意呀，让我来干！许少林说：你真的想干？希立水说：干呀！许少林说：你只要让市上什么领导给我局长说个话，我来给你操作。希立水说：许少林呀，你这是耍嘴哩还是耍我，我能找到市领导，我还用得着你吗?！许少林说：那你等着，等我当局长了。希立水说：你当局长了，我早饿死了！

到了茶庄，希立水先自罚喝了三杯酒，大伙又嚷嚷着要她打个通关，她实在喝不了，伊娃主动替她喝，就越发喜欢伊娃了，还要让伊娃教她几句俄语。伊娃发出卷舌音，她就是学不来，嘟，嘟，嘟，怎么也不是颤抖的味道，喷出来的唾沫星子反倒溅湿了司一楠的后脖。

希立水不学俄语了，和陆以可说话。相互询问着生意上的事，希立水就说了几十块巨型广告屏幕的事，问陆以可有没有兴趣。陆以可当然上心，反复强调要把这活儿一定拿到手，她会想办法找市上领导，并让希立水介绍尽快能见见那个许少林。希立水说：好么，你和他见面时带一张羿老师的书法作品。陆以可说：那一张十万元呀！我可从来没向羿老师开过口，希立水说：你办大事哩么，就开个口，他也不会收你的钱。陆以可说：他咋能不收我的钱？希立水说：我知道他欣赏你，从他每次看你的眼神我就能看出来。陆以可说：你胡说！却从口袋掏出一小瓶日本产的眼药水，给了希立水。希立水说：托我介绍，就这报酬？陆以可说：事成了会给你回扣的。希立水说：回扣不了，你让羿老师写字的时候也给我要上一个小片片。

约莫三个小时后，希立水回到了家，吓了一跳：辛起整个身子窝蜷在沙发里，一只胳膊搭在扶手上，而头又枕在胳膊上，是睡着了，那头发束成撮，又粗又长，就软软地从背上一直到屁股下拖着，像是只狐狸。希立水站在沙发前了好一会儿，辛起还是没有醒来，倒可怜了，取了一条毯子盖在她身上。但这时辛起醒了，一下子跳起来，说：我咋睡着了！你几时回来的？希立水说：真对不起，让你等这么久。辛起说：说对不起应该是我，这么晚了让你不安生。希立水说：今晚你也不要走了，我也不睡，咱就好好说些话。去烧水，给辛起沏了杯茶，自己冲了杯咖啡，端放在茶几上了，鞋一脱，也盘腿坐到沙发上。

希立水以为辛起还会再说闹离婚的事，没想让她大惊失色的是辛起竟然和一家在西京的香港公司老板相好上了。这家公司在西京很出名，希立水没有接触过那老板，却在电视上见过，是一个七十多岁的老头。希立水说：今日奇怪，遇到这么多事，你辛起相好了个大人物？！辛起说：我们在一搭已经一年了。希立水说：认识了他才和田诚斌要离婚？离了婚是和他结婚？！辛起说：我就是来给你说这事的。希立水这时倒有些小小的嫉妒了，说：哦……这也好么，你总是没钱，终于要成富婆了。辛起说：他是有钱，我从来没见过像他那么多钱的人，但他只给我个小钱。希立水说：凡二婚，是男是女，开始都是不放心对方么，等结了婚就好了，他的钱还不是你的钱？辛起嘴一咧又哭了，眼泪鼻涕一起下来。希立水忙问到底咋回事，辛起才不哭了，脸凶起来，破口大骂港商是棺材瓢子，是老色鬼、大骗子。一边骂着一边说着她和港商的交往。

她说她不避讳，就是冲着他的钱去的，要不，她怎么会和一个枯老头子在一起，亲嘴能把假牙都掉下来。她说她是做了缩阴手术冒充了处女，他也是偷偷吃了什么成分的药竟然比年轻人还刚猛，他们或许相互心知肚明却不说破，在一起了就是喝酒，把自己喝醉，关了灯上床，高潮来了就大声喊，喊我要死了我要死了，真的和死了一样，只等着第二天早晨醒来。她说她知道他在香港有家室，他不肯娶她，她却是和他在一起了才闹着和田诚斌离婚，到头来她就仅仅落得那一百平方米的房子吗，那些衣服、包包、手表和项链吗？

辛起说：希姐，我给你说这些，你不恶心我吧？希立水的心一直在怦怦地跳，说：这不是在做小三吗？离婚谁都可以离婚，过不到一起了离婚天经地义，我离过婚，我的那些姊妹大现在大多数都是离了婚的单身，可怎么就做小三呢？辛起睁了圆眼，漂亮的脸蛋突然变形了，说：我不像你和你的那些姊妹都是老板么！

这话让希立水有些生气，甚至愤怒。她看着辛起，辛起的嘴略有点儿歪，以前还认为这有另一种美感，现在就看着不舒服。觉得怎么就认识了辛起并能成为朋友？人常说婚姻要门当户对，门当户对了就能思维无异，意识相近，交朋友也是这样吗？与人初交一切尚好，时间久了，其出身、地位、文化水平、生存环境的不同，就必然各行其道了？希立水想要冷淡辛起，让辛起意识到她的冷淡而自动告辞离去。但她又说不出冷淡的话和做不出冷淡的动作。她沉默了一会儿站起来重新去冲一杯咖啡，穿拖鞋时竟然穿反了，就在这时她又否认了自己：怎么能以自己来要求家人，怎么能以家人来要求朋友呢？羿光说找对象其实是找自己，交朋友不也是交自己吗，辛起的优点当然是自己的优点，辛起的缺点、毛病就不是自己的缺点、毛病了？如果自己不是个老板，众姊妹们都没有经济独立，那会是怎样呢？她说：辛起，给你茶续些水？辛起说：我不要了。她穿着相反的拖鞋去新冲了咖啡，又穿着相反的拖鞋坐回了沙发。

希立水说：唉，这么大的事，折腾这么久了，你竟然不早给我说。辛起说：我想成功了给你惊喜，谁知道我活得这么难！希立水说：那怎么办，和田诚斌重归于好？辛起说：能重归于好我还分居离家?！我来找你，就是想求你帮我。希立水说：不说求字，我能帮的哪里会不帮？辛起说：你能不能陪我去一次香港？往返的机票、住店吃饭费用都由我出。希立水说：去香港？前两个月我才去的港澳。辛起说：你才去过，意思是不想陪我去了，那你在香港的医院里有认识的人吗？希立水说：去香港干啥，看病？辛起说：老家伙已经回香港了，估计再不来西京了。以前每次他都戴避孕套，现在才明白他是不想让我怀孕的，这次去了香港，我要找个与医院近的酒店，约他来了，一定要保留他的精液，尽快拿去医院冷冻，然后回来做试管婴儿。如果孩子能生下来，我就再去寻他，他不承认，那我就做亲子鉴定，他不管我了总得管他的孩子吧?！希立水像电击一样，身子抖动着，眼睛就模糊起来，看辛起是双影，那略歪的两片嘴唇上下一开一合。

辛起说：姐，希姐。希立水这才听见了辛起说话，应着：呃，呃呃。辛起说：希姐不肯帮我？希立水说：我不认识香港医生，香港没一个熟人呀。你觉得这可能吗？辛起说：只要肯去做，我想不会没可能的。希立水说：你是敢想敢做成了几件事，就形成了一种思维模式，以为世上的事没有不成功的，只是要敢想敢做。可是辛起，这世上确实有不成功的事，你想想，你去了香港约他，他能不能就肯见你？即使见了能不能保留下精液？就是保留下来了能不能及时冷冻？冷冻了能不能做成试管婴儿？这一切都顺利成功了，你抱上孩子去找他，那少不了是一场风波，涉及他和他的老婆孩子，也少不了是一场官司，官司可不是十天半月就有结果的，到时你……辛起说：我只能走这一步呀，希姐！希立水说：你这是钻了牛角尖啊，回了头能活的路多啊！辛起端起茶，走了一道，喝完了，又摇着杯子把茶叶也吃了，说：我不！希立水说：你是不是肚子饿了，我给你煮一碗面？辛起说：我不饿，该走了。希立水说：不是说好就睡在我这儿吗,这么晚了。辛起说:离天亮还早,在这儿也影响你,我还是走了好。便开始穿鞋,收拾提兜,从茶几上拿了手机。希立水说:我拿不了你的事,这样吧辛起,如果在西京做试管婴儿,这我认识人,到时我带你去。辛起站起来了,发现不对,把希立水的那个手机放下,再拿另一个手机看看,装进口袋。

　　希立水取了一把伞,也给辛起一把,送着下了楼。外边的雨沥沥淋淋还下,等来了一辆出租车,希立水把一百元扔给了司机,辛起也没言传,车子就开走了。

八　陆以可·建业街

雨下了三天放晴，雾霾消除，就有了白云，而且站在茶庄的二楼可以望见远远的秦岭。海若在店里察看送来的包装袋样品，高文来便叫喊小唐快看快看，一条云龙从秦岭上过来。小唐说那不是龙，龙是飞的，它是在跑。高文来说：那就是恐龙！恐龙跑着跑着，却瞬间散开，到商厦顶上了，只是一小疙瘩，样子像个蜘蛛，趴在那里。海若说：咋还没给师傅沏茶？！小唐沏了茶过来，送样品的师傅说：我不渴，不渴的。端起来还是喝了。茶庄前些天进货了一批宜兴茶壶和简阳盏，联系二府街布行做包装袋，送来的样品有两种，浅黄色的和褐红色的，全是丝绒，上边绣有龙凤图案，还印着暂坐茶庄字样，袋口是个三角形，有纽，能交叉相扣。海若说统一都用黄色吧，黄要佛黄，龙凤图案太常见了，有些俗气，能否换成一个飞天，而暂坐茶庄四字字号再往小，放在袋的左下角。正说着，陆以可提着个塑料袋，里边装着一本书，晃悠晃悠进来。海若就让陆以可看看包装袋，陆以可认为袋口设计不好，能做成松紧拉绳吗？海若说：你说得对，拉绳要粗，筷子粗吧。陆以可说：拉绳颜色呢，是赭褐色怎么样？海若说：说话就说肯定些！陆以可说：那就赭褐色。布行的师傅拿着样品走了。海若说：你是咋搞的，人又黑瘦了？陆以可说：你知道我一瘦就黑呀。海若说：那出门就多抹些粉！陆以可说：我这个不会长，身上倒是白白的，偏偏脖子以上黑。素颜怎么啦，是不是进了茶庄也得包装？拿眼睛就盯着小甄、小苏。茶庄的茶不是从茶市场进的成品货，是每年都派人直接去福建、安徽、云南产茶地收购散茶，回来自己装盒装袋贴了牌出售的。小甄小苏也正在一边过秤一边往精美的纸筒里装散茶，小甄就说：陆姐，我们这可不是糊弄顾客呀，茶叶绝对是上品！陆以可做个鬼脸，说：我是气你老板的！海若说：你能气了我？！陆以可说：咋能不黑瘦吗，一夜一夜睡不着，业务不扩展，再这样半死不活下去，公司不倒闭也得裁员啊。海若说：我就见不得哭穷，若哭穷就真穷啦。陆以可说：是真的穷。海若说：不是才弄下个广告牌吗？陆以可说：也就一个么。海若说：噢，肯定是有事来求我了！陆以可就笑了，说：就是，你一定得帮我。海若说：我这儿可没劳力供你用，也没钱拆借你！陆以可说：就说一句话的事。便低声告诉了 LED 显示屏的事。说：激动吧？海若却不激动，说：陆以可呀，我可提醒你，具体办事的人会说你只要让领导给我批个示我就办，领导又会说你让下边打个报告我就批，都是在忽悠的。陆以可说：不批示，就让市委秘书长给说句话就行，或许又成了呢？海若说：许少林让秘书长给他说句话？陆以可说：是我觉得秘书长就可以的。海若说：你咋知道我和秘书长熟？陆以可说：反正我知道吧。海若不吭声了，半天才说：我可从来没给人家说过揽工程类的事，我给他说，但人家认不认我不敢保证。陆以可说：没问题！门口进来了顾客，小唐迎着去问买茶吗，海若倒把陆以可手提的塑料袋拿了去，说：你说你忙哩，倒有空闲逛书店了？陆以可说：哪儿是空闲了逛，去书店是正经么。海若拿出书，却是羿光十年前写的一本旧书，翻开扉页，上面还写着赠好友林福才指正。陆以可才说，刚才她到露水市，市已经散了，只有个卖旧书的收拾摊子，发现了这本书，林福才既然是羿老师的好友，赠送的书竟然卖了，她买下来想送给羿老师。海若说：好呀，这书给羿老师了，他会是怎么反应？陆以可说：要红着脸破口大骂那个林福才了！海若说：这倒不一定，他会题写上再赠好友林福才，给林福才寄去。两人就笑了一通。

　　海若却突然看着陆以可，说：不对呀，你平时都睡懒觉的，今日倒起得早，还逛露水市？陆以可说：早早来求你说事的么。海若说：不至于吧，还去什么地方了？陆以可就嘻嘻，说：求你就也得给你些好处么，是去了一个朋友家。海若说：以后啥事别想瞒我！陆以可说：西京鼓乐被联合国教科文组织列入了人类口头和非物质文化遗产名录了你知道不？海若说：我听我古琴师父说了。西京鼓乐被誉为中国古乐的活化石，早应该入名录了。陆以可说：但你不知道西京鼓乐有个庆祝演出吧？海若说：啥时候？陆以可说：今晚就在古都大剧院。海若说：弄到票了？陆以可说：朋友让去他那儿取票，只有三张。海若说：哦，遗憾活佛没早点来，西京鼓乐分为僧道俗三个流派，能让他也听听多好么。就三张票？那叫谁去呀?！陆以可说：你一张，我一张，徐栖家住在建业街离古都大剧院近，把她叫上。别的去不去无所谓，她们都不好这个。海若说：她们咋没兴趣，就是没兴趣让她们听听也好么。陆以可说：你以为这票好买吗，我是缠着朋友硬要了这三张。海若说：好好好，我请你吃饭。陆以可说：不让你请，吃她徐栖的。

　　下午，两人去了建业街。建业街西端原是全市最高的一个坡梁，现在是新区，大剧院就在坡梁处，往东是一条绿化带，奇花异木。葳蕤繁盛，风景十分优美。徐栖住在东段的一个小区里。徐栖从市场上买了一筐茵陈，挑拣干净后，用开水烫了，捏成疙瘩存放在冰箱，还舍不得烫过的水，分装了几个保鲜袋。见是海若和陆以可来，又是送了演出票，喜欢地说：好得很！我现在就去买肉，晚上吃茵陈肉馅饺子！陆以可说：要吃贵的！徐栖说：贵的不一定就好，茵陈才上市，正嫩着，吃了滋肝润肺，利尿通便哩。海若说：别听以可咋呼，咱就吃饺子。徐栖说：海姐是吃家！就开始换衣服，梳头抹粉，头脚收拾了要去买肉。陆以可说：还是我去买，你给海姐说养生吧。开门下楼去了。

　　徐栖原是秦岭东边的华县剧团演员，辞职到西京创业后，身体一直不好，就特别注重养生，也少不了给众姊妹推荐些保健办法。比如春天里阳气上升，容易肝火旺，要多吃苦瓜、芹菜和薯类。到了夏天，一般人都认为不能多吃热量大的食物，其实冬天的病要在夏季来治，吃羊肉能逼走身体里的湿气。秋天里一定要每个早晨吃一颗鸡蛋啊，不放调料，也不要加糖，白水荷包蛋可以补气的。而天一冷吃萝卜，熬上一锅萝卜随时吃，她就是一冬要吃二百斤萝卜的。大家不免嫌她啰唆。海若总是开脱她，说：你坐上车不系安全带，车当然要嘀嘀嘀地响着烦你。有着海若的认可，徐栖就强调得听她的，她家是华县的三世老中医哩。就反复推荐大家早晚服六味地黄丸，还推荐澳大利亚的深海鱼油好，日本的眼药水好，泰国的清凉膏好。每次聚会，陆以可不愿意和向其语、徐栖交谈，向其语总是说股票，徐栖总是说养生。

　　现在陆以可去买肉了，海若剥葱捣蒜，徐栖开始和面。徐栖就说：海姐你脸上有青春痘啦！海若说：多大年纪了还有青春痘？这几天有些上火。徐栖说：便秘不？海若说：这是老毛病了。徐栖说：我给你的青藏高原菊花没泡着喝吗？海若说：喝了一星期，效果不是多明显。徐栖说：你的内火真大！我给你些日本产的通便药吧，每次小小一粒，问题全解决啦。海若说：我服过，效果是好，只是有些肚子疼。徐栖说：是有些疼，那你就不要用了，服些槟榔四通丸，这是中成药，啥感觉都没有，早晨肯定上厕所。司一楠也是后脖上满是些痘，服了三天拉空了肚子，就全好了。海若只是笑。徐栖说：你也不信了我。

和好了面，海若在案板上揉，徐栖拿出已放进冰箱的茵陈来剁碎，说：茵陈确实是宝，走时我给你带几包，回去煮呀炒呀，凉拌着也行。哎，你的六味地黄丸服完了吗？海若说：服了一星期，老记不起，就没再服。徐栖说：要坚持的，我爷爷服了一辈子，九十六岁了，还骑自行车外出的。羿老师服了几年，你瞧他那身体，哪像五十岁的人！服一个月两个月似乎没效果，可半年以后就知道它的神妙了。司一楠已经服了一年，每天早上我都提醒她，以后我也每天发信息提醒你。海若说：徐栖呀，你可以开个养生保健店啊！徐栖说：我有这个考虑。

陆以可买了肉回来，海若就让陆以可剁肉馅，徐栖擀饺子皮，她却洗了手要去阳台上坐一坐。陆以可说：是不是耳朵累了，要清静清静？

吃过了饺子，三人便步行往大剧院去。顺着绿化带走，都喜欢着那些树木，感叹从树干到枝叶你能感觉到一种勃勃生气，却又具体说不清怎么个勃勃生气。人也是这样吗，生活滋润，精神充实，是不是头上都有光焰，或者达到了一定境界，就像佛一样有了光晕？海若指着一棵树，她问陆以可这是什么树，叶子宽厚，像是镀了一层蜡。陆以可说：是枇杷吧。徐栖说：哪里是枇杷？柿树。我们县的柿树最多，秋季里满山遍野柿子熟了，像挂着一树一树的小红灯笼。柿树是要嫁接的，不嫁接结的柿子小得像枣，叫软枣，不能吃的。秋末冬初了把柿子摘下来，但树梢上一定要留三四颗，那是留给老鸹的。陆以可说：老鸹是啥？徐栖说：就是乌鸦。陆以可说：叫那么土的名字？手机响了，她和人通话，就落在了后边，半天跟不上。徐栖说：你快呀，啥重要电话能打这么久?!陆以可只是摆手。海若和徐栖就往前走。海若说：那是棵石榴？徐栖说：叶子像石榴，石榴树却没有这么高大，是槐树。海若说：市场上卖的槐花就是从这种树上摘的？槐花做成的焖饭好吃。徐栖说：做焖饭的是洋槐树上的花，这是土槐，花不能吃的。徐栖又指点那是核桃树，这是栗子树，还有远处那棵是皂荚树。陆以可终于打完电话，撵了上来，指着一棵，说：我认得这是樱桃树。徐栖说：是桑树。海若说：哦，我小时候养过蚕，记得我爹带我去郊外采过桑叶，桑树没有这么大呀。徐栖说：那是桑树也没长大么。陆以可又指着一棵，说：这树秋天里结什么果？徐栖说：结辣子。陆以可说：结辣子？你骗人吧？！徐栖就得了意地笑。陆以可又不停地问，徐栖就不停地回答。陆以可说：徐栖到底是从县上来的，知道的这么多！徐栖突然不说话了。陆以可往前跑着，大声喊：这一棵呢，这一棵呢？徐栖说：不要问了，我也是西京城里人，啥都不知道！

到了大剧院，院前的广场上灯火通明，人头攒动，很是热闹。三人去领了演出节目单，又买了爆米花和矿泉水，才要进去，陆以可手机又响了。陆以可说：真烦，上天入地都没个躲身之处！但一看显示，便让海若和徐栖先进剧院，她跑到广场边去接电话。

电话是希立水打来的。希立水问陆以可在哪儿，陆以可不愿说来和海若、徐栖看鼓乐演出了，编了个谎，说在家里。希立水说那好呀，饭馆离你不远，让你快过来。陆以可问啥事，紧天火炮的？希立水才说今晚许少林一伙在成都印象饭馆吃饭，也把她邀去了，正好是个谈事的机会。陆以可一下子头大了，说了一个谎了，得用几个谎来圆场啊。她说：这么快的就能谈事？希立水说：活该这事能成了！陆以可说：哎呀，别人给了一张票，让去看戏哩，能不能和人家再约个时间？希立水说：戏有啥看的，戏有生意重要吗？错过了今晚啥时才能约到人家？！赶快！陆以可说：那好吧。

陆以可想回剧院里给海若和徐栖说说，又觉得是自己邀了她们来看演出的，自己倒要离开，这样不妥，不如先去成都印象饭馆去见一下许少林。便搭了出租车去了。

二十分钟到了饭馆，给希立水打了电话，希立水出来接陆以可。陆以可说：有几个人？希立水说：他们六个人，加上咱俩正好一桌。陆以可说：饭桌上能谈这事吗？希立水说：我已经给他说过了，说你就是做广告的，业务上绝对可以保证。如果人多不好谈，先认识一下，见机行事么。陆以可说：我来埋单。希立水说：当然你埋单，那是几十块 LED 显示屏啊！陆以可说：是不是把羿老师的书法作品也就给人家？希立水说：你拿到啦?! 几时拿到的？陆以可说：也就今早上。希立水说：你行啊，一说他就给写了。陆以可说：我买的。希立水说：还哄我?! 哼，给我讨的小片片呢？陆以可说：我说了，他说你亲自去了才给你写。希立水说：他能说给我写，那给你写还能要钱啦?! 她捏了一下陆以可的脸，陆以可只是笑。

　　两人进了包间，许少林一伙在里边吃饭，桌上杯盏狼藉，人也喝多了歪三倒四。希立水作了介绍，说：是大美女吧，我的朋友不是大美女就不交，她可是万人里也就一个了。许少林：女人看不准女人的！希立水说：你是说她没有我美？许少林说：你俩都美，女人分皮相美和骨相美，你是皮相美，她是骨相美，骨相美耐看，越老越美。希立水说：你这话才说对了！就让陆以可坐到许少林身边，陆以可说：我得先给大家敬酒么。就提了酒壶，从许少林开始，每人敬三杯，她也陪喝三杯，一圈下来，竟面不改色。然后坐下，却说：这菜够不够呀，再加些菜吧！希立水便喊服务员再加了三个菜。许少林说：希立水呀，陆以可还真是个大气人！希立水说：当然喽，初次见面，陆以可还给你带个礼物哩。就说：以可，这里都是许处长的哥儿们，你把礼物拿出来。陆以可取出一幅四尺整张的书法作品，众人见落款是羿光，哇啦就叫了：是羿光的作品呀，市面上可卖十万元的！希立水说：你们知道价呀？众人说：谁能不知道？市政府去北京办事，也都是拿羿光的书法作品么。许少林看了一眼，却还在喝他的酒，说：我就不喜欢他的字。

　　此话一出，众人都不言语了。希立水和陆以可也吃了一惊，希立水说：你不喜欢？许少林说：那不就是用毛笔写的钢笔字吗？旁边的人也就说：我也知道羿光临帖少，书法功力欠缺，名人字画嘛，字画不贵，人贵。许少林说：我更是看不上他的人。市上领导好像重视他，他以为自己真了不起了，其实需要他时他就是金箔，不需要他时他就是玻璃。陆以可要往起站，希立水按了按她的肩，说：他是市政府的参事哩！许少林说：那还不是装潢吗？！他倒浮躁张狂，名士派头，出门中式装，大烟斗的，你看过他的名片吗，什么政协委员，什么参事，什么文化顾问，什么作品获过奖，什么一级作家相当于教授，什么政府津贴获得者，政府利用他，他也会利用政府！一时，大家面面相觑，陆以可脸上一块红一块白，希立水说：喝多了，喝多了吧，你要不喜欢那我就拿走呀！把书法作品叠起来，却塞在了挂在椅背上的许少林的提兜里。

吃毕饭，陆以可埋了单，和希立水送许少林一伙出来，许少林已经脚下拌了蒜。希立水还要拉许少林到一边说话，许少林说：你说，就在这儿说。希立水说：LED显示屏的事，我可要陆以可直接找你了。许少林说：行呀行呀，只要市上领导给我说一声，这没问题么。送走了他们，陆以可说：他不收还是当着人面故意不收？希立水说：可能是故意的，我把书法作品装在他提兜了。陆以可说：不管故意不故意，他怎么能那样诋毁羿老师？你要不拦我，我真会反驳他，或者站起来就走了！那是啥人呀，还追求过你，多亏你拒绝了他！希立水说：咱把咱的事办了就是了，管他是啥哩。陆以可说：这能办吗，真不该先给了他书法作品。希立水说，给就给了，你也没掏钱么。陆以可还生着气，就和希立水告辞离开了。

海若和徐栖见陆以可迟迟没来，埋怨着她这是干什么去了，徐栖还到剧院门口找了一下，也没有找到。演出就开始了。海若是熟悉西京鼓乐的，而徐栖是第一次观看，海若便一边看一边给徐栖解说着节目的名称。先是行乐《十六拍》的韵曲《绕仙堂》、耍曲《出鼓》、歌章《往东瞧》、铜鼓《步步娇》，再就是尺调双云锣八拍座乐全套：先《三股鞭》《云锣起》《云锣尾》《头瑕起》《头瑕》，接《奉金杯》《二瑕起》《二瑕》，再接《摇门栓》《三瑕起》，再后三瑕耍曲，清吹耍曲，金鼓。尺调双云锣八拍座乐的上半部都演奏完了，陆以可仍未出现，到了下半部，海若和徐栖心就慌了，还未结束，就出来寻找。陆以可就蹲在广场边的道沿子上，缩头抱肩，瓷呆得像块石头。

九　司一楠·登丰巷

司一楠在医院里照料了夏自花一天一夜，轮到严念初值班了，海若是和严念初一块儿去的。夏自花输入了血小板后，病情并没有起色，甚至发了烧，咳嗽不已。这使众姊妹又担惊受怕，考虑是不是再打听些中医偏方，或者转院。海若找主治医生说了半天话，出来给司一楠和严念初讲，以前采用中医都没有效果才耽误了病，该医院已经是城里最好的医院了，何况正发烧，病人不能再折腾了。严念初听了，说：我听说有些病就是前世的什么业所致，今世就得偿还，这如入狱坐牢一样，该坐三年就坐三年，该坐五年就坐五年，三年五年的罪受过了就会好的。唉，只是夏自花可怜。便双手合十，口里念起阿弥陀佛。海若说：是真要佛保佑了。司一楠说：那活佛哪一天到呀？海若说：估约二十天之内吧，酒店还没订好吗？司一楠说：就订到香格里拉酒店吧，可以便宜，但还不知随行有几位，订几个套房？海若说：先订下五个吧。三人进了病房，夏自花睡着了，一只脚还露在被外，肿得明晃晃的，轻轻按了一下就一个坑儿，半会儿起不来。海若掖了掖被角，又给严念初低声交代起来：病房里一定要护士每天消毒两次。夏自花要大小便了，不要搀扶着去公厕，就在床上用便器，免得再着风。吊针打得脚手都肿了，多切些土豆片敷着。来探视的尽量不让进病房，进来了待一会儿就让走。隔一个小时做一次病情记录，一旦出现异常情况就找医生，同时给她打电话，但不要告诉老太太。一切都叮咛到，才和司一楠离开。

在一楼大厅，司一楠去收费处又交了一笔款，急着要上厕所，海若却想着天气尚好，中午开车陪老太太和孩子进一趟秦岭散散心，问司一楠还有没有精神头一块儿去。司一楠说三天三夜不睡也没事的，只是昨晚家具店来电话，说是新购的一批货到了，她得回厂去料理一下，还得尽快去香格里拉酒店预订房间。海若走了，司一楠这才去厕所。

司一楠上完厕所刚出来，一个女的急急火火就要进，一看见司一楠，突然停住，说：这是男厕所？！司一楠说：女厕所呀。那女的又看了看司一楠，再仰头看厕所门上的牌子，才进去了。司一楠知道那女的把她认作男的了，心里有些不悦，说：啥眼神！

司一楠五官大方，高鼻梁，双眼皮，只是脖子短，腰身粗壮，又喜欢留个短发，中性穿着，经常被外人误认为男的。但司一楠是众姊妹中最厚道又最能吃苦耐劳的，海若但凡有了难事，第一个叫来的就是她，她也总能把交代的事搞定。司一楠原先开了一家具厂，也有一个门面，出售的家具都是自己的产品，也就是清式的那种八仙桌、靠背椅，桌面椅背上还嵌大理石，十分笨重。她曾要免费给茶庄送两个桌子，海若不要，说和她的审美不同，也和茶庄的风格不大配合。三年前，新进了一张巴西黄花梨板材，宽一米三，长两米，厚二十厘米，平着抬厂门进不去；竖着抬，两边六个人还抬不起来。后来再增加四人，两边各五人，抬着时候力量不均，板材倒了，压住了左边的那个大工匠，又一时挪不开，出了人命。还是海若出面，和亡者家属调解，赔了一笔重金，从此再不办厂开店了。又是海若安慰她，建议门面还要开，纯做卖红木家具的生意。

茶庄的家具都是从福建厂家进的货，海若人熟，就把关系给她，进了明式家具，买卖竟然比以前还好，不久还扩张了门面。司一楠在卖家具时认识了酒店的老总。平日众姊妹谁有客来，都是她去酒店交涉，房间能订到最低价。

离开了医院，司一楠并没有去家具店，也没有去香格里拉酒店，倒是在超市里买了鱼，就往兴隆街去。

兴隆街是一条吃喝街，沿街都是小门面，有卖羊肉泡馍的，馄饨汤包的，扯面拉条子的，蒸饺锅贴的，葫芦鸡，粉蒸肉，甜醅子，兔头，冒菜，臭豆腐，绿豆糕，醪糟，麻辣烫。西京把这条街变成了长桌，各地的名小吃都各显其能地往上摆。人就慕名蜂拥而至。生意太好了，催生了新的行当，原先凉皮、烧饼都是店家自己制作，现在有了专做凉皮、烧饼的，统一配送，街上就多了三轮车，在各家店面门口叮叮当当铃一响，店里老板就拿了篮子出来，清点了凉皮和烧饼，老板总是要给发一支香烟，骑三轮车的却并不抽，夹在耳朵上，嘻嘻哈哈地又骑走了。但骑得更快的是送外卖的小哥，这也是新行业，电动车会在人群里不停地扭转车头，偶尔就摔倒了，自己起来不管胳膊腿蹭破了伤没有，先看饭菜箱的饭菜是否倒出来，没倒出来，扶起车子又骑上走了。常有挑了两筐鸡蛋的人在喊：撞！撞！他不怕撞着别人，怕别人撞了挑子。腊牛肉店门前又在排长队了，卖主是个胖子，一边数着一沓钱票，一边问着来的熟人：来了！来的熟人回应：来了！又问：今天气色好啊！又回应：不好，心脏病脸才红的。再问：啊年纪大了，要把自己看重呀！再回应：是呀，老伴儿熬稀饭，老是稀饭，我为啥不吃肉呢？称好了肉，卖主还在用纸包着，他倒伸手先撕下一疙瘩嚼起来。三鲜葫芦头店门口有棒棒肉，揭开锅了，里边是酱色的猪的大肠小肠、心肝和豆腐干。来点瘦的啊。卖主就用竹筷在里边翻来搅去，拣出一截小肠来，咚咚咚在案板上剁，眼睛却盯着旁边店前的干果摊。干果摊上尽是核桃、红枣、花生、杏仁、巴旦木，有路人顺手抓一个枣丢在口里，若无其事地走过去了。他说：老三，李老三，你摆摊子不管摊子？！一个人从店里出来，看着远去的吃枣人，说：九牛一毛，没事。他说：没事就没事吧，我多嘴！

司一楠买了卤鸡翅、辣味鸭脖，还要去买棒棒肉，大包小包地提着，两个手的全倒在一个手了，腾出左手给徐栖打电话：亲爱的，在家吗？徐栖说：我脚快疼死了！司一楠说：在家穿什么高跟鞋？！徐栖说：我在商场给你选鞋哩。司一楠说：我鞋够多了，买什么鞋？徐栖说：出门得讲究头上脚上的，得把你打扮打扮啊！司一楠说：再打扮，我就不是我了！你看奔驰宝马车，谁在车上再装饰了，只有三四万的车才喷图案呀，写调侃话呀。徐栖说：那就买名牌，阿迪达斯的！司一楠说：我不要，我不穿。我这会儿去你那儿，买了鱼，咱做红烧的吧。徐栖说：你从医院回来了？司一楠说：严念初替换了我。我再去买棒棒肉。徐栖说：不买棒棒肉，熏肠吃了容易致癌的。司一楠说：那不买了，想吃柿子饼吗？徐栖说：我要吃蜂蜜凉粽子。司一楠就跑去粽子店。店里卖凉粽子的当场浇蜂蜜，她不让浇，多了十元钱，另外买了一小罐蜂蜜，拿回去吃时再浇。

路过一家成人用品店，店面极小，而且店门前还有一根水泥路灯杆，稍不留意就被忽略了。司一楠四下看看，天气晴朗，万象更新，迎面过来个七八岁的小姑娘。小姑娘举了串冰糖葫芦，没有吃，却走一步伸出舌头舔一下，竟撞着水泥路灯杆，好像没撞疼，打了个趔趄就跑去了。司一楠笑了一下，闪进店里买了一瓶神油，再买了洗洁剂，从挎包里掏出卫生纸，极快包裹了再装进包。出来时，微笑着，看到隔壁怪味鸭脖店门口的广告牌，上边的那个模特也在微笑，笑得有些羞赧。

这时候，手机响了，以为又是徐栖，看着却是应丽后。一接通，应丽后几乎是哭腔：司一楠你在哪儿了？你能来吗？！你快来啊！司一楠吓了一跳，忙问：怎么啦，你怎么啦？应丽后说：我撞人啦，你能来吗？司一楠说：我就来，不要慌不要慌，你在哪儿？应丽后却说不清了，说：这是哪儿，你知道城南酒店吗，我从工艺坊出来，经过城南酒店向西拐了一个弯，斜对面是家电影院，噢，噢，是丰登路，丰登路西段。

司一楠以最快的速度开车。在众姊妹中司一楠是车开得最快的，应丽后第一次坐她的车，说：你加的啥汽油？司一楠说：九十五号呀。应丽后说：咋觉得油里有疙疙瘩瘩的东西，车一颠一颠的。司一楠说：你是笑话我技术不行吗？我学车不是在驾校的，海姐有车，我问她怎么启动，怎么加油和踩闸，她给我说了，我就直接把车开到街上去了。可能是我踩闸太急吧。应丽后让她开慢点儿，她偏呼地冲了前去，又猛地一停，和前边停着的车只隔一指远。应丽后后来也买了车，司一楠要教，应丽后不让教，老老实实去驾校学了三个月，学成后仍是小心翼翼，一上路就睁大眼睛，身子挺直，双手紧紧握着方向盘。司一楠怜惜应丽后胆小，应丽后倒嘟囔司一楠太野。但是，多年来，司一楠没发生过任何事故，而应丽后不是被别人剐蹭了，就是她追尾了别人。

司一楠赶到了丰登路。应丽后的车停在那里，她却被一个躺在地上的男的抱了腿，要甩开，怎么也甩不开。应丽后说：你不是没大碍吗，你起来走走呀，走走让我看伤了哪儿？男的说：你还嫌没撞死我吗？我起不来，我走不动！应丽后说：那你不能抱我腿呀！男的说：我不抱住，你跑呀，我能撵上车轮子？应丽后说：你哪儿伤了，咱们上医院先给你治么。男的说：我没时间去医院！你就不能私了吗？应丽后说：啊私了，让我赔偿吗，那我给你三百元吧。男的说：三百元你能说出口？！一千元，必须一千元！应丽后说：我身上只有五百元，就全给你吧。男的说：你穿得这么好，开的卡宴，你能没钱？！双方一争执，便围观上来一堆人，应丽后向围观人求公道，没人肯出头，那男的就开始嚎着疼。

司一楠走过去了，问咋回事，应丽后眼泪都出来了，说了经过，司一楠把墨镜摘下来，看着那男的，胳膊上是有一道血，像爬着一条蚯蚓，俯下身用手一抹，皮肤上有一道伤口，突然爆了口：放开手！那男的哆嗦了一下，说：不放，撞了我就得赔钱！司一楠又吼了一下：你放不放？！那男的说：不放！司一楠猛地一推，那男的在地上滑出了一丈远。爬起来了，腿脚好好的，说：把我撞出血了不给钱还打人？！司一楠说：就打了你，你来还手啊，恐怕你还手没力气吧？我告诉你，毒瘾犯了要碰瓷弄钱，这碰瓷的技术也太差了！那男的愣住，声音明显软了，说：大哥大哥，那我就要三百元。司一楠说：谁是你大哥？滚，一分钱都没你的！那男的竟然嘟嘟囔囔，嘴里像含了核桃，看着司一楠，司一楠再骂声滚，那男的浑身土蛆蛆地走了。

应丽后松了一口气，双手在脸前扇风，说：他是抽大烟的？司一楠说：你瞧他那脸，两腮无肉，灰暗得像土布袋摔过的。应丽后说：你咋知道他是碰瓷，我听人说过碰瓷，他就是碰瓷的呀！司一楠说：我一抹那血，皮肤上是有个伤口，但不是撞破的，也不是被撞在地上蹭破的，光光的一道口子，分明是用刀片划的。她拿眼在地上瞅，果然在车底下有个刮脸用的小刀片。应丽后才哦了一声。

司一楠问应丽后怎么就到了丰登路的，应丽后却说她这几天心情不好，倒霉的事就一件连一件。司一楠说：你还有什么心情不好的？应丽后唉了一声，欲言又止了，说前几日出来散心，在城南酒店后边的工艺坊买了一把素文扇，拿去让海姐系一颗珍珠扇坠，海姐说这扇子好，才正好进货了一些一点红的白玛瑙，而且全加工成金刚杵，就让她来多买些，都系上金刚杵坠儿了给大家每人一把。但她来买时，小马牙玉竹扇只剩下六把，别的都是排口大的秋扇，她说一定都要小马牙的，人家就要从别的店里调，让她过两个小时再去取，她就出来想去逛逛商场，没料却被人碰瓷了。司一楠说扇子就是扇子，咋还有什么素文扇小马牙扇？应丽后说小马牙扇也就是素文扇。文扇，它比一般秋扇短了两寸，小骨也少了两方，扇头形状像小马的牙齿，看着小巧精致，适合于女性用么。司一楠说：你也学着海姐的文青范儿，那么小的能扇出什么风，你给她们买素文扇，给我就买秋扇吧，我拿去让羿光老师在上面写几个字。应丽后说：哎呀，我倒没想到这一点，海姐也没想这一点，是该都系了金刚杵坠儿了，再让羿老师都写上字。说了一阵话，司一楠就告辞要走，应丽后看看手表，说取扇子还得一个多小时，她也不去商场了，要感谢司一楠，去咖啡店里喝一杯。司一楠就说她不喝了，要去香格里拉酒店给活佛他们预订房间呀。应丽后说等扇子拿到手了，她可以陪着一块儿去么。司一楠想了想，说也好，但她还得去办一件事，那这样吧，让应丽后先去咖啡店，她办完事就来。

司一楠火急火燎地开车去了徐栖家。一进门，徐栖就拿出买的鞋让司一楠穿，司一楠一脱脚上的旧鞋，臭臭的，忙先去洗了脚。穿上新鞋后，在客厅里来回走，徐栖说：合适不？司一楠说：我这是啥脚么，穿这么好的鞋？却过来要亲徐栖。徐栖说：刷牙去！司一楠刷了一遍，又刷一遍，出来时，徐栖却去洗澡了。司一楠去厨房把凉粽子切好，浇上蜂蜜，放到餐桌上了，然后剖鱼，鱼都剖开清洗干净了，徐栖还没有出来。司一楠就拿了神油和洗洁剂要放到卧室去，一进卧室，徐栖洗毕了，已平躺在了床上。

司一楠说：没时间了，我过会儿还得去香格里拉酒店去给活佛他们预订房间呀。徐栖说：你以为我没事呀，我过会儿也要去税务局的。司一楠就笑着爬上来。亲热了一会儿，徐栖说：海姐都打过玻尿酸了，我是不是也去瘦瘦脸？司一楠说：你脸够小的了，别折腾。徐栖说：我这鼻子还是有些不挺。司一楠说：伊娃鼻子挺，那是外国人，你是中国传统型的，鼻子太挺了，倒觉得怪了。徐栖说：什么是中国传统型的？司一楠说：村姑型的好。徐栖说：谁是村姑啦?！司一楠说：用词不当，是小家碧玉。徐栖说：那大家闺秀呢，是严念初吗，喜欢上严念初啦?！司一楠说：严念初不是我的菜，我也不是严念初的菜，她那高冷范儿都是做出来的。你发现了没，她鼻子垫得太高，鼻尖老是红的。徐栖爬起来往穿衣镜中看自己，却咚的一声响。两人都吓了一跳，抬头看时，是对面墙上挂着的那个镜框掉下来，砸着了下边的衣柜，玻璃裂了几道，把里边的画弄破了。

镜框里装着一幅花鸟画，是冯迎的作品。徐栖曾经向冯迎学过绘画，想也有个一技之长，冯迎不肯教她，说：你长得这么漂亮就是最大的长，还学这雕虫小技？倒给她画了这幅小画。

徐栖说：墙上的钉子好好的，怎么就掉下来了？司一楠说：可能是挂绳打结处松了，掉下来就掉下来吧，不是有沉鱼落雁吗，你这么美了，落框么。徐栖说：那我每天都在的，咋没见落框？司一楠说：我一来你才更美么。

司一楠从床上趴下身去捡镜框，但镜框的挂绳打结处没有松，而玻璃和画不完整了，她并没有重新挂上，说：让冯迎再给你画一张。徐栖仍抱着枕头坐在床边，说：冯迎几时回来啊？司一楠说：可能十天半月回不来。你听说吗，代表团里有个叫梁磊的，冯迎和他好哩。徐栖说：那个梁磊怎么样，能让冯迎看上的人不容易哩。司一楠说：我也没见过。就下床，穿上一只鞋了，却寻不到另一只鞋，单腿蹦着，在床下找。

吃了凉粽子，司一楠和徐栖都要出门，徐栖新换了一件粉红色包臀裙，在穿衣镜前扭捏作态，说：怎么样，这件裙子颜色不艳不俗吧，遮肚子更显瘦。司一楠坐在椅子上又看徐栖又看镜子，却建议还是穿那件运动型裤子好。徐栖说：为啥？司一楠说：你的臀属于O形，虽然丰满紧实，但翘得不突出。徐栖说：下月我报个瑜伽班去。又在镜前照了照，把粉红色包臀裙脱了，换上了H形的运动裤。但司一楠没有穿新买的鞋，说：我不敢再帅了吧？徐栖直愣愣地看着司一楠，司一楠的眼白特别白，眼珠更显得黑，放射着一种清冽的光。她还是把司一楠按坐在了沙发上，强行地把新鞋给穿上，旧鞋扔到了阳台去，说：亏你还讲究是老西京人哩？！

十　应丽后·香格里拉饭店

　　司一楠去了咖啡店，应丽后坐在一张桌子前，桌子上的一杯咖啡冒着热气，她却神情落寞地发着呆。司一楠赶紧道歉她返回来得晚了，应丽后说：倒不是嫌你晚了，只是想着刚才碰瓷的事。司一楠说：那点儿屁事还犯得着太想？应丽后说：我想不通的是我和那碰瓷的争执，围了那么多人竟然没一个帮我，还起哄我给的钱少。司一楠说：你是弱势群体么。应丽后说：我是进城打工的农民？是残疾人？怎么就弱势了？！司一楠说：社会贫富差距大，你开的是高档车，穿的是名牌，人又漂亮，在街上多少人在嫉恨你，还指望帮你？！应丽后不言语了，看着司一楠，说：我应该高傲？司一楠说：当然高傲呀！应丽后这才笑了，说她把扇子取回来了，便拿出十五把扇子来，果然是十四把素文扇，一把秋扇。把素文扇和秋扇一比较，素文扇真的精致美好，司一楠就改变了主意，说她也要素文扇，让羿光老师题写扇面时，这把秋扇就送给他。应丽后说：我就说么，你怎么就不喜欢素文扇？！

　　两人去了香格里拉饭店去见魏总，魏总在楼顶办公区的一间房子里打麻将。司一楠进去说了预订房间的事，魏总说没问题，当下就打电话叫上来前台的服务员交代了预订的间数和日期，价格打六折。服务员下去了,却又进来了他的助理,给了一张名片,说此人找,已安排在休息室,问见不见,不愿见了就打发走。魏总还看着名片,说:哈,还是五个头衔啊,前天不是听人说他不是市文艺学会和国学研究会的副会长了吗?拿了笔就在名片上画掉了两个头衔,却说:这要见的。牌友们就不耐烦了,嫌魏总事多,说好的要清清静静打一场麻将呀?!魏总说:没办法呀。让司一楠替他支个腿子,就笑着出去了。桌对面的那个还在说:你以为你是国务院总理啊!

司一楠就坐到桌前,下家的那位说:这好这好,有男有女,干活不累。司一楠说:我技术可不行啊。桌对面的说:就盼你不行!大家都笑了笑,应丽后就坐在司一楠身后,帮着看牌。打了一局,司一楠和了,再打了一局,司一楠还是和了,司一楠得意,说:我上大学的时候,校食堂都是份子饭,男生总和我们一块儿吃,意思是女生饭量小会分给他们一些的,没想我们倒比他们饭量大!桌对面的就有些躁,说:魏总不在,你也让我们多赢些才是!司一楠说:我想让,这牌不让。抓起来一张,牌就又听了。司一楠喜形于色。应丽后便说:我来打一会儿。听的是两个二饼和两个四条。上家正好打出一个二饼,应丽后没有和,转过来自己抓了个四条,还是没有和,就打出一个二饼。没想转圈过来抓了个一饼,随手把二饼再打出去,把一饼拿起来按在额颅上,看着别人出牌。轮到上家出牌,出了个一饼,司一楠说:和了。桌对面的就训斥,说:她把牌按在额颅上都印出一个饼了,你长眼睛了没?!应丽后窝了一眼司一楠,她就不打了。

三个男人都在吸纸烟,房间里烟雾腾腾,应丽后说:吸纸烟有害健康,少吸着为好。桌对面说:大环境都污染了,还在乎吸纸烟?!应丽后咳嗽不止,出来在走廊里走动。走廊的墙上挂了好几张画,都是山水内容:崖石巉巉,古木森森,白云卧涧,瀑布高挂,其中水边有桥,桥头有屋,屋前有三两女人或立或坐。应丽后看了一会儿,便想着这等山水在秦岭里哪儿见过,画家都是将古人画的局部放大而已,且房屋歪歪扭扭,女人又都腰长腿短,现实生活中画家们都住房讲究豪宅,迎娶要白富美,画起画了怎么尽是陋屋丑女?丑陋就是艺术吗?!忽听见对面一间房里魏总在和人说话,好像在说市上的一位什么领导。那人说:你没有粘上他就好!现在是不粘不行,粘得紧了也不行,你不知道谁就不出事,前边的路都是黑的呀!门没有关严,有一条缝儿,应丽后顺便看了一下,和魏总说话的是个秃顶,可笑的后脑却束一撮头发。那人又说:那咱还得再合作呀,我筹划了一个文化活动,你摆个场子,我来组织书画家,到时多少都给发个红包,所有的作品就全留给你。魏总说:发多大红包?那人说:管吃管喝了,每人五千吧。魏总说:那你能把羿光先生请到吗?那人说:哎呀,请是能请到,你知道,他的字价高,发红包怕不行,得按他的价位给他。魏总说:可以按他的价,如果写上两张,再送一张呢?那人说:这怕还不行。魏总说:那我让茶庄的人去请吧。那人说:你说的是羿光住楼下的那个茶庄吗?老板叫海若,我也熟呀,她有个朋友叫陆以可,是不是?魏总说:她身边聚了十多个朋友,个个不是剩女就是寡妇,却都是大美女啊。那人说:都熟,都熟,我们常在一起吃饭喝茶的。应丽后撇了撇嘴,心里说:真是胡说,我啥时见到你!魏总说:你们熟呀,那正好有两位在这里,我喊过来。应丽后想:这下露馅了!但那人说:事情咱未谈妥,今日就不见了。屋里有响动,是在挪凳子。应丽后担心人家出来了相互尴尬,就轻脚轻步又返回麻将室。

似乎司一楠再没有赢,原本面前的一厚摞钱下去了一半。司一楠说:魏总咋还不来?桌对面的说:和魏总打牌想着赢他,却总是场场输,趁他没来,分给大家几张。竟伸手过来从魏总面前的钱沓上取了几张,给左右各分了两张,还有三张,装在自己口袋。司一楠说：这，这……桌对面的说：魏总有的是钱。走廊里有了脚步声，魏总穿的板儿布鞋，那个秃顶的可能在皮鞋底还钉了铁片，脚步发出当当当的响。魏总在说：你先联络着，过后咱俩再谈。那个秃顶的说：不是再谈，事情就这么说好啊！随后，当当当声音响远，魏总推了门进来，说：天呀，这么大的烟雾，熏貉呀？！

　　桌对面的问：谁呀，说这么长时间！魏总说：告诉个天大的消息，老大出事啦！桌对面的说：哪个老大？魏总说：市上还有谁是老大？！上家的下家的都不打牌了，说：出事啦？魏总说：今上午市委开会，中纪委来人直接从会场上带走的。桌对面的抓在手里的牌掉下去，在地上跳了几跳，他弯腰从地上捡起来了，脸上却笑了，说：哦哦，风声传了几个月了，还真就带走了？！上家的说：他那人我接触过几次，俯仰无节，进退哪能有宽路。司一楠倒不解，问道：俯仰无节？上家的说：在地方当官仰上边俯下边这都正常，但一定要有气节，北京来了人他腰躬着，眼睛瞅着，碎步子跑前跑后，就是一个哈巴狗样子，面对于部下，他却脾气大得很，动不动就拍桌子骂人。魏总说：他工作不力，作风霸道，这还是次要的，重要的是他政治攀附。我知道有几个老板就是他的钱袋子，听说一个花了几千万买了一张齐白石的画，以他的名义送给北京某大人物的，某大人物倒了，在搜家时发现了那画，画里还附着他的简历。桌对面的说，那些钱袋子都是谁？魏总说：这，我不说是非。桌对面的说：魏总不说是非，那你也是大老板了，能在市中心建这么大酒店，给他送了多少？魏总笑了，说：你这坏人啊！我拿这块地可是正儿八经中了标的。我算什么大老板？大老板要赌都是去澳门的，哪有和你们玩这小麻将？！下家的说：那好那好，老大被带走了让老大哭去吧，咱继续打牌，哎，肚子饥了，你让厨房送些饭吧。魏总说：是到吃饭的时候了，司一楠你俩也在这里吃。司一楠看应丽后，应丽后说：这倒不用啦，谢谢魏总！司一楠说：香格里拉的烤鸭做得是全城最好的。应丽后还在摆手,桌对面的就说:谁说要吃烤鸭喝茅台啊?!那太贵了,太贵了!魏总就指着桌对面的,说:行呀行呀,咱就吃烤鸭喝茅台!上家的下家的就哗哗拍手。应丽后说:司一楠老是夸你们这儿饭菜好,魏总人大方好客,但我们饭吃得晚,而且还有事到东郊去,下次吧。魏总说:那好,下次吃,今日就喂喂他们。当下拨电话,安排饭菜,却说:咱有这个条件咱就吃好喝好!我给你们再传达个小细节吧,老大是老西京人,从小的早餐就是胡辣汤,当了大官,还好那一口,就是到北京开会,出国访问,都带上做胡辣汤的师傅。被纪委带走,车在半路上了,看到街头小吃摊上卖胡辣汤,想着以后再吃不上了,就请求能让他下去吃一碗吗?被允许后,他下去就站在小吃摊前一连吃了三碗。大家倒再没说话,唏嘘了半天。司一楠、应丽后趁机告辞。

在饭店大厅,应丽后突然低头说:看见前边那个人吗?司一楠侧头看了,扑哧一笑,说:打扮得像艺术家的都不是艺术家!应丽后说:刚才就是这个人找的魏总,老大被带走的消息也是他说的,他还说和茶庄人都熟,你认识吗?司一楠说:没见过。

等那人走了好久,司一楠和应丽后才出了饭店,饭店门外不远处的街道边,拉了一圈绳,下水井盖揭在一旁,有工人在疏通下水道,掏出了那么多的垃圾:泥沙,塑料袋,菜根树叶,破布烂纸。一股子酸臭味。两人捂了鼻子,司一楠已经绕过去了,应丽后的高跟鞋踩着什么,滑了一下,差点摔倒。低头见是掏出来的一些避孕套,赶紧跑过来,想吐,又吐不出来,弯腰干呕着。司一楠说:咋了?咋了?应丽后没有说踩着了避孕套,说:下水道咋堵成那样?这城里一天要吃要喝多少东西啊!司一楠说:每人擤一下鼻涕,可能就是一个池塘吧。应丽后说:真脏!司一楠说:城市繁荣呀,物质越丰富垃圾越多么。却突然说:你脸咋黄黄的?应丽后说:是不是?你脸也褪色了。司一楠说:我就没化妆呀。仰起头来,天上却是更黄，黄得像患了黄疸，两人就笑了一下，骂起天气，来时还晴朗着，说不行就不行了？应丽后站到了一块报栏后开始补妆，司一楠还是不涂脂抹粉，说：你说我褪色了就褪色吧。却由褪色大发议论：临潼的兵马俑原本是有色彩的，但一挖掘出来就褪色了。西京城春夏秋冬不分明了，该冷时不冷，该热时不热，到处是灯光，白天没了怎么的白，黑夜没了怎么的黑。人也在褪色啊，美丽容颜一日不复一日，对新鲜的事物不再惊奇，对丑恶的东西不再憎恨，干活没了热情，包括对老人的尊敬，对小孩的爱护，当然包括爱情呀。是什么让我们褪色呢，是贪婪？是嫉妒？是对财富和权力的获取与追求？应丽后说：咦，咦，你这是演说还是给我授课？！司一楠哧地一笑，说：我上中学时语文好。应丽后说：这些话你给海姐说去。

司一楠还得回一趟家具店，应丽后仍然要陪着，两人各自开了车去旧城的二道巷。家具店里果真新到了一批货，原包装堆放在那里，司一楠就指挥着拆箱。先是三个条案，四个古董架，两把圈椅，两把交椅，再拆最后三个包箱，发现一个禅椅的一条腿断了，就给厂家打电话。对方说不会吧，包裹得挺好的呀，从没有发生过损坏的事。司一楠气咻咻的，说：我怎能骗你？这批货我最看重的就是这件禅椅，偏偏就是它坏了！我拍个视频给你看看。应丽后让司一楠消气，叫一个店员拍视频。店员拍了，应丽后看后更上火了，说：这就是你拍的呀，让你拍断了的腿，你从上往下拍？！店员脸色通红，蹲下身又拍。传过去了视频，厂家答应更换，司一楠就让店员重新把损坏的椅子包裹起来，钉好木箱，限天黑前发往厂家，事毕，自己还一肚子气，坐在那儿呼哧呼哧喘。应丽后说：好啦好啦，我饥了，咱吃饭去。

这条巷有十几家小餐馆，先进去一家，是卖饸饹的，只七八张桌子。而坐着六七个打工的，浑身的尘土和涂料点子，叼着纸烟，吆三喝五地划着酒拳。应丽后拉了司一楠出来，司一楠说：你不爱吃饸饹？应丽后说：我穿成这样坐在那里？后来连进了三家，决定还是西餐，在西餐馆里点了牛排和面包，还点了两杯咖啡。应丽后便给司一楠说收银台的那个女服务员长得像严念初，司一楠看了，觉得真像，就用手机偷拍了一下，给严念初传了去，问是不是她有个姐姐或妹妹遗失过？两人就笑了一回。

突然，司一楠说：你说严念初现在能有多少钱？应丽后说：你咋关心这事情？司一楠说：就是问问，大家都认为你钱多，我倒觉得严念初现在活成贵族了，开路虎，住别墅，前几天和几个大老板去打高尔夫球，还叫我，我没去。应丽后说：开名车住别墅打高尔夫球就是贵族?! 咱姊妹里如果还有些贵族气的，我看只有冯迎。司一楠说：冯迎行，能赚钱，还会花钱。应丽后说：你是说你吗？你就是个胡花！我给你算算，先是说下围棋呀，又是买楠木棋盘和云子，又是设宴拜师父的，半年过后却兴趣了打保龄球，车后备厢里各型号的球就放了五个。没一两个月又热衷跆拳道，还有摇滚乐，那一堆乐器扔在屋里咋不敲了?! 司一楠说：多兴趣多转移么，海姐不也是这样？话未落，风从门缝里进来，忽地把门扇弹开，像是在哼了一声。应丽后说：你跟海姐比？门都鄙视你哩！你手大是钱从指头缝全漏了，海姐手大是她大气舍得。司一楠说：在你嘴里，海姐就没毛病！应丽后说：她和陆以可都长得挺好的，就是不打扮。司一楠说：这又和我一样了么！这时候，咖啡送来了，应丽后说：以前海姐穿衣服不是白就是黑，我说过她，她现在全变了，你要留长发穿裙子也蛮秀气的。司一楠说：我要是那样，能一下子镇住那碰瓷的？寺庙里有菩萨也有力士，我给你们护法。应丽后说：哦哦，今日你帮了我，过会儿埋单你别和我争啊，来，用咖啡先敬你。却埋怨起了服务员：那拉花呢，你们店门口不是写着咖啡拉花吗？怎么没有？

十一 海若·筒子楼

海若换了身白衬衣和牛仔裤，在去夏自花娘住处的半路上，经过银行，给儿子海童汇钱，没想就遇到吴小琳的娘和一个女的也给吴小琳汇钱。吴小琳的娘尖锥锥地喊叫：哎呀，你没穿长裙我差点没认出来啊！两人就拉拉手，笑着说：以后再来汇了，咱就约着一块儿么。吴小琳的娘有了很多白头发，这使海若吃了一惊。吴小琳的娘介绍那女的是她的姐姐，海若有些不相信，说：亲姐姐？吴小琳的娘说：一个娘的奶头叼下来的呀！是不是觉得我比她还老？我这头发没有染。吴小琳娘的姐姐说：如果全白，那就不染了也好看，你这是说黑不黑说白不白的，就显得老。吴小琳的娘说：我操的什么心呀，能不老？这把年纪了，没人爱的，也没人爱了，还染啥哩，不染了。吴小琳娘的姐姐说：就你供个留学生？海童他娘多精神的，这要脸有脸，要身材有身材！吴小琳娘说：人家是老板，钱上没压力啊！海若说：哪里，哪里。我要比你小四五岁的，我也有白头发了，发现了就拔，拔了又有了嘛。吴小琳娘的姐姐就还真在海若的头上拔下来了一根。

三人出了银行，在大门外停车场上还热乎说话。海若就问候吴小琳的娘最近都忙活什么，吴小琳的娘说：我姐姐刚才来找我，讨论着做个什么生意好,你是生意场上的人,就给我们出出主意。你说开个布店哩还是开饭馆?我姐姐说开个布店专门做窗帘,我觉得开饭馆,要么卖小龙虾,要么卖面。吴小琳娘的姐姐说:又是卖面,卖面,前年你就说开面馆!吴小琳的娘说:还不是你说开个家装店,当时你说得激情满怀,我都同意了,你又说不行。海若说:你们几年前就商议做生意?吴小琳的娘说:可不,总得寻个赚钱的事呀,我看还是开面馆实际。海若说:开面馆是太劳累。吴小琳娘的姐姐说:劳累不要紧,只是一碗面卖不上钱啊。吴小琳的娘说:但吃的人多呀!再不赚钱,一年还不落四五十万?咱平分,供小琳留学的钱也就够了。海若说:二十多万怕不够吧。吴小琳的娘说:够了。你给海童一年汇多少钱?海若说:哦,海童花销大,也够,也够。吴小琳的娘说:海童有女朋友了,给女朋友也得花钱。海童回来了,你告诉我,我让他给小琳带去个手机,小琳的手机坏了。海若说:春节后走的,这时候咋能回来?吴小琳的娘说:我听小琳讲,他不是回上海了吗?海若说:回上海?吴小琳的娘说:小琳讲他女朋友在上海出差,他们在上海约会的呀。唉,海童长得帅,情商又高,都有女朋友了,我那小琳还情窦不开,他们两人一块儿出去的,倒没擦出个火花。海若说:哦,这哦。吴小琳娘的姐姐在接一个电话,接过了,说:那边来电话了,说有三间门面房可以便宜出租,让咱去看看。海若说:啊,那你们快去。吴小琳的娘要走呀,还说:咱多联系啊,记着下次汇钱就叫上我。

海若目送着吴小琳的娘和她姐姐走了,心里一阵不舒服,干脆把车就放在停车场,步行着前往。难得的一个好天气,太阳出来,亮得晃眼,远处的筒子楼顶飞起了一群鸽子,咕咕地叫,听着像是咒语。

每个房子都有死角,每个人都有隐秘处,海若何尝不也如此?离婚后,儿子由她抚养,心想着自己绝对能把一只鸡养成大鹤的,但儿子从十二岁时就开始叛逆，不用功学习，又常常作恶：天越冷越洗冷水澡，天热偏要吃火锅，穿那裆能掉到腿弯的裤子，永远是一双运动鞋，跳起来要把脚印踹在高高的白墙上，一不高兴，就进了他的卧室，嘭地把门关得山响。也是她不满意国内的高考制度，更是想着儿子能换个环境或许会好起来，当一些同学闹着要出国留学，有的去了欧洲，有的去了美国，她便同意了儿子和同班的吴小琳去了澳大利亚。而她始料不及的是儿子没有了她的管束，越发放任自流，考雅思三次都不及格，倒处了个女朋友。海若就说了狠话：考不上大学就别给我回来！又大大缩减儿子的每月费用，由三万元变成一万八千三百元，多一分都不给。现在，儿子竟然瞒着她在上海与女朋友约会！人生在什么阶段就该做什么事情，当学生就好好学习，怎么就处女朋友？既然处了女朋友那就正常处吧，又怎么可以逃学？！海若百思不解自己和众姊妹都是刚学会了走就跑想来还要追求着再飞翔的人生，儿子却不上进，在坠落，像石头滚坡一样坠落，坠落得还那么快乐？！

海若气堵在心口，给海童拨电话。可一连拨了三次，海童的电话都是关机状态。海童在大白天里从来不关机的，她看看表，或许是已经回校了，因为这时候正是澳大利亚的晚上。海若也就慢慢平静下来，一边走着，一边嘟囔着：我怎么就有了这样的一个儿子呢？她自己说着给自己听。人行道上，人很多，有走过来的，有走过去的，一个老太太推着个婴儿车，车里的婴儿还不满一岁吧，瘦瘦的，皮肤发红，像是个猴子，而又有一个中年人牵着一只狗，狗的模样和主人酷似得如兄弟。海若想起了一句老话：看儿女便知其父母，看父母便知其儿女。便叹息着自己没有教育好孩子，海童的毛病是他父亲的毛病吗，是她的毛病吗，或许是她和他的父亲组合起来的毛病吗？

她默默地走，偶尔一回头，身后的地上就拖着她的影子，觉得是在复印。

到了夏自花娘的住处,海若搓了搓脸,还跺了跺脚,才进了楼洞。她不愿意把自己的情绪带给老太太。这幢楼可能有四十多年的历史了,西京的变化都是在不停地拆迁不停地制造新的建筑,为什么这样的楼还依然存在?楼面被雨水淋得污脏不堪,墙皮大片大片脱落,而那突出来的窗台都安装了铁条护栏,像是挂着锈迹斑斑的小笼子,里边塞着乱七八糟的杂物,还有伸出来的木棍或竹竿上,晾晒了被子、裤子、袜子和胸罩。楼里虽然有电梯,海若偏走楼梯,她要在艰难的攀登中出出汗,同时也体会体会越是往上攀登那地球的引力是多大。胳膊终究不是翅膀啊,上到九层,她已经双腿酸困,如果谁只要稍稍用指头戳一下腿弯就会倒下去,而且内衣早被汗湿透了。

敲了半天门,屋里好像有了动静,是扑腾扑腾,间隔时间很长的脚步,门才开了,老太太靠着门扇站着。海若微笑着,还故意耍调皮地把手指放在嘴上,说:姨,我来了!老太太也是挤着皱纹地微笑,说:你来了好!海若说:雾霾了好多天,人心里都长了草,趁阳光灿烂,咱到秦岭里去逛逛。老太太说:进来,快进来,你那么忙的还来看我。让海若坐下了,再说:病又犯了,这腿硬得像木棍,疼得走不了路啊。海若看着老太太,面色灰暗,腰身佝偻,又是独自才哭过,眼睛红肿得像烂桃一般,心里不禁一阵苦酸,说:那我让茶庄人罩些蜜蜂过来给你治治。老太太说:不用了海若,我昨日梦着一大群蜜蜂向我飞来,这些蜜蜂全长着人脸,把我吓醒了,我就作想,这偏方用了这么多年,蜜蜂蜇一次就死掉的,我的病没怎么好,倒是害了那么多的小生命。海若登地一惊,闷了半会儿,说:姨,这是你想多了,蜜蜂身上是有毒的,它酿蜜是遣毒,为你治病也是遣毒的。老太太说:那我身上是不是也有毒啊,听人说父母的岁数大了势必会压制了儿女,我要是早些死了,自花的病就该好了。海若抱住了老太太，老太太瘦得像柴火，她把一颗眼泪滴在了老太太的后背上，说：姨呀，我知道你苦愁，可再大的苦愁再大的难，还有我们哩，你要刚刚强强地给咱长寿着，自花的病也一定会好起来。夏磊呢？老太太说：和我闹腾了大半天，累了，睡着了。海若还是给小苏打了电话，便进卧室去看夏磊。

一进门，一双小红鞋，一只鞋头向着墙角，一只侧在那堆积木里。看到小红皮鞋，海若就想起自己儿子的过去，那时候海童也是这么小，也穿过这样的小红皮鞋，她是每次回来一开门，一排大人的鞋中间有一双小红皮鞋，心里就忽地泛上热流，无限的亲切、温暖和幸福。她捡起地上的小红皮鞋，坐在床沿上，夏磊睡在那里微微呼吸，像只小狗似的，一条腿蹬开了被单，她轻轻握住那一只脚，觉得像握了一团棉花，越握越小。

后来，听到客厅门响，进来了人，海若从卧室出来，见是小苏提着装了蜜蜂的小纱盒，竟然还有向其语，向其语提了一袋子大米。海若问：你俩怎么一起？向其语说：朋友寄来的东北五常米，蒸出来不用菜都吃着香，我给姨拿来一袋，没想在楼下遇到了小苏。老太太听了，又是头不停地点，连声感谢。

小苏开始帮着老太太用蜜蜂治疗腿，海若和向其语在一边看着，老太太就要和她们说这说那的，小苏拿蜜蜂总是蜇不好。海若说：你静静治。拉了向其语到厨房里说话。

海若说：其语呀，今年以来海童没和你联系吧？向其语说：联系不多，以前都是我给他电话，今年倒是他打过来两次，还给我传过来他的照片，多帅的小伙子！海若说：他没向你借过钱吧？向其语说：没呀，他怎么会向我借钱，有什么事吗？海若说：事倒没事，我今年给他汇的钱少，怕他向你们谁借钱的，又惯出他的坏毛病。向其语说：你怎么突然少汇了钱？孩子在异国他乡，举目无亲，一动弹啥都需要钱，可不敢让他受作难的。海若说：女孩富养，男孩要穷养的。向其语说：这我当然知道，你每月给汇多少？海若说：一万八千三百元。向其语说：还有零头？是少了，也太少了。海若说：不少了，当学生么，就是花个租房钱，吃饭钱，学习材料钱，再就是偶尔买件衣服什么的。如果他向你借钱，你记住，一分钱也不能答应他啊。向其语点了头，却半天没说话，拿眼睛看着海若。海若说：你看我啥的？向其语说：我看你眉宇间的表情哩，你给我说这些，其实心里又怕委屈了海童，之所以说给我，想让我附和了你，心里就坦然了。你呀，也就是个蚌，越是有硬的外壳，身子越柔软。海若就笑了笑，说：蚌体内常钻沙子啊！向其语说：那就多磨出些珍珠么。海若说：这次我一定要狠些，要不他会学坏的。向其语说：海童已经不错的了，你海姐的孩子他能差吗，就是差，能差到哪儿去？！海若说：五谷当然比稊稗好，可五谷不熟时，还不如稊稗哩。

卧室里，夏磊醒了，叫着姥姥，叫了一声没见回应，就哨子一样长声叫喊。海若和向其语先去了卧室，夏磊已光溜溜地站在床上。海若要给他穿衣服，他不让穿。老太太不治腿了进来，说句别感冒了，在夏磊头上摸摸，后背拍拍，就给他穿衣服。他还那么站着，穿了上衣，再就让抬左脚套上一个裤腿，再让抬右脚套上一个裤腿，像个木偶。他说：尿呀！双腿叉开来，老太太从床下取了个旧茶缸，那么接着。向其语和海若对视了一下，海若说：他也三岁了，应该让他到厕所去尿。老太太说：他习惯了。就问：磊磊，肚子饿了没，想吃些啥？向其语说：咱们出去吃吧，炒几个菜吃些米饭，永宁路上的那家徽菜馆臭鳜鱼不错的。夏磊却说：我要吃炒疙瘩。老太太说：你真会想着吃！姥姥给你蒸鸡蛋羹，鸡蛋羹有营养。夏磊说：我不，不么，我就要吃炒疙瘩！海若说：要吃炒疙瘩就做炒疙瘩，我可拿手的。老太太说：那好，其语、小苏都不要走呀，一块儿吃。

炒疙瘩是把面粉和软揉筋，搓成麻什，把麻什煮熟捞出来，再把西葫芦、芹菜、木耳、黄花、豆腐、红萝卜切丁后，同熟麻什一块儿炒。海若和面搓麻什，小苏已把水烧开，待把麻什煮着，向其语洗好切碎了菜，然后海若炒起来。两个小时后，炒疙瘩端上了桌，夏磊就要去吃，老太太说：先别，先别。把筷子平架在碗上了，低头合掌口里念叨：饕餮，饕餮，你先吃。念过五遍，把饭碗递给了夏磊。向其语说：姨，你这是念啥的？老太太说：磊磊能吃，吃了肚子又胀，就常常呕吐，你让他少吃点儿他又不行。徐栖来过说磊磊肚子里有饕餮，吃饭前念几遍饕餮饕餮你先吃，饕餮吃过了，磊磊就不暴食了。海若说：哦，徐栖说得对，让饕餮先吃。

大家吃起来，老太太竟又拨通了电话，和夏自花视频，让夏自花看看海若、向其语、小苏来给他们做的饭，让看看磊磊吃饭的样子。夏自花躺在病床上无声地笑，笑着笑着泪流了满面。

饭后，海若、向其语、小苏告辞了下楼，向其语说：海姐，徐栖搞养生走火入魔了，让吃饭前念什么饕餮，迷信能起作用啦？！你竟然还说徐栖说得对！海若说：这个时候老太太没了主见，只要能安稳她的心，说啥干啥都行。向其语说：我看老太太安稳着哩，倒是她徐栖不正常。海若看了向其语一眼，但没有再说话。

十二　高文来·茶庄

范伯生离开香格里拉饭店，去了芙蓉路羿光的书房，敲了半天门没动静，又以老办法坐在楼下花坛沿上等。但这次他失算了，等了两个小时门道里没有女的出来，说：真的没在，就步子一颠一颠闪着到茶庄来。

高文来迎在门口，说：你好！范伯生说：你老板呢？高文来头痒，挠了挠，说：不在店里。范伯生说：啥日子呀，谁都不在？！那我喝口茶。就往里进。高文来的手还在头上，一时来不及，伸了腿拦住，说：这里只卖茶叶，前边拐个弯过去有个茶馆专门喝茶打麻将的。范伯生说：卖茶的咋不能喝茶？高文来说：卖茶不卖水。范伯生说：我就要喝茶！高文来大字形地挡了路。范伯生说：你是干啥的？高文来说：店员。范伯生说：你还知道你是店员啊？！啪地扇了高文来一个耳光。

高文来在店门口和人起了高声，店里的人都没在意，平日里有好多人以为茶庄能喝茶，进来了告知是卖茶叶的，就都走了。范伯生突然打了高文来耳光，高文来也扑上去要还手，小唐赶紧过来把两人分开，说：小高小高，他是客人，他要进来就让进来。高文来口角流血，唾了一口，说：他是来寻衅的！范伯生已坐在条桌前，还气汹汹,说:暂坐茶庄不是很有名吗,咋能有你这样的店员?好狗都不挡路!小唐就说:先生你消消气,小高初来乍到,得罪你啦!小高,给客人沏杯茶去!范伯生说:这怎么就能喝茶啦?

高文来黑着脸,取了一个杯子,撮了点茶叶进去,到隔间里倒水。壶里的热水完了,打开煤气罐再烧,水半天不开,他就站在那里,胸口起伏不定。小窗口钻进一只苍蝇,挥了手在空中去抓,没抓住,气得从柜子下取了蝇拍,三拍两拍也没拍到,最后是苍蝇还站在了蝇拍上。等水烧得咕咕嘟嘟响,他嘴里也皮皮囊囊地骂,把水倒进杯子了,往里呸了一口。

范先生坐在那里,架着二郎腿摇,问:你叫啥?小唐说:唐茵茵,就叫小唐。范伯生说:你知道我是谁吗?小唐说:啊抱歉,我还不知道你尊姓大名。范伯生说:你老板和我熟。递上一张名片。小唐说:是范先生呀,失敬失敬,老板今日有事,一早就没来店里。范伯生说:生意要好,老板得坐镇啊!你听说过羿光吗?小唐说:你是羿老师的朋友?范伯生说:岂止是朋友?!给你说件事吧,你知道他的书法有名吧,值钱吧,可我家他的书法作品多得当褥子铺的。小唐说:唔,那你发大财呀!范伯生说:那不是钱的事,是友谊啊!二郎腿摇得更欢,挑在脚尖的鞋就掉了。小唐说:哦哦,范先生,我们这里确实只卖茶叶,不卖茶水的,可你来了,怎么也得破例么。接着叫:小高,茶沏好吗?

高文来见范伯生起身去厕所的当儿,才出来,他不愿意再看到那张老皮脸,茶杯往桌子上一蹾,一些水溅出来。小唐说:小高,你把架子上那个瓷罐拿下来。高文来搭凳子拿下了瓷罐。小唐说:送水的来了,小高,去扛纯净水!高文来跑出店,门口送纯净水的三轮车正卸桶,他一手提一桶进来放好,又去提第三桶第四桶,就来了四个人进了门。其中三个男的都扛着书捆,另一个小姑娘拿着一束花,全是紫红色。男的说是找羿老师签名的,羿老师不在家,电话联系了，羿老师让把书存放在茶庄，并留下电话，他得空来签了，茶庄会通知再取的。高文来让来人把书放下，也收过了小姑娘的花，说：这是送羿老师的吗？小姑娘点着头，高文来说：送人玫瑰，手有余香。来人说：啊你还能说出这话，真是近墨者黑，近朱者赤，羿老师常到茶庄来，店员也斯文！高文来说：瞧把你们热的，喝茶吗？那人说：茶不喝了，坐着歇一会儿就行，书是宝啊，一捆书特别重。高文来说：好纸是木材打成浆做的，那一捆书就是一截木头么。那人说：我们在路上还议论，羿老师这一辈子，不知用了多少木材。高文来说：羿老师出了那么多书，每本书都发行几十万册，又写了那么多书法作品，各类纸算起来，恐怕砍伐了几座山林，一河湾的芦苇，麦草垛也不少百十个啦！小唐在圆桌上记账，回过头来说：你是说羿老师成生态破坏者啦？！小高就笑了，来人也笑了。那人说：我是别人介绍来的，还没见过羿老师的面，我以为羿老师住的是别墅，门口有人站岗的，刚才去了才知道他也住在高楼上，门口啥都没有，才过完春节一两个月，也没贴对联。小唐说：那能写对联吗，一贴上还不让别人揭去收藏了？那人说：也是！羿老师是不是西装革履，相貌堂堂，和凡人不搭话的？小唐哧哧笑，说：他和你一样，还没你个头高，你还是西服，他常年就穿个夹克，也会蹲在路边摊吃炒凉粉的。那人说：不会吧？高文来说：我以前没见羿老师前，也想象他就是神，不拉屎，也不放屁……小唐说：打嘴打嘴，用的啥词？！高文来说：我真这么想过。就打嘴，却过去问小姑娘：你读过羿老师的书？小姑娘说：我还小，没读过。高文来说：羿老师忙得很，签这么多书，应该给老师补养补养。那人听了，立即说：应该应该，本来想请他吃饭的。高文来说：他人不在就买些茶么，羿老师最爱喝的是白茶。一旁的小甄和张嫂就笑，说：小高你这是推销茶啦！高文来说：这是尊重羿老师么。那人就掏腰包，说：尊重尊重，买一筒白茶！高文来赶紧问：是什么白茶？白茶有两种，一种是清炒的，一种是发酵的。清炒的有安吉白茶、雅安白茶、阳羡白茶、千岛湖白茶、商南白茶。发酵的就是茶饼，最有名的是福鼎白茶，这种茶耐储存，一年是茶两年是药三年是宝，四年以后贵重得不得了。那人说：买最贵的吧。

包裹了茶饼，放在了书捆上，那人付了钱，高文来把人家送出店外。门口又来了四五个中老年妇女，仰头看着茶庄的匾额，又都歪了头往里窥视。高文来说：今日事多呵。迎了过去。其中一个老年的问：这是那个写书的羿光的茶庄吗？高文来说：不是的，茶庄法人代表姓海。又问：店名就是羿光写的呀！高文来说：是羿老师墨宝，但不是他的茶庄。老年的说：他的字贵呀，能题写店名，他在茶庄有股份？高文来说：没有。老年的说：听人说这茶庄是他开的，常见他在里边坐着，我们来瞧瞧是啥模样，恁有本事的！高文来说：他是常来这儿的，但今天没有。

范伯生从厕所出来，端了茶杯要喝，发现茶汤上有什么东西，看了看，说：这是啥茶，里边有唾沫？小唐过来看了，果然有不干净的东西，赶忙说：咋能有唾沫？这哪有唾沫？！这小高咋沏了陈茶，陈茶起沫子，我给你沏新茶！将茶端到门口向外泼了，回头剜了高文来一眼。范伯生却勃然大怒：咋不是唾沫，你小子给我茶里吐唾沫是不是？！抓起了桌上的一个茶盘就砸向了高文来。高文来机灵，身子一侧，茶盘飘过去，砸到身后的小板柜上，柜盖上放着三个盏，一个盏就掉在地上了。小唐、小甄和张嫂同时尖叫起来，忙去地上捡，那个盏已碎成三片，说：呀呀，就这三个盏的成色好，又是大师做的，这三千元啊！范伯生是听到了，并没回头，却扑向了高文来。高文来大声喊：这你得赔！范伯生踢了一脚，但踢空了，而高文来趁机向范伯生戳了两拳。速度极快，谁也没看见，恢复原状，说：你再打我一下试试！范伯生有些岔气，斜着拉了拉身子，骂道：妈的×，我就打你！抓了桌上的一个竹制的如意向高文来打来，高文来抓住了手腕，硬弯过方向，竹如意倒连连打在范伯生的头上，范伯生便把竹如意掉了，一只手拽高文来的头发。小唐就急身插在他们中间，叫道：这是要砸店呀！是不是要打110报警呀？！然后骂高文来：你声那么大干啥，跟狗学的能狂吠啦？！

　　一楼里一吵闹，二楼的楼梯上就一声轻一声重地跑下来了伊娃。

　　伊娃和严念初一直在二楼上。严念初原本在医院照料夏自花，午饭时接到芙蓉路口腔医院的王院长电话，要她三点去一下他的办公室。严念初就给病区打扫卫生的工人塞了一百元，让能陪护夏自花，她限天黑就赶过来。严念初想着见院长不能空手，先前已给买过毛衣和衬衣，也买过海参和燕窝，这次能不能买些茶，就给小唐打了电话，询问海姐在不在。小唐说海姐不在，她便赶了过来买了一万元的特级龙井和一只银制的茶壶。小唐还说：这是送谁呀，这么重的礼？她说：千万不给海姐说我来过，要么她又不肯收钱的。把茶和银壶全装好了，看着时间还早，小唐便安排她到楼上去喝茶。而伊娃受海若的交代，上午在书店里买了一批书，又在花卉市场买了一大抱花，回来到二楼用剪刀修整着往各个花瓶里插。严念初就一边喝着茶一边和伊娃说话。

　　严念初说：伊娃你有多高？伊娃说：净高一米七四。严念初说：我也是一米七四，但你显得比我高了许多！伊娃说：我可能比你能瘦些。严念初说：你怎么减肥的，瘦是瘦却该有的都有。我这要是一减肥，身子瘦了，胸和臀也瘦下来。你用的什么减肥药？伊娃说：我没有减肥。严念初说：不可能吧，能这么漂亮？！伊娃说：你才漂亮！严念初说：中国的医疗器械比不了洋货，中国的人种也比不了洋种。就问起俄罗斯是斯拉夫人种吗，以及斯拉夫人的历史、地理、物产、气候以及饮食习惯。伊娃就把她知道的东西一一告诉了严念初。严念初倒感慨：你生活在那么好的地方，却偏要来中国！伊娃说：来中国学中文么，中国也好哇，不是就认识了你们这么好的朋友！严念初笑了笑，就又看中了伊娃脚上的短皮靴，问什么牌子，在哪儿买的？伊娃说这是圣彼得堡买的，如果喜欢，她给那里的朋友打个电话，很快让他们买一双邮过来，说：你穿多大码？严念初说：三十八码。伊娃说：我也三十八码，你穿了试试。当下脱鞋。

楼下在吵闹，张嫂上来打扫插花剪下的枝叶，伊娃说：谁和谁吵架了？张嫂说：来了一个人，说认识老板，我们从没见过，怕是他胡吹冒撂，没接待，他倒和小高吵闹了。严念初说：认识海姐?！那还在店里吵闹，我看看是谁？站在楼梯口往下一望，又反身回去。伊娃已经脱下一只短靴，说：啥人？严念初说：不认识。伊娃说：你不认识，海姐肯定也不认识，是醉汉吗，他闹什么闹?！就光着一只脚，一高一低从楼上下来，却叫了一声：这不是范先生吗！

范伯生气呼呼地扬起了手，看见伊娃，并没理会，手掌就落下来啪地拍在桌上，还要再拍，便醒悟过来，回头说：咱俩见过的，你是老外……伊娃说：我叫伊娃，我同海姐、陆姐一块儿和你吃过饭。范伯生就对小唐说：听见了吧，我是不是你老板的朋友？我却在这儿受狗东西的气?！伊娃说：你怎么骂他是狗呢，你醉了撒酒疯？范伯生说：我没喝酒，他就是狗，瞎狗！伊娃说：他即便是狗，打狗看主人哩！在这儿耍流氓！范伯生说：谁是流氓？伊娃说：在公共场所耍横就是流氓！范伯生哼了一声，伊娃更是哼哼了两声。小唐也劝：你消消火，我给你重沏一杯茶。范伯生说：喝什么茶，气都气饱了！就从门里走出去。

范伯生走远了，高文来还呸了一口，说：你能行你走啥的？小唐说：还呸哩，他是不对，你怎么能在茶水里吐唾沫?！你有一千个理这也没理了！要不是伊娃来，那姓范的肯定还会闹着不走的。高文来说：谢谢伊娃。伊娃说：我没给你做什么呀。小唐说：小高，也让你受委屈了，我要是个男的，那姓范的也不敢扇你耳光。高文来说：店里都是女的，他才成心闹事，我也是想保护你们的。小唐说：谁让你保护，你没来前，谁在店里吵闹过？！小甄说：从没摔破过东西呀，这盏咋办，三千元的，谁赔？小唐说：这事我会说给海姐的。高文来说：哎哎哎，这事千万不给海姐说，你给海姐说了，我这月的工资就没了。好姐姐，我给你写一首诗。小唐说：谁要你那顺口溜？！伊娃便咯咯地笑。

这时候严念初从楼上下来，将一只短靴给了伊娃，说时间不早了，她得去医院呀。高文来立即帮她提了装了茶叶和茶壶的大纸袋，屁颠屁颠地送到了停车场。

十三　应丽后·泡馍馆

王院长把茶叶包随手塞进了冰箱，倒是仔细察看着茶壶，说：我眼拙，是银制的？严念初说：你识金银货，可你认茶叶却走眼，那可是上万元的龙井，你一定自己喝！王院长就笑起来，说：我喝茶不讲究，人常说吃饭不在乎吃什么在乎和谁吃，泡茶不在乎泡什么在乎用什么壶泡。上个月我在卫生局刘局长那儿见到他用的是银壶，还寻思几时我也买一把，没想这就有了哈！严念初说：这就叫心想事成。银壶是我从日本买回来的，一直压在箱底。王院长说：你咋就舍得了？严念初这才把墨镜往上一推，架在了头顶上，说：孔子说，己所不欲，勿施于人。王院长笑得像是哼哼，就又坐回他的那把椅子上，身子一仰，点着了一支香烟。严念初也便在桌子前的凳子上坐下来，凳子比桌子矮了一半，她就仰视着王院长的喉儿骨，喉儿骨像是在脖子里有个三脚铁架，随时要把皮撑破似的。王院长说：合约起草好啦？严念初说：我已经打印了三份。她绞着长腿，裙子就显得很短，便把脖子上的纱巾取下来搭在了腿面。王院长说：好，好，噢你也吸烟的，这我倒忘了。把一支香烟扔过来，严念初接了，王院长却说：你把纱巾拿掉，纱巾盖住了裙子，别人进来看见了，还以为你就没穿裤子！严念初说：没穿又咋啦？王院长不是那种人！说完就笑，笑声里问：哎，那进设备的事你们研究了吧？王院长说：你把门关上。严念初起身去关门，过来时看到屋角一盆文竹，在一根棍子的支撑下，袅袅浮浮地竟发展成一人来高，说了句：你会养花啊。王院长说：我和书记、副院长的办公室里都有一盆文竹，我整天吸烟，从不经意管它，倒长得比他们的都好！他再吸了几口烟，吐出来，烟雾便把自己罩了，说：就是为这事上午开了院委会，决定公开招标。严念初哦了一下，伸了一下身子，把凳子移近了桌子，一双手搭在桌沿上。十个指头都美甲了，一个指甲上还做着钻石造型。王院长说：是真钻石？严念初说：好看吗？王院长说：好看。严念初说：等我赚到钱了，镶真钻石专门给你看！不是说好在会上过一下就行了，怎么还要招标？王院长说：你知道市委书记出事了吗？现在形势紧张，新的还是招标着好，按程序走，每一步都存下记录，这对谁都好。严念初说：市委书记还真被抓了？王院长说：不光他被抓了，他老婆也抓了，家也抄了，听说黄金就三百公斤。哎，你有几个世界名牌包包？严念初说：十几个吧。王院长说：人家的女儿就三百多个。严念初说：那么多啊！肯定都是别人给送的，咱赚一分钱都得辛苦呀，王院长，做医疗器械的那么多，我能中标？我可是反反复复地把应丽后说通了才见你的，你得帮我啊！王院长说：这多年了啥时没在帮你！我有时在想，这是前世欠了你的今世来还的？严念初鼓着嘴唇，说：就是欠了我的。王院长把头伸过来，盯着严念初，低声说：我把标底告诉你，你把你的价格放低，肯定中标的。严念初说：标底是多少？王院长一只手过来，要揸指头的时候却抓住了严念初的手指头。严念初让他握着，笑了说：听说农村人搞价时捏码子，你也会呀？王院长说：我父亲就是农民么。严念初说：哎呀，那就白白少了几十万，我还说给你买一辆车呢。抽回了手，身子坐直了。王院长又在吸着香烟了，说：我不要你的车，我有公车的，你就是送了，我也不会开，放还没地方，应丽后的事能抹平就烧高香了！合约她看了吗？严念初说：这事咱俩一块儿么。你定个时间，是咱去她家还是让她来这儿？王院长说：你给她打电话，能不能现在一块儿去吃饭，饭桌上好说。严念初就给应丽后打了电话。

应丽后仍是情绪低落，男人发闷了就喝酒，用酒来糟蹋肠胃，女人发闷了则把钱不当钱，到街上胡乱买东西。应丽后没开车，徒步到了金花商场扫视货品。先买了一双意大利logo皮鞋，一条爱马仕头巾，一只小熏炉，再到化妆品柜台买了纪梵希唇膏，又去买兰蔻面霜和肌底液。严念初的电话打了过来，说亲爱的咱和王院长一块儿吃个饭吧，定在了西城河岸的阅江楼吃羊肉泡。一听到和王院长一块儿吃饭，应丽后气就上来了，但她深呼吸了两下，还是缓着声调说她出来没开车，阅江楼又那么远，就免了。严念初说你一定来，咱还要把那事好好给他说哩。应丽后也就应允下来，搭乘了一辆出租车。一路上司机很兴奋，叫着她美女，问这样问那样，应丽后嗯嗯着应了几句，心里说：把我当一般小姑娘搭讪啊？！就不再理睬。到了西城河岸下车，车价是十八元，掏出二十元一张票子，司机还在那里找零钱，她说不用了，头扬得很高，直接开门就下去了。等到了阅江楼下，才发觉装了鞋和头巾、熏炉、唇膏、面霜、肌底液的大塑料袋没有拿，回头看看街道，出租车早跑得没了踪影。自己倒恨自己：出来是干啥来了，竟然能忘了？！

坐在了阅江楼上，严念初和王院长都笑脸待她，说天气，说股票，说被纪委留置了的市委书记。后来王院长用手摸索着下巴拔胡子，严念初又夸说应丽后的西装是藏蓝色的好，大方稳重，又问是什么面料，是买的成品还是定做的，剪裁得笔直利落，肩线硬朗。他们并没有谈到该谈的事，应丽后应付了几句，说：还这热的。开了窗看外边的风景。暮色将近，城河水面仍是玻璃状，轻风扫过，就破碎不堪，而折射到城墙上，却呈现了银灰色和烟青色，交替变幻着各种奇异图案。城墙头上有人骑自行车，是那种三人同骑着的自行车。如果绕城墙骑一圈儿那是需要四个小时的，而他们不是在锻炼，嬉闹玩耍，后来就不骑了，在那里拍照，时不时将脑袋从墙垛处探出来，大呼小叫。他们这样做为的是让城河岸上的行人驻足观看，但留意他们的没有几个，而头影倒映在河里，钓鱼的人倒觉无数的脑袋在城墙上挂着。好多孩子在爬城墙，那是一层一层砖砌上去的，突出的砖棱仅仅三指宽，这简直是比赛着铤而走险，常常便爬到一米两米了掉下来，掉下来再爬，最高的已经到了四米。有老人从树下的草径缓缓走过，走到了楼前，他的嘴在动着，没有胡须，窝进去像婴儿屁眼儿，咕哝着，不知说些什么。草径边的草很浅，开一种小花，如同夜里落下的繁星，发着一种蓝光。走过楼前又去了那边一片树林子，有人在那里安静地坐着，盯着河面涟漪，不为河对岸车的嘈杂和人的喧闹所动。远处飘来唱声，在那个八角亭里，一群人在唱秦腔自乐。每日这些人都在这里定时不定时地唱，或者退休的演员，或者票友，唱惯了几十年而不唱就不舒服，要生病，但在家里唱烦家人和邻居，便不约而同地来这里过瘾。一唱开了，必然会有人席地而坐了听，凡是唱得好的便挂彩，挂一个彩十元钱。那个罗圈腿的老汉就去收钱，然后去告诉唱家，唱家又出场躹个躬了，再唱一段。树上蝉鸣，今年的蝉似乎比往年出现得早，人一唱它们就歇了，唱声稍一停顿，又鸣，鸣得越来越高，此起彼伏。后来起风了，围观的开始散去，唱家还在唱，风刮进口，噎了一下，节奏就乱了。一个听者还坐在那里，头一直垂在胸前，天就完全地黑下来，收钱的老汉已看不清了罗圈腿，却在说：咦呀，你能在风里瞌睡啊？！

应丽后没有像往常那样一开口说话就笑，但也没有吊脸，只是眼睛好像怕光，半眯着，一眨一眨地难受。饦饦馍端上来后，把碗放在腿面上，双手掰着，还不时扭头望望包间的窗外。王院长便问起了话：大美女，我问你个问题。应丽后说：我不是大美女。王院长说：怎么不是大美女？如果强调长相甜的，大眼睛呀，樱桃口呀，削肩弯眉，或者强调丰乳肥臀，那都是为了生育的审美，是农民的意识。瞧你，这五官搭配的，这是高级脸啊！你和严念初一样高，我发现你从来不穿高跟鞋，这宽肩呀，长脖呀，这大长腿呀，就是个衣服架子么。应丽后说：只是个衣服架子，没脑子。王院长噎住了，看着严念初，嘿嘿嘿着不知所措。严念初说：应姐从来都心直口快。王院长说：我就喜欢直爽人么。就又说：大美女，你知道战国时期咱们秦国为什么就能打败六国吗？应丽后说：不知道。王院长说：一是秦国的战马好，二是饮食好。出征时，拿上羊肉和饦饦馍，在野外把羊肉煮好泡上馍吃了，热乎又耐饥，等杀到敌营了，那些敌人才费时费力地淘米呀，洗菜呀，蒸饭炒菜呀，还没吃到口，当然就溃不成军了。应丽后说：哦。严念初说：应姐，你把饦饦馍掰大了，要这么掰。先把馍一分为二，为四，用指甲掐，掐出绿豆颗大，而且每粒要保留馍皮哩。应丽后说：吃个泡馍这么细法！掰大就掰大了，我也是吃过了晚饭，陪你们吃几口就是。王院长说：吃多吃少都要细法的。老西京上了年纪的人，来吃泡馍要两份，第一份掰好拿去煮，再开始慢慢掰第二份，吃完饭后将掰出的第二份用纱布包了带回去，隔天再来，把头一天掰好的交给厨房去煮，又开始掰另一份，这样每天来吃一顿，掰的馍就轮换着。应丽后也就把掰好的馍再拣大块的掰了一遍。终于掰好了，店员拿去了厨房，应丽后掏出一支香烟吸。王院长说：你也吸烟呀？应丽后说：心情不好么。王院长说：你心情不好，我心情更不好啊，这多天了，夜夜盗汗失眠。这突如其来的祸躲不过啊！应丽后说：这话不说了，我已经同意了严念初，利息不要了，权当是我借出了钱。今日咱们吃饭肯定要谈这事的，我只是问你，这本金能怎么个还我？王院长站了起来，又坐下来，挪了挪椅子，说：应丽后，话说到这儿，那我就谢谢你啊！胡老板这一跑路，我一直盯着，他要一回来，我肯定让他把本金一个子儿不少地还你。他若半年一年或者七年八年没踪影，就是他死了，你放心，本金我来还，我是担保人么，我不能甩手不管！但你知道，我手头也紧张啊，一下子拿不出一千万，还望你体谅包涵。我给严念初说了，严念初也可能给你说过了，那就是第一年我还一百万，第二年还二百万，第三年还三百万，第四年还四百万。应丽后说：这得四年呀，一头牛用勺子炒着吃了。严念初说：应姐，确实时间是长了点，可实在是没办法的办法了。你以前也收过一百五十万的利息，将这一百五十万作为一千万的四年利息，也比你存在银行的利息高了，咱就权当是把钱存在了银行啦。应丽后说：唉，我还能再说啥，那行吧。王院长说：那你把以前的合约拿来了吗？应丽后说：这多天都在身上带着。王院长说：我和严念初也拿来了，咱就三人当面把旧合约撕了，重新签个新合约。三份旧合约收起来，王院长就用打火机点着烧了，还用脚踩了踩纸灰。严念初掏出了三份新合约，让应丽后看。应丽后看了，说：刚才王院长说的都在上边。严念初说：王院长说的也就是我和你说过的，都写明在了上边。你看没意见了，咱就签个字，每人各拿一份。应丽后又看了一遍，签了名。接着严念初签名。严念初把笔最后给了王院长，王院长签完，说：我上个洗手间。洗手间里，王院长掏裆就尿，一边尿着一边吁气，像是尿出了个长江黄河。出来，便把笔从窗子里扔了。

　　气氛毕竟是好了，王院长仰身坐在椅子上吸香烟，发给了应丽后一支，也发给了严念初一支。严念初说：我不吸粗的。掏出自己的细支香烟。王院长说：细的不过瘾，我吸粗的，粗的好。严念初说：还是细好。两人互不相让，一会儿高声，一会儿笑语，各说各的好。应丽后想什么是好？商人说利润好，官员说权力好，狗也说骨头好。但她没有接应，脑袋还沉沉的，坐在那里吸上几口了，就掸烟支，烟头上已经没烟灰了，还在不停地掸，似乎这样掸着，所有的晦暗也就没有了。

　　三碗泡馍端了上来，王院长很殷勤，从店员手里先接过一碗，放在了应丽后面前，催促店员：糖蒜，酱辣子，香菜，快上啊！啊餐巾纸，来一包餐巾纸！应丽后拿筷子抄起一口来吃，没料到太烫，一时舌头乱动，还是吐了出来。王院长说：要吹一吹，吹吹。应丽后有些不好意思，俯身用纸将地上的吐物擦了，筷子在碗里搅，要把热气散开。王院长说：不能搅呀，搅着就凌汤了，从碗边刨着吃。应丽后嘴还张着，慢慢平息着嘴唇、舌头、喉咙和胃的烧。

十四　海若·茶庄

　　阅江楼分了手，应丽后回到家里睡了一觉。醒来正是第二天中午。醒来了，却懒得起来，还赖在床上想心事。年轻的时候，早晨一睁开眼，首先想到着一个男人，那是她在恋爱了，而现在她最不愿意想到那份合约，可偏偏满脑子里都是合约的事。她知道再这样就可能要抑郁了，便立即要岔开，就像看电视调台一样，就故意去想今天的天气怎么样，还有雾霾吗，是轻度还是重度？起床后吃些什么呢，是熬些绿豆薏米稀饭呀还是煎鸡蛋冲杯牛奶？而出门穿那件白色Ｔ恤配深蓝色半裙吧，不，半裙上有印花，显得有些土了，要么Ｔ恤配凉凉裤，要么薄荷绿色裙，那么，鞋一定得是小白鞋啊。小白鞋就是最初的合约签了后和严念初一块儿在京贸大厦买的。怎么就又是合约呀？忘了它吧。可怎么忘呢？不思量！能不思量吗？门上有豆大的窟窿，挤进来是笸箩大的风，一点墨滴在水盆里，那是一盆水的黑呀。应丽后就一身虚汗，气又上来，一疙瘩堵在心口：原本把钱贷出去要赚个高利息的，甚至筹划着拿利息就可以再去买一间门面房子，而如今不但没了利息，本金也得四年后才能收回，这是多窝囊的事！又给谁说去？！应丽后便睡不住了，起来洗澡。洗着洗着，又想，王院长的朋友跑了路，王院长真的肯在四年里还清本金吗，能还得了吗？上一份合约签得好好的，王院长和他的朋友拍了腔子，海誓山盟，结果出了不测，那么，现在签的合约会不会将来再出意外呢？心里又慌起来。多少年里，应丽后凡是心慌意乱的时候都要去拜佛的，只有给佛焚香磕头，祈祷一通了，才能灵魂安妥。可法门寺太远，龙兴寺也在城东，应丽后便想到茶庄的二楼上给那里的佛烧烧香。

于是应丽后给海若打电话，问在哪儿，海若说在店里。应丽后说你没有出去呀，海若有些莫名其妙，说你是希望我在店里还是希望我不在店里？应丽后支吾着，她心里是不希望海若在店里，担心自己控制不住把合约的事说给了海若丢人，但海若这么一问，她倒不能再说她不去店里了，便说那你等我啊，我把素文扇买到了，我送了来。就开了车去了茶庄。

茶庄在这个早上很热闹，开门不久希立水领着一个男的来了，当着小唐、小甄、小苏的面，跟海若说这就是羿老师给她介绍的男朋友。还没等海若说话，大家就惊叫了，说快乐的希姐永远都给我们带来快乐！啪啪啪的一片掌声。那男的说：希立水总说暂坐茶庄好，说老板和众姊妹们好，说店员们好，我就来看看大家！希立水说：不是你来看看大家，是让大家来看看你。欢迎各位评头论足啊！那男的算不上帅，国字脸，腰粗腹大，还在站着微笑，说他在市体育局工作，他们那儿有网球馆、羽毛球馆、游泳馆、乒乓球馆，盼望大家去锻炼。高文来却问：是免费吗，还是能打折？那男的说：是收费的。希立水就说：哈你是处长，我的朋友去了还收费？！小唐、小甄、小苏又惊叫：哇，还是处长呀！希立水揸开了五指，说：小拇指头，小拇指头！那男的说：我不能坏了制度，但我掏腰包给买票么，还可以再买一杯热饮。大家又是哇哇叫好，倒打趣希立水：啊哈，希姐这下砸到你手里了！那男的说：希立水优秀啊。海若拉了那男的坐下，让小唐快沏茶来，说：人家是政府里的人，咱这些体制外的平日戏耍惯了，别吓住了他！希立水说：你起来，你起来！让那男的从门口走到茶柜前，再从茶柜前走到门口。然后说：好了，这模样，这步态，三百六十度无死角都展示了，你快去上班吧，我留下来还要说说话。海若赶紧叫小唐取两盒陕南毛尖送上。那男的要付钱，希立水说：别做作了，海姐送的就拿上。那男的也笑着说：我比老板大得多的。海若说：年龄再大，立水叫我姐，你也得叫我姐！倒拍拍那男的后背，送出了门。那男的一走，希立水问：能审查过不？大家又起哄，有的说好像不是处长吧，政府官员都是强势的，怎么你让他走几步他就走几步，遛狗呀？有的说，男人出门看一头一脚，头梳得光，脚上皮鞋也擦得亮，不错！但怎么那么黑呢，你一直得意是众姊妹中最白的，偏偏就给个黑的，真是报应。有的说：嗯，身体好！希立水说：嫉妒了，嫉妒了，我找个男的，都这样糟践我，我要说不要了，你们就一哄而上去抢吧？说完抱住小唐就笑。大家也都在笑，说：咦，咦！

　　海若最后把希立水叫上二楼。海若说：婚姻大事，你咋这么不正经？希立水说：正经呀，领了他来让大家看看，这就如政府的干部任免要公示一样么。海若说：瞧你那说话，又是调侃，又是戏谑，人家若不适应，该怎么看你！希立水说：如果他看问题不看本质，那谈不成就拉倒吧，世上还有的是好男人。海若说：咱这姊妹里我看就你心里不安分，五花六花拧麻花的。既然对上眼了，就认认真真和人家谈。羿老师介绍的？希立水说：嗯。海若说：羿老师倒关心你！给他买媒人鞋了？希立水说：今天领来让你看，你认可他了你也算个媒人，给羿老师买鞋的时候也要给你买一双！

　　希立水走了后，海若正收拾着那些玛瑙金刚杵儿，应丽后就来了电话，也真是巧，要把素文玉竹扇拿来。应丽后来后，海若说：你多是忙完一天了，晚上才到我这儿喝茶的，今日上午倒有闲了？

应丽后说：想你了么。海若说：好好说话！别人说你情商低不会说话，倒花言巧语了！应丽后就笑了，说：也是送扇子呀！把扇子从挎包里取出来。海若说：还有！应丽后说：没了。海若领着上了二楼，里边的摆设好像又有了些变化，北边的条案上，靠左是一座水晶做的小佛塔，靠右是一摞线装的经书，中间一尊佛坐像。条案前的一张矮桌上，东边摆着一束花，一盏灯，一碗净水，西边摆着一碗净水，一盏灯，一束花，再前是个香炉。应丽后就急切地去点了一支香插在香炉里，跪在桌前的那块方形蒲团上，一边双手合十往上看着，一边嘴里嘟嘟嘟地念叨。海若就沏了一杯茶，说：这是咋啦，一来就拜佛了！应丽后说：求佛保佑我。念叨完了，起来坐在海若身边。海若递给了一支香烟。

海若说：焚香礼佛，吸烟自敬，你先吸支香烟吧。应丽后把香烟点着。海若说：有了事才来求佛，佛不会满足你的欲望的，求佛只能求自。应丽后说：我自己求不了自己么。狠狠地吸起来，烟头红亮，却不冒一丝烟缕，一口一口，很快就燃了一半。海若说：哪有你这样吸烟的！出啥事啦？应丽后说：唉，也没事，只是心里空。海若再没言语，把那些素文扇摊在罗汉床上，又去翻那些书，摘录四字词语，以备羿老师题写时用。摘录出的词语有：境界现前，染净不二，阿鞞跋致，清风在握，旷野无尘，逸翻独翔，高尚其事，鸣鹤在阴，被褐怀玉，澹然无极，格物致知，解衣般礴，得大自在，有孚盈缶，幽闲贞静。墙角里有了嚯嚯的声音。应丽后说：现在有蛐蛐？海若说：你都能吃到四季菜，咋就没各种虫子？！应丽后说：在屋里？海若说：外边窗台上的吧。应丽后说：二楼这么高的，蛐蛐也能上来？两人又都不说话了，海若在翻着书页，唰啦唰啦响。应丽后把一支香烟吸完了，说：你不听我说什么？海若说：你不是不愿说吗？应丽后就笑了一下，笑得很短，刚一出声就没了，她说：那你不翻书了，听我说。

应丽后就说了严念初和芙蓉口腔医院的王院长熟,王院长的一个朋友姓胡,姓胡的是个大老板,有楼盘还开办了一个培训学校。严念初给她说王院长是好人,胡老板是好人,都极其优秀,非常有经济实力,他们在一起十多年了,给过她很多帮助。而胡老板的楼盘没有卖出,又要扩建培训学校,资金上一时转不开,能不能贷给他一千万元,利息每月五十万。她就通过严念初和王院长贷给了胡老板一千万。确实是前三个月都按时给了利息,到第四个月就没有了,后来胡老板的资金链断了,外借的钱多,整天都有讨债的,胡老板就跑路了。

海若先还一边翻书一边听,见应丽后哭腔下来,就不翻了,说:啊啊,这么大的事,你咋不和大家商量一下,这类事情社会上发生了好多,没想你也这样?!应丽后说:我一是贪心了那高利息,二是严念初介绍的。海若说:那现在咋处理的?应丽后说:严念初给我说事情发生了,已经无法指望了利息,当然本金要拿回来,王院长是愿意替朋友还本金的,但王院长本人并没多少钱,他可以分四年给我还清。海若闭了嘴,长长地从鼻孔里出气,后来自己也点着一支香烟,说:你现在是担心这本金还能要回来要不回来?应丽后说:我一想起这事就五脏六腑火一样烧,海姐,你得给我出主意!海若说:赚钱的时候就没你海姐啦?!应丽后说:要不我咋就恨死了我!她拿拳头砸自己脑袋。海若说:不砸了,白痴脑袋越砸越白痴啦!你们没什么合约?应丽后说:当时和严念初、王院长、胡老板签了个合约。现在情况变了,又签了个新的合约。海若说:带合约了吗?应丽后就掏出了合约给了海若。

海若把合约逐句逐字地看,口里喃喃说道:这么高的利息你也不想想可能吗,天上真是下馅饼呀?又问:当时借贷,王院长是直接担保人?应丽后说:王院长和严念初都是直接担保人。海若说:这合约上王院长是直接担保人,而严念初是连带担保人呀。应丽后说：啥？她是连带担保人？！俯过身自己看了，果然严念初名字前写着连带担保人。应丽后脸色都白了。海若说：这合约是谁起草的？应丽后说：严念初，是她严念初。海若说：你咋不看看就签了字？应丽后说：我看了，胡老板一跑路，我那几天就急坏了，只想着如何拿回本金，新合约上我注意的只是每一年返还多少钱。说罢就愤怒了，骂道：严念初怎么能这样？不是她，我认识王院长是谁，认识胡老板是谁？我是信得过她才同意借贷的，她竟然这时候要脱身？！海姐，海姐，她怎么这样？出了事变，我认的还是和她的情感，才同意只收回本金，又同意四年收回，她竟这样待我？！海姐，海姐！就泣不成声了。

应丽后一哭，海若并没有安慰，连着吸了三支香烟。应丽后哭了骂，骂了哭，足足半个小时过去，突然拿起桌上的手机，站起来。海若说：你干啥？应丽后说：我找严念初去，我这就去找她严念初！海若说：你把手机拿错了。应丽后看着手里的手机，才发现她拿的是海若的。海若说：你现在找她干啥，骂她，打她，杀了她？杀了她钱就回来啦？！应丽后又哭起来，拿手打自己脸，说：海姐，我咋这么傻啊，我这是被人卖了还帮人家数钱么！海姐，你要帮我，我就积蓄了这些钱，他们这么使手段设套子呀，到时候说没钱不给还，那我就活不了啊！众姊妹里，我对谁不是实心？对她严念初啥时候不是要袄就还给裤子？她把我引到崖上了，看着我掉了沟，她拧身就走，还用树枝扫没了她的脚印？！海若说：严念初也不至于要坑你害你，她退缩是一种本能，自我保护么。这我要给她谈谈，这个时候了，她无论如何都要维护你的利益，催促王院长还钱。应丽后说：那要不还呢？海若说：该相信友情。应丽后说：你让我相信友情？海若说：让严念初相信。应丽后哽咽着，慢慢静下来。

一个小时后，海若送应丽后回去，分手时应丽后还说：海姐，那你一定找严念初呀,我急得很。海若说:我比你还急!这不光是一千万的事,咱姊妹总不能从此少了一个人啊。应丽后抱住了海若,海若说:好了好了,回去在家里正对门的墙上挂一面镜子。应丽后说:是不是挂了就能镇邪消灾?海若说:让你多照照自己。

十五　伊娃·拾云堂

一上班，海若接了个电话，脸上表情丰富，语气也柔和，还时不时颤着笑。高文来和小唐、小甄、小苏都不敢弄出响动，电话打得时间长，就在一旁看着，有一句能听见是在说谢谢，有一句好像又在问候什么，听不清楚。高文来悄悄说：这是谁的电话？小唐说：你特务呀？！高文来说：我看海姐头上放光哩，是不是有好事？小唐说：当然有好事。果然海若接完电话，告诉市上又要召开招商大会，需要二百筒猴魁茶。高文来叫道：哇，一笔大生意！小唐说：赶快备货！大家一阵忙乱，一包一包的猴魁茶装进精致的纸制筒里，小甄贴了私房茶的标签，伊娃又按了暂坐的印章，然后盛成四大箱。海若让全搬到她的车上了，把钥匙交给小唐，让送到招商大会的海青饭店去。小唐低声说：是齐老板给联系的？海若说：不是。小唐说：市委书记不是出事了吗，怎么还开招商大会？海若说：你咋知道市委书记出事啦？小唐说：我是听顾客讲的，还说问问你，证实一下哩。海若说：嗯。小唐说：不会牵涉齐老板吧？海若说：我给齐老板打电话，没有打通，不会牵涉到他的。这次招商大会是市政府办的。交给了小唐一张卡。小唐说：还是给宁秘书长？海若说：他一直照顾咱的。小唐说：还是那个数？这次也就二百筒么。那是不是咱把每筒提些价？海若说：不用。就戳了小唐一指头，说：你真会抠！叫了高文来也一块儿去，又叮咛多带些，回来经过吴老板那儿了也送上几筒，不知吴老板闭关结束了没，打问打问活佛来的情况。

小唐和高文来跑动了大半天，回来竟带来了十小瓶豆瓣酱，一袋子蒸馍。海若也是从外面回来不久，正翻着手机给大家看她拍的照片。照片是拍摄了阳光将路边的一排老松投射在围墙上的影子。高文来也凑过来看，说：照这影子干啥？海若说：你没注意到影子把树枝的交错结构、明暗关系都表达得清清楚楚吗？高文来说：呃。小唐就告诉了海若，吴老板闭关还没有结束，活佛什么时候来也没准头，但公司的人却送了他们秦岭农业园产的豆瓣酱和酵面做的蒸馍。高文来说：酵面蒸馍里边有小孔，又虚又筋道的，夹上豆瓣酱香得很！海若就把蒸馍发给大家，掰开了夹豆瓣酱，果然十分好吃。都吃着了，高文来没吃，却在问海若：海姐，你怎么就能想着拍树影子？海若笑了说：我学着画画，即便对着树写生老是画得不像，看到那影子倒觉得照影子画着好。小唐说：海姐上厕所，厕所地板铺着大理石，她总是能在大理石的纹理上看出各种人的图像哩。高文来说：这是对的，文学艺术都是建立在观象和想象上。海若说：噫，不错呀！那我倒要问问你，你去过东城河沿那片槐树林子没有？高文来说：去过一次，那里谈恋爱的人多，再没去过。海若说：如果在那里看到地上有许多草没了茎，而旁边的土里却长了三四棵向日葵秧子，你会怎么想？高文来说：我没看见过，就是看到了这能想到什么呢，草被羊啃过？谁种了向日葵子？海若说：唉，你没谈过恋爱。高文来说：我谈过，人家要房要车我没有，就吹了。小唐伊娃她们就嘿嘿笑。海若说：你想想，这一定是坐过一对初恋人，那男的不知说些什么，女的害羞，侧了身下意识地去掐草，那些草就被掐得没了茎。而他们一直在嗑着葵花子，这时来了风雨，就急急起身走了，雨把那些葵花子冲在了土里，葵花子中有些没嗑的，又恰好三四颗并没有炒，过后就生长了几棵秧子来。高文来说：姐，海姐，你一定搞过写作！海若说：我没写作过，只是爱读些书。高文来说：你有写作的才能哩！一脸的佩服相。海若就说：不要把蒸馍吃完啊，留下两个和一瓶豆瓣酱，伊娃你给羿老师送去。伊娃说好。

伊娃知道羿老师的书房就在后边小区中的一栋楼上，但不知道具体的楼号和房门号。高文来说：二号楼三单元1501室。海若说：你咋晓得？高文来说：那天来签书的人说的，我记住了。海若说：噢，还有这心！那你也领伊娃去吧。去了很快回来，别影响人家写作。

高文来和范伯生吵闹过后，海若是严厉批评了他，但并没有惩罚，也没有让赔偿那只大师手绘的盏，只是不让他接待顾客，负责一切杂活，比如拖地、提水、搬运货物、打扫厕所、清理垃圾，店前有顾客开着车来了，安排停车。海若同意了他也去羿老师的书房，得意了，又得寸进尺，从挎包里取了新写的一首诗稿揣在怀里，领伊娃去了小区，寻到二号楼三单元，坐电梯直到了楼顶。

羿光在洗手间马桶上哼哼着，便秘得拉不出，听见门铃响，嘟囔了一句：不出来就不出来吧。起来开了门，见是伊娃，喜出望外，把伊娃抱住了，一边说：怎么是你来了！欢迎欢迎！一边双手在伊娃的后背上拍，却看到门旁边还站着高文来。高文来提着个塑料袋子，说：羿老师好！羿光说：哦，还带个保镖？！伊娃说：别人给海姐送了豆瓣酱和蒸馍，海姐让我给你送些，小高带的路。羿光说：好啊，给我送好吃的了！让两人进了屋。屋里客厅不大，窗帘紧拉，有些黑暗，就开了灯。高文来说：羿老师，这像朝圣一样，感谢你能让我进家看看。羿光说：这不是我的家，是书房，一般情况下每天早上从家里过来，晚上再回去。这你不感谢我，得感谢伊娃呀！伊娃你还真的在茶庄当店员了？伊娃说：在茶庄能和海姐多待些时间，也好好学些茶的知识。羿光说：是不是学习了要在圣彼得堡也开个茶庄呀？伊娃说：这倒没想过。羿光说：我倒希望你在西京开个西餐馆，现在好多中国人都喜欢西餐，我可以帮你找门面房，到时候还会天天带一拨人去消费的。伊娃说：啊，啊，羿老师也喜欢西餐？羿光说：喜欢呀，也喜欢洋酒和咖啡。高文来一时插不上话，便东张西望屋里的摆设，说：开眼了，开眼了，在这么个环境里，写出了那么多大作！羿光说：我写作是在里边那个房间，你去参观参观。高文来进了里边的房间，大呼小叫起来：啊，啊呀羿老师，我能拍拍照吗？伊娃看着客厅的东面柜子，柜子的玻璃门锁着，里边放满了书，书前又是各种各样的小件古董、奇石、雕塑。看完了，回过身，靠着柜子，又看着西面的柜子。羿光就站在了她的旁边，说：可以呀，你随便照。一条胳膊也顺势撑在了柜子上。伊娃还看着对面柜子里的古董，说：你这么爱你的民族的文化，怎么能喜欢西餐？羿光说：这不矛盾呀，你真漂亮！伊娃说了声谢谢，目光回到羿光脸上，羿光的眼睛里好像有水。她说：其实我不漂亮，有雀斑，你看见了吗？羿光说：这雀斑也好看么，中国古代的美女，常常还要在脸上故意画个痣的。羿光好像要用手去摸鼻梁上的雀斑时，却一下子把伊娃推靠在柜面上，吻住了嘴。伊娃冷不防被吻住，气出不来，睁大了惊恐的眼睛，脸都憋得通红。约莫一分钟，身子分开了，伊娃还在那里喘气，说：羿老师，我是把你叫老师的，你怎么会这样？羿光说：这有什么呀，难道就没人吻过你？伊娃说：那也得我同意呀，你突如其来，不容分说！羿光说：这词用得好，我喜欢你呀，这就像看见了一朵花。伊娃说：这花不是你家的呀，老师！羿光说：可我看到了美丽，闻到了香气啊！伊娃说：是不是你们文人好色？羿光哈哈笑起来，却喊道：高文来，你来给我们拍个照啊！高文来从里间屋出来，说：羿老师，我以为你的写作桌是个大案子，没想到那么小的。羿光说：你一生吃那么多东西，嘴不就那么小吗？伊娃，过来照个相。伊娃脸色依然通红，说：我有些热，去下洗手间。羿光说：热了脸色才好看哩。但伊娃还是去了洗手间，心里怦怦跳，低声说：坏蛋，坏蛋，坏蛋。她的口红模糊，嘴唇显得很厚，忙擦擦洗洗，重新化妆。出来了，和羿光照相。高文来一边照，一边说：羿老师，我想不通的是，你书中那么多人物，那么多情节，竟然有条不紊，层次分明，生动有趣！你是怎么写的？羿光说：那有什么呀，眼睛一闭，面前就什么都出现了，按着出现的场面往下写就是了。你照相，注意构图。高文来往前往后，一会儿蹲下一会儿跷脚站好，拍着，又说：哎呀，你这话可把多少作家能气死啊！伊娃说：照好了吧，咱不耽误羿老师时间了，该回吧。羿光说：你还没参观写作间的，那里得留下你的气息。领了伊娃去了写作间，一一介绍了每一件古董的年代，其文物价值和艺术价值，以及他收购来的故事。又引领着到小阁楼上。高文来说：楼上还有啊？！上到了阁楼，阁楼是玻璃顶，能看到天空，正有一朵云。高文来激动了，长声啊了一下。羿光说：小高还有诗人劲儿。高文来说：我就写诗的。从怀里掏出一沓纸，说：羿老师能给我指导指导，看我是不是写作的料？羿光说：是不是写作的料，你应该有感觉。高文来说：怎么个感觉？羿光说：你到生人家做客，一碗饭端上来，能吃完吃不完你能估摸吧，总不会吃不完却端起来吃，结果给人家剩下一半。高文来说：也是的。但他还是把诗稿给了羿光。羿光说：你没让伊娃看看。伊娃说：看过，觉得我在沼泽地里走，很累。高文来说：哪呀哪呀！伊娃就对那个大画案来了兴趣，把案上的毛笔、镇尺、竹刀、印章和每一种颜料盒都拿起来端详，后来弯腰看那个盛满清水的瓷盆。羿光把诗稿顺手放在架子上，说：那叫笔洗。伊娃说：笔洗？羿光说：就是涮笔的缸盆。伊娃又拿起砚台边的一只小瓷蛙,小瓷蛙蹲卧状,有着长舌头。羿光说:那是肚子里落了水从嘴里出来,调墨用的,叫滴水。伊娃却说:这么长个舌头,丑!羿光说:啊,啊伊娃,你第一次到我这里来,我给你写个扇面吧。就在桌下取出一把团扇。伊娃说:我不要的。高文来说:你不要?羿老师的书法可值钱了,四尺整张是十多万,扇面也二三万的!羿光说:四万。伊娃说:是吗?这么贵呀,那我更不要了。羿光说:呵呵,你不肯要我倒偏要送你的。取笔蘸墨,便在团扇上写了一行小字:桃花气中美人来。伊娃说:这是什么意思?羿光说:你知道柳如是吗?伊娃说:是人吗?高文来说:我知道,古代的一个歌伎。羿光瞪了他一眼,说:这是形容美人春天里从桃花林里走过,或者是美人来了,桃花就全开了。伊娃说:这是形容我吗?羿光说:正是。伊娃拿过了团扇,让高文来给她拍了照。

　　三人再往客厅,下楼梯的时候,高文来在前边走,伊娃在中间,羿光跟在后边。伊娃还看着团扇,回过头,说:谢谢你的礼品。羿光就势俯身又吻,但伊娃已下了一阶,没有吻上。

　　要离开了,羿光用报纸包了团扇,又找了个纸袋子装了,说:伊娃,这团扇可不要在茶庄让人看呀。伊娃说:为啥?让大家也分享我的收获呀!羿光说:那她们会怨恨我,我可没给她们写过的。伊娃说:给海姐也没写过?羿光说:初认识时写过。伊娃说:初认识?就像我今天一样吗?羿光说:想什么啊?!高文来却说:写了什么诗句?我想该是"凤栖常近日,鹤梦不离云",还是"白日曜青春,时雨静飞尘"。羿光说:你背诵的古诗还不少么!是"才子正半老,佳人已徐娘"。高文来鼓掌道:这好啊!谁的诗句?羿光说:我的。伊娃说:这又是啥意思?羿光笑而不答。

　　临出门,羿光对伊娃说:伊娃,我想索要你个东西,不知肯不肯?伊娃一脸疑惑,说:我今天空手呀,羿光说:你自带的,我要你一根头发。伊娃说:头发?羿光说:留个纪念。伊娃就把头发拢到面前，挑了一根拔下来。羿光把头发对着空中看了看，在指头上绕成圈儿，装进了一个小陶瓶里，又打开柜门，放进去。下了楼后，高文来说：羿老师好浪漫哟！伊娃没有言语。高文来又说：多温婉的男人！伊娃还是没言语。

十六　海若·茶庄

晚上，海若在小区对面的那所中医馆做了艾灸，回来上床前想着明日星期天不营业，可以睡个懒觉了，就关了手机。不料凌晨四点半就醒了，怎么也睡不着，瞪大眼睛盯着玻璃窗。窗子上沿的燕子窝里，燕子还没有动静。发现燕子是前年的事，那时才在垒窝，城市里能有燕子，而且是这么大的雾霾里燕子来了还垒窝，海若是惊喜了好长时间。古书上讲，家有吉兆，莫过于燕子垒窝梁上生花。她是把屋顶所有有木头的地方都看了没见到灵花，便担心燕子会随时停止工作，而重选别处的窝址呢，所以十多天没敢打开那面窗子。好的是窝在窗子上沿垒好后，燕子年年都来，今年还提前了十二天。海若看着燕窝，再次想起燕处超然这四字古语：燕子是亲近人的，却并不像猫呀狗呀的和人日常厮混，它总是在门楣、屋梁和窗沿上，与人若即若离。海若就起床梳洗，冲了一杯奶粉，加进去些麦片，吃过了，自叹活得不如个燕子，又到茶庄去。

起得这么早，街上也有了许多人，车辆更是往来不绝。与其说尘世的新的一天又开始了，不如说尘世就连轴转着没有断过。海若突发奇想，上千万人的城市里，人都是住在哪里，好像从没听说过谁进错了家门。望着远远近近的高楼，无数的窗口已经亮灯，感叹着这些还黑黝黝的水泥大山,山原来是空的,空空山。

到了茶庄门口,天还模糊,海若并没有进店,却去了后边的露水市。吴老板的佛堂里有着一只磬,听吴老板说那是在露水市淘来的。难得这么早来,海若想着茶庄的二楼上也该有一只磬着好。露水市被称作鬼市一点不假,所有卖者和买者形象都不甚分明,咕咕涌涌,低声嘈嘈。海若在那里转悠了几圈儿,没有发现有磬,倒淘得一面铜锣。卖者自称这锣是明朝,从一个祖上打更的人家里收购来的,海若不管年代真假,觉得打更的锣好哇,打更的人起得早,又给人报平安,就提着转回茶庄来。

茶庄的门竟然开了,小唐和高文来在卷竹帘,擦玻璃窗,一问,原来是社区办在五点钟给小唐打了电话,问她是不是暂坐茶庄的老板,她说她不是,老板是海若,她是店员唐茵茵,有什么事吗?社区办的人就抱怨,说茶庄留给他们的两个手机号,一个关机了,就打这个手机,管你是不是老板,很紧急通知一件事。然后便口气坚定地指示:今天上午市长要来检查环境卫生,辖区里所有的单位和私人店铺六点左右必须要打扫,尤其茶庄得保证店前路面和广场上不能有一点儿垃圾,广场边的椅子上不能有灰尘,冬青木绿化丛里不能有废纸塑料袋和枯枝败叶。小唐说:天呀,这么要求我们,咋不要求雾霾呢?!社区办的人说:你说啥,说啥?!小唐赶紧挂了电话,起床就给海若打手机,海若的手机真的是关着,便联系了高文来。

小唐说:市长要检查就检查吧,社区办兴师动众地提前打扫卫生,这不是作假吗?海若说:打扫吧,打扫完了你们早些回去休息。自己倒进店上了二楼。

海若把锣挂在楼梯口,屋里还有些暗,一切家具、摆件似乎也都睡着,便咣咣咣敲了三下。忽然就笑了:锣一响,家具、摆件就该苏醒了,相互震动着,就有了灵性,又都作用起来形成一个气场吧。她决意每日来二楼，都要先敲三下锣呀。

听见锣响，小唐跑上来说：店前来了卖花车，有发财树，有绿萝，有兰花和马蹄莲，咱买不买？海若说：咱店里那盆发财树活得不精神，就换一盆，马蹄莲有多少？小唐说：有两大抱的。海若说：都买了！我正好没事，修剪了插上几瓶。小唐就出去和卖花人说以旧的发财树换新的发财树，如果同意，可以把所有的马蹄莲全买了。一番讨价还价，两人就抬回一盆发财树，又抬出去一盆发财树，然后把两大抱马蹄莲拿到了二楼。海若付了钱，小唐打发卖花人一走，高兴地说：今日也算没白来，给咱换了盆新发财树！海若说：咱这茶庄就你这耙耙子有齿！小唐：耙耙子就算有齿，匣匣子没底呀！海若说：你是嫌我不会过日子？小唐说：就是。咱茶庄虽然能赚，但你也确实能花，是胡花！海若都逗笑了，说：要不我咋离不得你嘛！小唐嘿嘿了一阵，说要去烧水沏茶，海若说：不烧了，我不喝的。小唐说：你不喝，茶神还喝哩。

在一楼的隔间里烧了水，先沏了一杯茶供在陆羽像前，弯腰拜了三拜。再沏一杯茶端到楼上，海若已开始修剪起马蹄莲，小唐放下茶杯就下楼去抹桌子擦地了。

高文来抱了笤帚扫过了店外的台阶，又去扫小广场，天就亮了，是睁开眼的那种亮，豁然然地太阳光就染红了茶庄后边的高楼的顶。没有多少雾，但手机上的空气质量报告，PM2.5 的指标仍很高，正疑惑：哎呀，那这以后什么才算是好天气呢？就看见从茶庄楼的侧墙后走过来了几个人。高文来当然能分辨出什么人是顾客，什么人是市里各种管理机构的公干。这几个人走路双腿分得很开，胳膊甩着，脸面严肃，就知道不是收税金的便是抓安全和卫生的。高文来装着认不得，一边安排着新来的顾客停车，一边拿眼看着那些人进了店。倒，倒，再倒！他指挥着倒车，咚的一下，车尾碰到了台阶，开车的人在骂：你胡喊啥哩？！高文来再不吱声，担心那些人进了店到底干啥。也就放了笤帚进店来。

店里,海若在说:市长来过了?那些人中有个夹皮包的,说:市长已经来过了。高文来说:我一直在店外,没有见到市长呀!夹皮包的说:你能认识市长?!高文来说:不认识,但市长出来肯定前呼后拥的。夹皮包的不理会了他,给海若说:市长喜欢突击性的检查,他是坐着一辆车,随时就停下来走走转转,经过咱这区域没有停车,也没有下来,那就是表示满意了。海若说:既然是突击性检查,你们倒能事先知道?夹皮包的说:咱有内线呀。海若说:那以后你们的通知尽量提前,昨晚要是打扫了,就不至于今早这么紧张。夹皮包的说:这次已经够及时的啦!我们也是昨晚一点才得到消息的。市长是个工作狂,常常是三更半夜有了什么决定,就打电话召集手下人。高文来又插了一句:他就不睡觉?!夹皮包的还是只给海若说:没好身体当不了大领导啊!海若说:可权力又能使人健康啊!

给来人各装了一盒茶,他们走了,高文来鼻子里哼哼着,说:忙了半天,还没有见市长的面儿,这就检查完了?小唐说:你是不是还想再打扫?!海若掏出二百元来,一人给一百,让赶快回去再补一觉。小唐不要,高文来见小唐不要,他也不要。海若说:别人没来,你们两个来了就算加班,怎能不要?拿上!然后推他们出门,自己把店关了,再上了二楼。

太阳普照,小树林旁有了十几人跳广场舞,那些大妈都腰系了红绸带,拿着彩扇,扭扭捏捏地反复做着一套动作。吸鸦片上瘾,跳那样的舞也上瘾?可想想,什么不上瘾呢,饮酒上瘾,吃饭上瘾,喝茶也上瘾呀!而更多在樱树下遛狗的,是些从乡下来打工的年轻姑娘,她们自己还没有结婚,却相互为狗寻找配偶。当然什么品种的狗要配什么品种的狗,一定得保障纯正。狗在那里交配着,她们就于一旁谈论着从公司跳槽,谈论着股市,谈论着房租涨价。在城里生活啥都要钱啊,现在更多了买纯净水的钱,空气净化器的钱!她们就商量起如果辞了工作能做电商呢,还是做网红?但商量没个结果,末了就窃窃私议坐在广场边长条椅上的那个老头。是科学家呀,那么大岁数了听说还没退休,在什么核研究所工作。核是什么样的核呢,是原子弹吗?一时都惊奇地看着,敬佩不已,却说:呃,世上凡是太好的东西都是不用的。

海若在二楼上把马蹄莲修剪完了,一大堆的梗茎碎叶。站起来活动了一下筋骨,就给严念初打电话,想着趁现在茶庄清静,能叫来促膝谈谈。但严念初的电话关机。待把梗碎叶都收拾完了,又重新摆放了那几个花瓶,已经过去了半小时,再拨一遍电话,严念初还是关机。七八年来,自己是偶尔在晚上睡前关一下手机,而严念初一直自诩她的电话二十四小时畅通,怎么就大白天的关机呢?海若说:你惹下多大的麻烦了,你还关机?!心里就躁起来。把古琴拿来,要稳定一下情绪,弹一曲《渔舟唱晚》吧。这个曲子可以说她是熟悉的,可怎么一时无法把握住节奏,原本是风清月白之下划着小船的意境,弹出来划水的声音自己都觉得难听,那不是在划水,是船在石头浪里颠簸。她就不弹了,去桌上翻那本《芥子园画谱》,翻了几页,也觉得无趣,又坐到罗汉床上要摆弄那些珠子和素文扇。一时倒哼地笑了一下,觉得自己越来越沉不住了,焦虑、慌张,有一点儿生气就上火,是更年期快到了要变态吗?羿光曾经说过,好女人是长得干净,性情安静,而自己已经很难安静了。可事情实在是又多又杂,她无法安静啊,太多的精神追求和太多的生活辎重实在难以调和,就像肾脏不好却又要减肥一样,治疗肾脏就得用激素,用了激素身体就肥胖。她不知道自己是捡了西瓜漏了芝麻,还是捡了芝麻漏了西瓜。正是要在这种困境中挣脱出,她才想起佛来,皈依后常去吴老板那儿的佛堂与众居士聚会,又承诺了活佛到来由她接待。但这些天,活佛一直没个到来的准确日期,而儿子的不成器,夏自花的病情不好转,应丽后又向她控诉严念初变更合约，更有无法言明的压力就是市委书记被带走，会不会还牵连出齐老板呢？她深悉自己能量太小，力量太弱，像是一口井了，扑哩扑咚地往下掉东西，井都要堵实了。

海若把一掬珠子拿出来，挑来选去，看中了十颗，绳线却怎么也穿不进珠子的眼儿，去取放大镜时，胳膊又撞了装珠子的盒子，盒子掉在地上，哗哗啦啦，所有的珠子都在地板上跳跃滚动。而窗缝里这时又挤进来了两三只蜜蜂，制造着小噪音。海若坐下了，再不去捡珠子，也不拍打蜜蜂，摸出一支香烟点着了吸。

吸过一半，海若还是拨通向其语的电话。向其语在医院伺候夏自花。向其语说：咦，这么早打电话？海若说：情况怎么样？向其语说：你是问夏自花吧，也不关心我夜里睡了没，今早吃了没。海若说：听你这口气，夏自花的情况还好。向其语声音低下来，说：不好，似乎比前几天还差，扶起来坐也不想坐，只是躺着。海若说：唉，还是一阵清醒一阵迷糊吗？向其语说：是呀，昨天傍晚醒过来了，见夏磊没在，就又流眼泪。海若说：老太太没带孩子去？向其语说：昨天下午来过，来了她迷糊着，老太太就是哭，我打发他们走了，她却醒了过来，说是要吃泡面。海若说：怎么能吃泡面？向其语说：我也觉得不能吃，她说她想吃，特别想吃，我泡了一碗，却仅仅喝了几口汤。海若说：你把这些没告诉医生吗？医生怎么说？向其语说：医生说他们尽了最大的努力，用的也是国内目前最好的药，只能再观察，等待有奇迹出现。海若就沉默了。

海若挂了电话，她想喝酒，不知怎么就想喝酒。从二楼跑到一楼，从柜子里取了一瓶红西凤，再上到二楼喝起来。店里没有菜，只有茶点和一些干果，但她懒得再下楼去拿了，就举着瓶子，一口一口地喝。很快，一瓶就下去了一半。海若头重起来，眼睛发黏，脸上的肌肉却似乎有些僵硬，后来便一歪身，倒卧在了罗汉床上。酒瓶子趁势溜脱了手，掉下去，但没有掉在地上，仍还在床上，反靠着床头板，往外流淌。海若痴眼看着，那酒瓶子也醉了，流淌出来的不是酒，是透明的血。

　　所有的人在喝醉之后都喜欢给亲朋好友打电话，海若也是这样。她紧紧地抓着手机，手机是她唯一能抓住的东西，好像落水后的稻草。

　　她第一个给表弟打，表弟是齐老板的部下，十多天前去了福建考察那里的一个房地产项目，走时还主动提出可以顺便为茶庄收购些茶叶。表弟回话说他还在福建，今年四大名枞产量不高，但质量倒比往年好，已经收购到三十斤白鸡冠，三十斤水金龟，五十斤铁罗汉，还有一百斤大红袍，都装包托运了，估计三天后就能收到。海若却在问：你老板呢，老板呢，这么多天都联系不上，手机一直关着。表弟才告诉说齐老板在他来福建的头一天去了澳门，齐老板习惯一出去就不用旧手机了。海若知道齐老板在澳门赌过几次，每次都是输，怎么不汲取教训又去了呢？海若说：你肯定他还在澳门？表弟说：我昨天和公司的人通过电话，齐老板是在澳门。海若说：你想办法通知他赶快回来！表弟说：有什么事吗？海若说：有事。她重新拾起酒瓶，喝了一下，呛了口，原本是感叹号的语气，便变得沙哑无力。

　　打过了表弟的电话，海若从罗汉床上站起来，突然看到窗子里射过来的光柱里满是些活着的虫子，往起一跳着要抓，身子竟感觉要飞起来。太神奇了，这种感觉她是从来都没有体验过的。海若立即想要把这种感觉告诉给众姊妹，便胡乱地按手机号码，而手指头却有些不听指挥，常常就按空了，或者一下子按了两个号码，手机发出嘀嘀的噪音。她就在骂希立水，在骂陆以可，在骂虞本温，在骂向其语、应丽后、冯迎、严念初、司一楠、徐栖，还有伊娃，为什么不接电话，为什么都不接电话?! 这时候，她激灵了一下，把手机几乎贴在了脸前，睁大着眼睛认真地一下一下按号码，嘴里说：你们不理我，我给羿光电话，羿光会给我说话的。

海若是常常有烦心的事就想给羿光说，尤其在喝多了酒，羿光能接纳她，陪她说话，能说两三个小时，有几次最后竟然就醉卧在他家的沙发上不省人事。多少年了，海若面对着自己身体去解释女人这个词，除了晚上在家里的床上，洗澡间，穿衣镜前和化妆台上，再就是坐在羿光面前了，听他说话，笑，或者揶揄，那是完全的慵懒甚至柔软，像一只小猫，眉眼迷离着，是融化了的糖稀，拿不起来，又粘在手上甩不掉。但是，羿光却从来没有对她做过过分的动作，没有，没有拥抱，没有接吻，甚至在认识之后连见面握手都没有。海若也疑惑过，羿光结识的女人是太多，她也和一些小女生相好，一个比一个漂亮，是羿光并不爱她吗？她细细观察和感受着，她相信自己的观察和感受能力，羿光是爱着自己的。羿光说过，男女有了一次性爱，要么就越来越亲，要么就再不往来，形同路人。羿光或许是对她，以及对她的众姊妹们，喜欢着，却不愿意有了那一种事情而使这种感情难以持久。

海若给羿光拨电话，电话是拨通了，却一直没人接。今天是怎么啦，打谁的电话不是关机，便是通了又没人接。为什么没有接呢？他这时候要么是从家里已经去了书房，要么在外开会或参加什么活动，可再忙也能接个电话呀。是不是书房里又有了那些小姑娘？海若这么想着，心里无名地紧迫，就使起性子，又拨了一次，再拨一次。他烦了吧，就是让他烦！她甚至在罗汉床下寻鞋，要趿上了直接就去小区楼顶的书房去。这时候手机响了一下，是菜倒进油锅里的尖叫，手机在桌上颤动着打转，上面显示了号码，是羿光的。海若像抓鱼一样把手机抓起来，竟然再一次滑脱。但羿光的口气低缓，在解释说手机一直静音，刚才来电没听见。海若说：这我不信，你在搪塞我。以前是你多给我电话，后来是我不给你电话你不给我电话，现在你已经连我的电话也不接了，我真是悲催！你干什么事了，把手机静音？羿光好像在笑，声音更低缓了，又解释说在打麻将，从昨天晚上打到了现在。海若说：打麻将？你不是惜时如金吗，能这么久打麻将？和谁在打麻将？！羿光还是解释，是和三个男的，其中就有市委秘书长。海若说：真的？那你让秘书长接电话。羿光还是解释，秘书长输了，他一输就把麻将牌哗啦推了，生气地上班去了。而另外两个朋友一个上厕所一个洗脸，而他也是输了，他正在复盘。海若听出羿光是实话，那秘书长虽然聪明能干，也最能帮她，但脾气是急躁冲动，心性是不如羿光，羿光输了还复盘，厉害人就厉害在这里。她说：哦，那我能来吗，你给秘书长说过陆以可的事了吗？羿光仍在解释不要来了，他们三个还要继续打麻将，你来了不好。已经给秘书长说了，但人家现在很为难，老大一出事，他们都是惊弓之鸟，这时候没人肯办这些事了。海若的酒劲儿似乎慢慢退去，还要说些什么，羿光说了一句我正复盘哩那就这样吧，电话就断了。海若这才吁了一口气，仍多少有些遗憾通话的时间太短，她还有好多话要给他说，她多想听听他那解释的声音呀。电话又一次唱着音乐响起来了，她拿起来看也不看，就说：你不是复盘吗还打回电话？！电话那头却是：你在怨恨谁了？海若一惊，酒醉完全清醒了，才看清是希立水的号码。

希立水说：海姐，海姐，我有一肚子烦恼，我得给你说！海若说：我是你垃圾桶啊？！希立水说：那我说给谁呢，这么大个城里，人似乎都没长耳朵，说给谁呢？你让我憋死呀？！海若坐直了身子，哼了一声，说：烦恼了在家里喝酒，或者出去转转。希立水说：已经转出来了，就在茶庄外，茶庄今日不营业吗？海若说：我就在二楼。希立水说：啊呀，你活该是我姐，我需要你的时候你总会出现。海若说：我命苦！咋就有你们这些姊妹？希立水说：那才几个人呀，皇帝养活一国人哩！

海若头重脚轻，走下楼梯时，楼梯台阶就是棉花做的。开了店，果然希立水的车就停在门前。希立水说：把门锁了，上车来！海若竟然就锁上店门，一上到车上，却骂：你有病啦是不是？希立水说：你是药么！车开动了，希立水说：你喝酒了？一个人喝酒，也不叫上我！海若说：你一喝多就是哭，眼泪鼻涕的往下流，肯定不叫你。希立水说：好好好，你吃独食吧。可上了我的车就像是肉到了我的案板上，切呀剁呀今日就由我啦！希立水开了车却不去商场买货也不去饭馆吃东西，竟毫无目的地在街上转，出了这条巷进入那条街，进了这条街又去了那条巷。海若说：这是到哪儿？希立水说：车轮子到哪就哪儿！

　　希立水并没有说她的婚姻，她把辛起的事复述了一遍。海若说：瞧你认识的人，多聪明的！希立水说：她是聪明。海若说：怯懦是聪明，凶残也是聪明。希立水说：你说我去不去香港？海若说：啥事你都去呀？！稍不留神，车的前轮上了路沿，忙打方向盘，轮子再从路沿上下来，车子颠簸了两下，海若从座位上弹起来，说：你咋开的车？我在你车上，拉的不是土豆！希立水笑了一下，说：你柔和些，车都嫌你说话硬哩。我想我是去不成的，肯定不去。海若说：你告诉她，她也不要去！希立水说：她原先日子过得苦，谁知道她做事这么狠的，我都后悔交了她这样的朋友。想和她不来往吧，可她黏我，给我哭诉，又觉得她蛮可怜。海姐，人常说谁谁有烂桃花运，我偏遇上这种人，真不知该怎么待她了。海若说：既然是你的朋友了，她黏你是你还能让她黏么。希立水说：就像我黏你一样？海若说：你是来给我诉烦恼的还是来戏闹的？不正经！希立水说：正经，正经。你说。海若说：我给你说个例子吧。我以前认识一个人，他学校毕业后找不到工作，临时在曲湖的一个景点当讲解员，不知听谁说我和曲湖新区主任认识，就三天两头来让我给主任推荐他，我推荐了，主任把他招为合同工。干了一年，他又认识了一位副市长，又是不停地找副市长，他就从景点调到了市旅游局。

他从此认为只要锲而不舍地找领导，什么事情都能成功。他是后来当了科长，当了副处长，还要当办公室主任，就又找旅游局长，一边给局长行贿，一边写匿名信诬告竞争对手。结果局长因腐败被抓了，他被调查出来，开除了公职。你这位朋友，那样做可能是为了生存，为了生存可以给那香港老头使手段，但若养成这种思维，做什么事情都要不顾一切，那就可怕了。如果啥事只顾自己，其实自己就是弱者，而且一辈子也发达不起来。希立水说：是呀是呀，我也这么想的，却说不出你这话，能不能几时我带了她来见见你和大家，你跟她说说。海若说：行么。你见过那香港老头？希立水说：没见过。海若说：见过她丈夫？希立水说：这倒见过一次，人倒还帅，没本事脾气暴，她说他有家暴。海若说：还有家暴？希立水说：几次我看到她鼻青脸肿的。海若说：唉，这咋和冯迎一样的命。希立水说：我倒是同意她和那男的离婚，她现在分居了，却总要从家里拉走些东西，还让我帮她。哎，她如果真要拉东西，你这边能否找一辆卡车，寻几个有力气的人。你们小区那儿能租到一个放东西的小房子吗？海若说：不用再找房子，放到司一楠家具店的库房就是了，拉的时候我给派人派车。却说：你认识不认识什么讨债公司的人？希立水说：我不认识，谁欠账不还了？海若说：不认识就算了。

两人差不多转到十二点，在一个小饭馆吃了拉面，希立水把海若送去医院。那时，什么地方发生了火灾，消防车曳着长声吼叫。

十七　向其语·能量舱馆

向其语从医院回来后，下午没事，接了夏自花的娘和孩子到曲湖游玩。曲湖占地上万亩，四周浓桃艳李，樱花正繁。老太太腿脚不好，就在湖边亭子里坐了，她和夏磊在草坪上追逐蝴蝶。一只蜻蜓飞来站在石头上，向其语表演着说：蜻蜓你歇，我捉蝴蝶呀，不捉你。蜻蜓果然不动，她一下子捉住了，让夏磊拿了去玩，自己便望起湖水。湖水在风里起波，像煮沸了似的，一时想到许多不如意的事，眉头又皱起来。众姊妹中，向其语的皮肤是最白的，鼻子也秀溜，缺陷是嘴唇太薄，爱皱眉。嘴唇做了填充后又总是涂着丽红的唇膏，显得艳乍，但就是改不了皱眉，一皱，眉心便像爬了条小虫子。海若曾说：心事太多啊，都成了疾病啦！向其语就有意地搓搓眼睛，不再看湖水，做起健身操来。一回头，却见夏磊拔下了蜻蜓的一只翅膀，让蜻蜓飞，蜻蜓掉在地上，他又要拔另一只翅膀。向其语就一下子生气了，训斥了几句，心里不爱怜了这孩子。这当儿工商局的老申来电话，问她在不在馆里，她说她在外边，老申便抱怨他带了几个人来，你竟然不在。她说你让经理先安排客人，她立即赶过去。便把老太太和孩子送回筒子楼。一路上孩子不理她，她也不理孩子，只和老太太说话。

自和人合伙办的塑料加工厂因污染严重被政府关闭后，向其语就一直干啥都不顺当，费了多大的难缠争取到了资格证，开了家药店，而选址不理想，店面规模还小，收入并没有预想的好。去年冬天贷款再开了家太赫兹能量舱馆，顾客是少，虽然知道新馆要煨热得一年两年的，但贷款利息的压力却让她难以轻松。这期间，老申就来过几次，并不断地给他们拉客人。向其语到了馆里，老申带来的客人都已进了舱理疗，而他却在休息室喝茶。向其语说：哎呀，你没去做呀？老申说：我不做，只全心全意给馆里拉生意。向其语说：为啥我敬重你，你没私心么。老申说：就是来看看你。向其语说：噫，十年前你这么说，我信的。老申说：这世上千变万化，但有一样一直不变，就是人与人的感情。十年前我爱慕你，十年后依然如此么，我说的可是真话。向其语说：那我就当真话听了！今日该不会带来的是什么女士吧？老申说：啥时候见过我带过女的来？来的是三个朋友，请他们领导哩。向其语说：这就对了，多带领导来，领导体验过了能影响更多人来。便让经理重新换茶。经理新沏了一盖碗特级龙井，说：请申先生包涵，这是向总自己的茶，她不在我不敢动用。向其语说：以后就直接叫申哥！申哥带人来了，一律上好茶，申哥一个人来，一切免费。老申喝了特级龙井，顺口说了一段话：一碗喉吻润，二碗破孤闷，三碗搜枯肠，惟有文字五千卷，四碗发轻汗，平生不平事，尽向毛孔散，五碗肌骨清，六碗通仙灵，七碗吃不得也，只觉两腋习习清风生。向其语说：哪呀，哪呀，你有这好的文采？老申说：我爱读些杂书，古人说的。向其语说：我记下，转给暂坐茶庄的老板，让她抄了挂在店里，这是多好的广告！老申说：你也认识那里老板？向其语说：我们好得是姊妹。老申说：听说那里能买到全市最好的茶。向其语说：那当然。起身给茶碗续水，就势拉开窗帘。窗外正是小区院子的东南角，大约三亩左右，高高低低长着松、柳、樱、海棠、丁香、榆、槐、桃，其中夹杂着玫瑰、芍药、美人蕉，月季在院墙头上蓬蓬勃勃了一堆。老申说：你这馆选的地方好！向其语说：咋个好？老申说：树长得这么多，树最懂得生长环境的。向其语说：是不是？老申说：树一站那里，就不动了，但都是想飞，你看许多叶子都是羽状的。向其语说：你是说我哩还是说你哩？老申嘿嘿笑。向其语说：以前真没看出你懂得这么多！老申说：略晓得些草木知识。平常不愿多说的，见了你倒话多了，不嫌我在卖弄吧？向其语说：我喜欢你卖弄。老申就夸夸其谈了，向其语也配合得紧，取了笔纸，说：你说慢点，我记下了，也可向别人炫耀。

于是，老申再讲：樱是树中最不正经的，特立独行，开花在前，生叶在后，是未婚先孕。柳是有情思的树，古人远行相送，都是赠个柳枝，你看它初绿时就是一树轻烟。槐树也作谎，常开些谎花。香椿为树上熟菜。石榴树性感呀，果实熟时裂壳露籽的，就像美女故意要穿低领。核桃有大年小年的，为了能年年挂果，需用刀剖树皮一圈。柿树不嫁接，结果只有枣大，俗称软枣。瞧那片菟丝子吗，爬上了那棵松树，它会依附，却显得多缠绵啊。那一堆白石头，几时能长上苔藓呢？听说过宁夏的枸杞吗，最能结果，一株结成千上万，但根几丈长，从没人完整地挖起过。还有锁阳，数九寒天仍在地下长，地面上方圆一尺内都不会结冰。哦，陕南很多地方产牡丹，水烧开了像牡丹绽放，当地人把白开水就叫牡丹花水。

老申兴致还高，做理疗的三人出了舱，洗澡换衣，也来到休息室，老申就不讲了，起身给向其语一一介绍。向其语也便知道了那个耳后络腮的是位领导，两个瘦子，一个是领导的部下，一个是领导部下的朋友。领导掏出香烟吸，向其语忙抱歉她不会吸也总是忘了备香烟，忙让经理出去买，自己倒亲自去沏茶。偏偏是壶里没了热水，插了电炉再烧，待烧好端了茶来，老申好像刚说过领导的气色好，领导正说：才在舱里蒸过呀，气色可能会好些，其实身体不行，这些年太忙太累，心理压力又大，血脂、血糖、血压都高了。老申说：当领导是辛苦啊。一个瘦子说：可你想象不来领导有多辛苦！就说这次接待北京来的巡视组吧，开会，约谈，汇报，写材料，陪同去十个单位检查，白日黑夜连轴转着十多天，我都累得趴下了。领导一直笑着喝茶，把茶碗放下了，说：这儿没外人，我给你说，做人难，仕途上做人更难，对上要仰，对下要俯，百暖百寒，乍阴乍阳，人间多少恶趣都得尝的。老申说：可多少人都在想尝这恶趣啊！四个人就笑起来。

笑过了，却一时都没了话。向其语趁机给各人茶碗里续水，老申便伸手摸了一个瘦子裤带上挂着的玉，说：向老板脖子上挂玉，你也挂玉呀，这玉不错么。瘦子说：和田籽料，雕了个貔貅。老申说：你这做商人的就该佩戴貔貅，貔貅是只吃不屙的神兽啊。瘦子连声哼哼，对另一个瘦子说：你把你的给老申看看。那个瘦子掀了一下衣角，裤带上也挂着一块玉。老申说：呀，仿汉的刚卯？领导说：刚卯是啥？老申说：刚卯是在玉上刻了一种咒语，咒语头两个字是刚卯，就把这种刻咒语的玉称为刚卯，是汉代官人们的佩饰，讲究避邪护身，又彰显对权力的向往和追求。那瘦子一下子脸红，看了一下领导，说：刚卯应该配领导的。便要从裤带上往下解。领导说：我不要的，汉代是汉代，现在是现在，何况我也无法戴的。老申说：可以装在口袋么。你这刚卯是青海料，我替你送领导一个好的，我认识阚教授，从他那儿弄一个白玉籽料了让人雕刻。领导说：阚教授？当教授的能有玉？老申说：他在大学里教授物理，却是个玉痴，几十年来收藏的玉摆满了两间房子，自题的斋号就叫玉楼。一个瘦子说：西京还有这样的奇人？老申说：他的奇处多了。一是他收藏的全是和田籽料原石，从来不卖，估价有上亿元的家产，日子却过得十分拮据。领导说：那这是看守人。老申说：二是一直单身，只说今生要孤寡了，五十五岁上却和一个女子结婚。那女的年轻、漂亮，又十分时尚。一个瘦子说：老夫少妻呀？那肯定是女子看中那些玉了！婚后是不是打打闹闹过不到一块儿？老申说：是过不到一块儿，却生了个女儿。这就是他的奇处之三。领导说：家家都有难念的经么。我读过一本古书，上边就写着，我辈只为有了妻子，便惹许多闲事，撇之不得，傍之可厌，如衣败絮行荆棘中，步步牵挂。老申说：之四是女儿一岁半时两人却离婚了。一个瘦子说：看看看，果然不长久，那女的分了一半的玉？老申说：分了多少玉我不知道，女儿倒是判给了阚教授。我在街上遇见过几次，他怀里抱着孩子，手里提着奶瓶和尿不湿，看着却让人恓惶。他倒淡定，说我女儿长得好看吧，以后我们相依为命。那女儿是长得好看，但不像他。一个瘦子说：让我算算，五十五结婚，孩子一岁半，那孩子二十岁时他就七十七八了，他能享孩子多少福？！领导说：这又是看守人。老申说：更奇的是这女儿大家都说不像他，说得多了，他也觉得疑惑，去做了个亲子鉴定，果然孩子与他没有血缘关系。就在前几天，把孩子送回给了那女的。一个瘦子说：啊这够悲惨！大家就骂那女的。一个瘦子说：找媳妇不能太年轻，更不能太漂亮，太年轻漂亮的都是坏人。老申说：这不能一概而论，如房子，房子盖得周正，就向阳通风耐用，房子若盖得歪歪扭扭，阴暗潮湿闭塞随时都会倒塌的。向其语始终没插嘴，听他们说得热闹，这时却问：那女的叫什么名字？老申说：姓严，叫念初。向其语吓了一跳，说：严念初？长得啥模样？老申说：个子比你高，挺瘦，看着蛮洋气的，走路头仰着，戴个墨镜，和凡人不搭话。向其语说：哦，哦。老申说：你认识？向其语说：不认识。

　　送走了客人，向其语像打鸡血似的安宁不下来，她也说不清是愤怒是同情是幸灾乐祸，反正如地下的熔浆在奔冲，要寻着出口喷发出来。拿起了手机，从能量舱馆的大门口还没回到办公室，就给陆以可打电话。电话是通了，但一通就被挂断，连打了三次都断了。是陆以可的手机出了毛病，还是陆以可故意不接？如果不是手机出了毛病，陆以可不可能不接呀！在处理急事，处理什么急事，有她的急吗？！索性就开车到陆以可公司去，嘴里还怨恨：我得给你说呀，鸡有蛋不让下憋死鸡啊？！

陆以可是在公司，但心情郁闷，关了门一个人在办公室里用扑克算卦哩，当海若告诉了秘书长不肯也不便给许少林的领导说话，LED 显示屏的生意就无望了。已经很长很长的时间了，公司经营一直半死不活，自争取到了机场路上的一块广告牌后，希立水又透露了 LED 显示屏的消息，她请希立水吃饭，还说一个人的霉运消退，好运将至，经常是有三个兆头的。一是有人帮你，希立水就是，按说希立水是无法帮她的，偏就是遇上了许少林。二是有人来指明方向，海若就是，海若提出找市上领导给许少林的局长打电话。三是自己的胃竟然不疼了，以前稍吃得不对付便疼，而现在冰啤喝了也没事。可秘书长的回话，使她有了极大的挫败感。也就在上午，她的一个小叔来了电话，小叔在成都也办了一家设计公司，生意好，规模扩大，希望她能去公司做个管理的副总经理。她就心在动摇了。但是去着好，还是不去着好，她没主意，便拿扑克来算卦。用扑克算卦，众姊妹都会这种游戏，以前都是在一起了算婚姻爱情的，现在她郑重地要来算她的去留。把扑克摊在桌上，反复地搭配组合，算一次是走着好，却说：真的要走啊？再算一次又留着好。又再算，并心里默想：无论去与留，凡是那种一连三次都一个答案，那就认命而决定了。正算着，放在身边的手机就响了，骂一句：谁烦人？！看也不看就摁断了，电话连响了几遍，几遍她都摁断了。但是，连着算了六七次，去留没有出现哪一种一连三次都一样的，就说：爹，爹呀，我该咋办？你能再化身出现出现吗，你若化身出现，那我就不走了，爹，爹！然后就呆坐在那里。

这时候，向其语到了公司。向其语见一桌扑克，说：噢，我急着寻你，你却在算卦，又算你的婚姻爱情了？那压根不准么，我就不再算，这辈子永远不信婚姻爱情了！陆以可说：今日咋到我这儿来了？向其语说：我给你电话你不接，我怕你遭啥事么。陆以可说：能出啥事？向其语说：要么发大财了在数票子哩，要么被哪个帅小伙劫持了。陆以可笑了，说：哪有这样的好事？！说，有啥事？向其语说：你这一两天见严念初了没？陆以可说：她一直关机，海姐找她也联系不上。向其语说：这可能就是真的了。陆以可说：什么真的假的？向其语说：我不知该给你说不说。陆以可说：你那嘴能憋住？向其语就把听来的话复述了一遍，说：她咋能是这样？想嫁谁就嫁谁，咱都支持，过活不成了想离婚就离婚，咱也都支持，可孩子不是她丈夫的就是道德底线问题啊！陆以可说：没见到严念初，不敢下结论的。向其语说：你听了这消息不激动？严念初是咱姊妹啊！陆以可说：真相没核实，你激动啥呀！向其语说：老申我熟悉，他根本不了解我和严念初的关系，他不可能妄语。陆以可说：就算是真的，这事就此打住，给谁都不要说！向其语说：给谁说呀？我还嫌丢人！

十八　严念初·甜酷店

天又阴了。是阴了就有雾霾，还是有了雾霾天才阴的？海若去了医院，伺候夏自花的是徐栖。徐栖昨天值班，今天还值班，海若问咋回事？徐栖说，本该轮到虞本温了，而虞本温来电话说严念初主动提出要替虞本温，但今早上严念初没来，她又问虞本温，虞本温在外县采购辣椒花椒，严念初手机关着，又联系不上，她就继续留下来了。

海若说：严念初主动要来的，咋能不来，手机也关了。徐栖说：是呀，有了啥子事？海若说：这几天你没见到她？徐栖说：前天一大早她是来我这儿，托我从老家的农村给她找个保姆。海若说：找保姆，她一个人整天在外不沾家的，找什么保姆？徐栖说：我说我离开县城太久了，找不来呀，后来她就走了。是不是给老娘找的，她老娘七八十岁了，又单独过活的。海若说：那也不至于就关机？！

夏自花仍在昏睡，海若俯在床前叫了几声，眼睛是睁开了却不动，也不知是认清了还是没有认清，又闭上了。海若眉头挽了个疙瘩，和徐栖相对无语。闷坐了一会儿，突然向其语进来。向其语说她要去税务局，时间还早，过来看看夏自花。她提着一袋子吃喝，里边有面包、火龙果、葡萄干、可乐、酸奶，说：我有个亲戚昨晚从青海来带了箱牦牛酸奶，营养价值非常高的。徐栖说：你没听说人昏迷着，倒带这么多吃的？向其语说：我想如果病情太严重了要送重症监护室的，还没进重症监护室就是神志有点不清而已，一旦清醒过来，要吃要喝，手边一时又没有。徐栖说：昨天晚上醒来了，要吃炒凉粉，我跑去夜市买了一盒回来，吃了一口，又吐了出来。这些肯定是不吃的。向其语说：她若不能吃，你和海姐吃。就往出掏面包和酸奶，又要去问护士有刀子没有，有刀子了切火龙果。徐栖说：你要吃你就吃！瞧你穿的啥衣服？！向其语穿了一件米黄色阔腿裤，却配了件白色吊带紧身衫，乳沟露出很多。向其语说：这有啥呀，你这么瞪我！徐栖说：我哪里瞪你了，我这眼睛大。向其语说：那我这也是胸大么。徐栖也没再说话，提了保温瓶到病区东头的烧水炉接开水。

向其语给海若说：她倒怂我！海姐你知道不知道她和司一楠的事？海若拿了一瓶酸奶，插了吸管吸起来，嘴占着，用眼看向其语。向其语说：你没看出来？海若吸了几口，说：看出啥了？向其语说：你觉得她俩正常吗？咱每次聚会，她俩都是同来同走，相互间的眼神，腻歪歪的，我都起一身鸡皮疙瘩！海若说：你咋那么多的觉得？这话我不想听！向其语呃了一下，说：你不想听？那我给你说个想听的。听陆以可说，你找严念初，她失联啦？海若说：陆以可给你说的？啥事就不能让你知道。向其语头伸过来，肥厚而艳红的嘴唇噘得很长，口气低沉，说：她关了手机，她不能不关了手机！就把老申的话全复述了一番。海若一直在吸酸奶，已经吸光了，发出嘶嘶响，她还在吸着。

徐栖接了开水，故意不回来，估摸着向其语该离开了才进病房，向其语却还在，一眼一眼看着海若，海若只是呆坐着。向其语说：你生气啦？这事谁听谁都生气的。失联就失联吧，她没脸见人，咱也权当就不认识她。海若说：你去税务局吧。向其语看了一下表，哎哟着收拾提兜，走到门口了，回头又说：海姐，咱不生气，不生她的气。

　　海若站起来又拨了一次严念初的电话，手机竟然就通了。通话中，海若并没有突然听到严念初声音的惊喜，也没有对严念初几天几夜不开手机的埋怨，好像什么都不曾发生过，得知严念初正在中大国际商厦里买东西，就说她也想买个包的，让严念初在商厦二楼电梯口等着。打完电话，徐栖说：是严念初吧，能在中大国际商厦购物的，咱姊妹中只有严念初！你要买包吗，她还不送你一个？你知道不，她有一间屋子全是高档货，各种高跟鞋摆了三个架子，名包也一百多个哩。海若说：嫉妒啦？徐栖说：我不嫉妒。各人有各人的生活态度，她把钱都花在穿上，我把钱都花在吃上，穿是给别人看的，吃是给自己吃的。海若说：你吃就吃得这么瘦？！徐栖嘻嘻地笑，说：吃也不能是瞎吃么，我该瘦的地方是瘦，不该瘦的地方并不瘦呀！说话间，海若已出了病房。

　　车开到了中大国际商厦楼前，那里并排停放了两辆车，海若一眼就认得那辆路虎是严念初的，而旁边蹲着一个人在吸香烟，觉得眼熟，记起是那次来传冯迎话的严念初的表弟。她没有走近去，倒拐到广场的一边给羿光打了电话。羿光好像才睡醒，口齿还含糊，问你在哪儿，海若说在医院，羿光就问起夏自花的病，要来探视，海若就说不用了，夏自花一阵昏迷一阵清醒，等过些日子，有了好转再来吧。羿光在电话里唏嘘了好久，问还需要他干啥事就给他吩咐。海若感激了一番，说：我问你一句话，你是不是欠着冯迎的钱了？羿光说：是欠了十五万，这事你咋知道的，冯迎给你说了？海若说：还真有这事！你手头若不紧了，就把十五万还给夏自花，因为冯迎又欠着夏自花二十万，夏自花那个情况正用钱呢。羿光说：那这事得冯迎跟我说呀，她不是去了菲律宾吗？海若说：冯迎恐怕是走时给人留的话让我转达的。羿光说：冯迎跟别人说过？她怎不直接跟我说？这就不对了么，好像我不还她似的。海若说：这我不知道原因。羿光有些生气，说：这样吧，这几天我筹好了款，交给你，你再给夏自花，你给我打个收条就是。海若证实了羿光果真欠冯迎十五万，严念初的表弟并不是虚话，却一时觉得怪怪的。但她还是没再过去和严念初的表弟打招呼，这种人的长相、穿着、神色都不对她的口味。直接进了商厦，在二楼电梯口，严念初就在那里等着她，戴着棒球帽戴着墨镜，穿了件褐色风衣，提着大包小袋，旁边还站着一个老太太。

海若在夸这件风衣好，满商厦里都显眼。严念初说这是她刚买的就穿上了，又掏出一件月白色有腰带的长裙，还有大象灰的七寸裤。海若说：这是不是流行的极简风啊？严念初说：哇，你也知道极简风？海若说：你以为你年轻我就老了？！两人说着笑着，老太太一直看着海若。问严念初，原来老太太是严念初的老姑，今年八十了，二十三过寿，表弟要为母亲来买首饰，把严念初叫来参谋，严念初就给老姑买了一副金镯子，一对金耳环，还有个金戒指。海若低声说：都是金子啊！严念初说：我这老姑一直在乡下，这十年才跟我表弟住到城里，她别的啥都不要，就稀罕金子，说小时候见过地主家的老婆是穿金戴银的，她老了也要过几天地主家的日子。说罢，又笑了，说：前年春节我去看她，问她需要什么我给买，她说你要买就买一个金条吧。我买了一个价值三千元的金条，她到现在还压在枕头底下。她就是知道金子贵重！海若说：你这么说呀，别让她听到。严念初说：她耳朵聋了，听不到的。便过去附在老太太耳边大声说：这是我的朋友，叫海若！老太太也是声音很大，说：唔，这闺女长得亲么，银盆大脸，是个福相，哪像你不好好吃饭，瘦得蚂蚱一样！海若和严念初都哈哈笑起来。严念初把手里新提的三个纸袋交给海若，让在这儿等着，她去送老姑。海若从玻璃窗看到楼前，老太太上了那表弟的车，车就开走了，严念初再顺着电梯往上来。在严念初前面也有一个男的,一直回过头看严念初,严念初仰着头,不作理会,电梯到头了,那男的突然一摔,仰八叉倒在地上。

严念初说:你喜欢哪个?海若说:嗯?严念初说:你没有看纸袋呀,里边我买了两个包,一个是法国的,一个是意大利的,挑一个了我送你。海若从纸袋里取出两个包来,果然都是名牌,说:都喜欢,但我不要你送我,是多少钱就多少钱,不给劳务费,你选一个另一个归我。严念初说:好,那我以后到你茶庄喝茶,我也掏茶钱。当下在两个纸袋上分别写了法和意,揉成蛋儿,在身后手里握了,伸出来,说:听天意的。海若指了一下右手,右手展开,纸蛋儿上是法字。便翻出法国包里的发票看给了严念初钱,钱是有整有零。严念初不收零钱,海若说:一分钱都不能少!她还说了个故事,这故事是羿光告诉她的。一个大学的教授七十六岁了,有一次参加一个会议,来时是搭出租车来的,回去是搭便车回去的,回到家了,记起没有在会议上报销出租车费十五元,就又反身搭出租车去了会上。旁人说你这算的什么账呀,来回三十元去报销那十五元?他说那十五元应该报销呀,花多少钱去报销那是我愿意的。严念初说:这不是个笑话吗?海若说:这不是笑话。把零钱给了严念初说:咱得找个地方喂喂肚子吧。严念初说:前边小巷里有家清真饭馆,吃羊杂汤咋样?海若说:吃羊杂汤的肯定人多,你这身打扮去招摇呀?严念初说:羊杂汤不吃了,那里还有家卖甜醅子的,倒是清静。

两人去了店里。甜醅子就是青稞做的酒酿,冰冻了,确实又甜又凉还有一种酒味。严念初买了两份甜醅子,两份鸡爪和鸡翅,还是去隔壁饭店买了两碗羊杂汤端了来。海若说:凤凰是喝山泉吃竹果的,看来咱不是凤凰,只喜欢吃些动物下水。严念初说:咱不是凤凰,可这鸡爪鸡翅是跪的飞的,也是"贵妃"呀!海若看着严念初先把羊杂汤唏唏噜噜地吃喝完,额头上沁出一层汗,突然说:你是要找个保姆?严念初一下子变了脸色,说:徐栖给你说的?海若说：徐栖离开县城那么久了，她能找到保姆？就是在那里找一个，没经过培训，哪能做得好？！你知道我家以前的保姆好，虽然离开六七年了，但她还在城里，又保持着联系，你可以给我说呀，我联系一下，她能来便好，来不了她可以推荐个可靠的。严念初说：唉，我是不想害扰你么。海若说：你还少害扰我啦，这次倒自觉！是给你老娘找的？严念初说：嗯。头抬起来，却看着窗外，窗外街道上，有人拿着一只气球，气球在空中一跃一跃的，但还是被线牵着，人和气球就经过窗子了。严念初突然说：妞妞回来了。海若说：啊妞妞回来了，是妞妞回来了？！严念初说：我把妞妞从他那里要回来了。她爸年纪大了，一个男人带不好孩子的。海若说：当初我就主张你要孩子的抚养权，担心你不从小带着，将来母女就容易疏远感情。现在孩子回来了就好。严念初说：她回来了我还是没时间带她，就放在我娘那儿，婆孙俩一老一小的得有个保姆，保姆又一时找不到合适的，这就心烦意乱；又不愿意把这情绪影响给别人，便把手机都关了。海若说：是关了几天几夜了！可你也不想想，你把眼睛一闭，看不到别人了，别人也看不到你了？严念初把墨镜卸下来，要说什么，嘴张开了又没说。海若说：做盆子、罐子时如果有了裂缝，势必以后就会漏水。严念初说：唉，我这婚姻真是失败。海若说：咱这姊妹谁的婚姻好过？蒜剥了皮都光光洁洁的，咬嚼了只有自己知道又辛又臭么。这些道理谁都懂，真正遇上了谁又都是慌张无措。保姆的事我给你联系，咱就不再说啦。我倒要问问你和应丽后的事，应丽后把情况跟我说了，当然她是她的说法，事情到底怎样，我还想听听你说。严念初唧唧哼哼了一会儿，抬头看着海若，说：海姐不是来买包的，来挑脓包。海若说：脓不挑出来疮不好么。

严念初说：这就像逃犯逃了那么久，总是惶惶不安，等到被警察抓捕了，也算是解脱了。严念初就把事情原原本本讲了一遍，最后摊了手，说：这事我倒一肚子委屈，本来也想跟你说哩，又怕你无故生气，没想她先跟你说了！我这是一片好意要让她获些利的，她也是前三个月得了那么多利息，还请我吃饭，送了我一套韩国化妆品。天有不测风云，我哪里能料到有后边的变故？海若说：不是应丽后主动给我说的，是她人一下子瘦了，头上白发多了许多也不去染，我问她怎么啦，她才给我说了这事。她也感激你当初的好意，也正是这样，她才同意不再要利息，能还本金就可以。可她生气的是你们重新订的合约，上边你的直接担保人换成了间接担保人，认为你是自保就全然不顾及她的利益了。咱们这么多年，难得感情亲近，这件事她当然是想赚便宜的，世上的事想赚便宜必然就少不了风险，但她确实是单纯没心机的人，当她发觉新合约由直接担保变成间接担保，是谁谁都心里不高兴。严念初说：海姐，我过后也想了，或许我有些自私，有些害怕，不该耍小聪明。我给她打电话，她躁得很，骂我，把电话就挂了，再不见我。海若说：不管是直接担保还是间接担保，你都要保的，你就是保不了，大家都起来想办法保，那钱不是个小数目，不能让它白白就没了。严念初说：应丽后的钱没了，我能心安吗，为这事失去一个朋友，我能不难受吗？海若说：这就好，也就是为这一点我才找你的。严念初说：我给王院长一再说，这钱一定要还，他是答应了的。海若说：他是把钱借给了他的朋友？严念初说：应丽后把钱借给他，他再借给他朋友。海若说：他借给了他朋友，他朋友跑路了，你想想，应丽后能不怀疑王院长不还吗？严念初说：他不还不行，利息里他是抽成的。海若说：他原来是用应丽后的钱挣钱啊！严念初一时无语。海若说：那你给我说实话，你从中分成了没？严念初说：我没有。我要是从中赚一分钱，我出门让车撞死！海若说：你介绍应丽后和王院长认识，就是巴结王院长了能多买些你的医疗器械？！那我再问你。严念初说：海姐，我在你心中的形象崩坍了，你审问我！海若说：要是崩坍了我也再不会见你。也不是审问，我只是把事情弄明白。王院长是国营医院的院长，他拿的是工资，他说还款，怎么个还？严念初说：他手里应该有钱，何况还有个店，专卖建材的，他老婆在经营。海若说：哦。如果是我逢上这事，我就先卖了店也要给人家一次性把账还了。咱挣着钱，让人家无故地损失着？严念初说：他之所以不卖店，一是他要活着，二也是在挣着钱了还应丽后的账。海若说：他要是言而无信不还呢，或者自己生意不好还不了呢？严念初又是不吭声了。海若说：既然老合约都没起作用，也不要太信新合约，还得抓紧要。严念初说：这我会催他的。海若说：我是相信你会催他的，但正因为连你对他还账也信心不足，所以才有了把自己直接担保人变更为间接担保人，是不是？严念初脸色通红，鼻梁上有了汗珠，说：服务员！服务员过来，她说：有拉菲吗？服务员说：没有拉菲。严念初说：开店哩怎么没有拉菲？还有什么葡萄酒？服务员说：有"长城""安森曼"。严念初说："安森曼"是哪儿的？服务员说：咱省里的。严念初说：来两杯吧。

酒端上来，严念初说：海姐，那你说咋办？海若说：这事给他施点压力。现在是欠账的数目越大越不想还，靠你和应丽后那是难要回来的。你认识什么讨债公司的人吗？严念初说：那得以应丽后的名义找。海若说：这当然。严念初说：既然这样，我表弟就和人办了个讨债公司，我提供电话号码让应丽后与人家联系。海若说：你把号码给我，我来联系。严念初说：海姐，这又把你牵涉进来了。海若说：咱姊妹们的事，好了都好，不好了都不好么。严念初就把她表弟的电话号码给了海若。

埋单的时候，海若掏钱，严念初坚决不干，两人在那里争着。海若说：拉扯着让人笑话，能有几个钱呀？以后吃大餐了你掏。严念初说：咱俩吃饭啥时又吃过大餐？海若已经把钱给了服务员。严念初要去帮海若拿装包的纸袋，不料竟撞翻了一只茶碗，半碗剩茶全倒在了风衣上。

十九　辛起·茶庄

第二天早上，海若到了茶庄就和严念初的表弟联系上，那章怀很快到了，小唐安排先在二楼上坐了喝茶。而海若又给应丽后电话，刚说完请了讨债公司要她立即过来，手机竟从手里滑脱，咣当掉在地板上，屏面右下角就裂了破纹。捡起来一边抚摸，一边说：嫌我用你用得狠吗？上到二楼。

章怀正和来续水的伊娃说话。章怀来时在路边店吃了辣子蘸羊血，说话出气味道很大，伊娃身子越往后退，他的脑袋越是伸近来。见海若进来，章怀说：老板，你这是国际茶庄啊，多少钱雇了洋妞？海若说：伊娃不是雇的，是我的俄罗斯朋友，来西京玩几天。章怀说：哦朋友？那老板是东北人喽。海若说：为啥说是东北人，我有东北口音？章怀说：你说的是普通话，听不出来是哪儿人，但这妮娃，是叫妮娃吧？伊娃说：不是妮，是伊，伊朗、伊犁的伊。章怀说：中国话这么顺溜！是中俄边界上的？现在好多妓女都是中俄边界上的人冒充俄罗斯人。海若说：伊娃是圣彼得堡的！你知道不知道圣彼得堡？！章怀说：还真有纯俄罗斯人！你给我和俄罗斯美女合个影吧。就递过来他的手机。海若为他们拍照，章怀一只手搂住了伊娃的肩。海若说：要拍照就拍个正儿八经的，你把手取下来，站直，朝我这儿看！照毕，章怀拿过手机回看照片，海若给伊娃使眼色，伊娃就下了楼。海若再请章怀喝茶，说：可不要发微信啊！章怀说：不发不发，她真是漂亮！海若说：是漂亮，圣彼得堡满街都是漂亮女孩，几时我再去，把你也叫上。章怀说：一言为定啊！海若说：一言为定，但你得把这件事办好了咱就去。

这当儿，楼下有了喧哗，接着应丽后满头大汗跑上楼。海若说：你几天不来了，楼下吵闹着是见了你稀罕了！应丽后说：哪里是见我稀罕，是新进的茶叶到了，都忙着卸货拆包哩。小甄也走上楼来说：今天本来要把蜜蜂送去老太太那儿，老太太却说夏磊闹着要出去玩，唐姐就让小高接了婆孙俩，他们到茶庄了。海若说：你们招呼着，我有个事，你下去注意些，谁也不让上来。

海若把章怀和应丽后相互做了介绍，就直接说起要章怀帮应丽后讨账的事，应丽后也将事情原原本本讲了一遍，掏出一张照片一个字条。照片是王院长的头像，字条上写明王院长的手机号和他家建材店的名字和地址。接着商谈酬金。反复地讨价还价，最后达成一致：若讨回债款，按讨回的金额付酬百分之十。章怀说：两个姐姐，这没问题，你们等着好消息吧，不是讨回的金额，我是一次性讨回全部资金！应丽后激动了，说：那太好了，如果一次性讨回，我按百分之十给你外，再加二十万。海若说：那你怎么个讨法？章怀说：我有我的手段，这你就不管了。海若说：我可郑重告诉你，不能出人命，也不能打人家，更不能拘禁和致残。应丽后说：就是就是，咱只想要回咱的款就是，这你要保证。章怀说：这些老赖，你不×他娘，他不会叫你爹的！海若说：这什么话？！章怀说：嫌我话糙？话糙理不糙啊。海若说：我再说一遍，咱只要账，别的事咱不干，你是你表姐严念初介绍过来的，严念初也给我有个保证的。章怀说：好吧好吧。应丽后就从包里取出五万五千元给了章怀，表示先预付五万，这五千元原本要请章怀吃饭的，不一块儿吃了，让章怀自己去花吧。章怀收了钱，站起来欲走，又端起杯子喝了几口，才下楼了。海若和应丽后也送到店门外。

应丽后说：这个章怀是严念初的表弟？海若说：你不理她，她也很痛苦，主动提出让她表弟的讨债公司出面摆平这件事，你要谅解她哩。应丽后说：你知道不知道她前夫把孩子退给她的事？她前夫给孩子做了亲子鉴定，竟然没有血缘关系！海若说：谁给你说的？应丽后说：向其语给我说的。海若说：向其语嘴咋这么臭！应丽后说：这事情能暴露真是报应！海若说：你就高兴啦？！谁走路能保证不踩上狗屎了？她是错得有些出格，可那是过去的事了，又是她心上的疤，为啥还要血淋淋地揭呢？向其语也不长脑子，图着嘴快，也不想想张扬出去，严念初还做不做姊妹，还活不活人？应丽后说：这事我不会再给别人说的，我想，她是那样的人，那她表弟靠得住靠不住？海若说：他既然开办的是讨债公司，不会讹人的，你倒那么急着先付他五万元。应丽后说：我想把他拉紧，他就会积极些。

回到店里，海若在隔间见了夏自花的娘，老太太在用蜜蜂蜇腿关节，说了一阵话，又逗了逗夏磊，让高文来领着去商厦买个玩具什么的，就和应丽后上了楼，喊伊娃重新沏两杯茶来。伊娃端茶上来，说：那个土豆不再来了？海若说：什么土豆？伊娃说：就是刚才那男的，个子矮，凸凸脸，头又那么圆，像不像个大土豆？海若就笑。伊娃说：他问我的手机号，我说我没有手机，他嘴里的气味可难闻！应丽后也笑，说：现在的人要么变得更善，要么就变得更恶，小心别让他黏上你！伊娃说：不怕，他不敢撞海姐，也就不敢撞我了。做着鬼脸下楼去了。应丽后伸了个懒腰，也要走，说她好几天失眠的，这下心松下来，回去睡他个两天两夜。海若说：先去把你那头发洗洗。应丽后说：是不是窝囊得看不过眼了？海若说：就是，以后再这模样就别进我茶庄。喊了小唐，让领应丽后到茶庄右边的理发店去，那里有她的卡。

小唐和应丽后刚进了理发店，却见店里的休息椅上坐着希立水，伸了手看染成雾霾蓝的指甲。小唐说：希姐不去茶庄喝茶，要理发吗？希立水说：哎呀，我带了个朋友就要去茶庄的，她却先要做做头发。嘴朝里努了努。里边的镜台前坐着一个女的在补妆，一袭卡其色的长裙，一双同样颜色的高跟鞋，头发大波浪似的披了一肩。镜子里肯定有了希立水和应丽后、小唐说话的图影，但她似乎全没觉察，只面对了另一个自己，挤眉弄眼，涂脂抹粉。应丽后说：蛮漂亮嘛！希立水说：不漂亮我能带到茶庄去？！海姐在不？应丽后说：在的。希立水喊辛起辛起，辛起过来，让辛起叫应丽后姐，叫小唐姐。小唐说：不敢叫我姐的。我只是茶庄员工。希立水说：海姐是大掌柜，你就是二掌柜。辛起甜甜地都叫了姐。小唐便安排应丽后洗头染发，希立水和辛起摇摇摆摆去了茶庄。

辛起初次见海若，在二楼的凳子上坐了，两条腿斜着合并一起，双手搭在膝盖上，身子僵硬，小嘴一会儿张了，一会儿就抿着。海若说：辛起好温润啊，看到你，我马上想到羿光给他收藏的那根黄花梨木和那块和田籽起的名，一个叫软玉，一个叫温雪，这两个名倒适合你一人用！你等等，我要送你个见面礼的，绝对你喜欢！就起身去了一楼。辛起一下子轻松了，说：我好紧张，手心都出汗了。希立水说：你看到了吧，海姐是宽博大方人，你也不要拘谨。辛起说：理发店见到的应丽后就是你们姊妹中之一吧。希立水说：就是。辛起说：给咱沏茶的那位呢？希立水说：那是小苏。辛起说：不是众姊妹中的？希立水说：她和小唐一样。辛起说：一楼还有个长得像外国人？希立水说：那就是外国人，海姐的俄罗斯朋友。辛起说：哦，都是美女！希姐呀，你们众姊妹中谁最漂亮啦？希立水说：谁最漂亮我说不准，但最丑的也就是我了吧。辛起笑着，掏出小圆镜又照着要补妆，却说：刚才海姐说羿光有软玉、温雪，羿光是谁？希立水说：你不知道羿光呀？！辛起说：是干啥的？海若就上了楼，听见辛起的话，高兴地笑起来，说：哈哈，总有人不知道羿光啊，这话应该让羿光来听听！希立水说：羿光是大作家，城里的名人，就在后边的高楼上住着，和我们都熟。辛起一脸羞红。海若说：你这么漂亮，不认识他也好。手从身后亮出一把小小团扇，竹眉儿精细，纱面儿平整，上面画着一树垂柳，柳枝上趴了一只蝉。蝉画得双翅银白透亮，蝉头紧缩，蝉尾翘起，似乎都能听见嘶鸣。海若说：这是冯迎给我儿子出国时的礼物，你这身材、模样、气质，活该相配的。辛起双手接了，说：我好喜欢呀，谢谢海总！海若说：什么总不总的！希立水说：冯迎送你儿子的礼物你倒转手送辛起，可惜辛起比你儿子大十多岁，要不这是要认儿媳妇嘛！辛起又羞了，一时眼睛扑忽扑忽地闪。海若说：希立水这口里啥时能吐出象牙啊！又对辛起说：只要你喜欢，以后常来，就叫我海姐。辛起说：海姐海姐，那我以后真的常来啊。听希姐常提说你们众姊妹，我只怕辱没了你们，不敢来的。希立水说：海姐都同意了，你就来吧，我们这众姊妹关系可好啦，没有对手，只有能照你的镜子，活得自在快乐啊！海姐我说得对不对？海若说：也别把咱众姊妹说得多好，只是一伙气味相投地聚在一起。但想活得自在快乐，就像是撞上网的飞虫，越要摆脱，越是自己更黏上去，就像站在太阳底下晒不干汗水一样。大家在一起相处，我常常说，大家都是土地，大家又都各自是一条河水，谁也不要想着改变谁，而河水择地而流，流着就在清洗着土地，滋养着土地，也不知不觉地该改变的都慢慢改变了。希立水说：辛起你听到了吧，为什么海姐是海姐！辛起说：我在听着。希立水说：我们众姊妹跟着海姐，跟啥人学啥人，我不能说就改变了多少，但我起码学会了知道自己身份，学会了要富裕、自在、体面，那么自己所做的一切，比如心存远志，踏实做事，待人忠诚良善，肯帮助人，即使仅仅给人一个笑脸，一句客气话，那都是有意义的。辛起说：这我倒想起我哥了。小时候有一次家里只有一个烧饼，说好我们一人吃一半，而我哥先吃，他用手指在烧饼上隔一道线，他是一边吃一边手指往下移，吃下了多半，最后还再咬一大口，把拿烧饼的手指头都咬破了。希立水说：这就是穷困使人贪婪和残忍。辛起就不言语了，喝茶，茶烫了嘴，又吐出来，不好意思地看了海若。海若窝了希立水一眼，说：你是哪里人，不是西京老住户吧。辛起说：让你见笑了，我老家在陕西东部，农村的。海若说：那有什么见笑的？农村来的好，严念初是郊区的，司一楠和徐栖都是县城来的，城里没季节，但徐栖有，她总能告诉大家二十四节气了，就穿什么衣服，啥东西不能再吃。辛起说：我倒不知道这些，我来西京已十多年了。海若说：你今年二十二三？辛起说：哪里呀，快三十啦，老啦。海若说：不到三十就说老了，那让我和希立水怎么活？辛起说：你们都是老板啊，我还一事无成的。海若说：什么老板不老板的，仅仅都有个小生意罢了，大家抱团儿相互帮扶着，就如羿光老师所说的是一窝蛇，彼此都不安分，跑出来寻些吃的。希立水说：羿光老师是不是认为咱们都是些美女蛇？！三人都笑了。海若就喊伊娃。伊娃刚刚引了夏磊回来，一块儿上来，夏磊怀里抱着一个棕色小熊。海若说：哟，这小熊好！夏磊却把小熊拿起来往海若身上戳，说：咬，咬你！海若故意闪了身子，说：好疼，好疼。对伊娃说：你再去买些水果。掏出二百元，伊娃没接，跑下楼了，夏磊也噔噔噔撵了去。

伊娃在菜场买了一竹篮草莓，回到二楼的时候，辛起却在那里嘤嘤地哭，海若和希立水一旁劝说。海若洗了草莓，递给辛起一颗，说：到现在了还有家暴，这我们会给你出头的，咱就按计划办，什么时候搬东西，你提前说一声，我这儿出人出车。辛起不哭了，接了草莓吃。海若和希立水下了楼，留下伊娃陪着。

辛起突然对伊娃亲热起来，夸着伊娃漂亮，中国话还说得这么好。伊娃说：越不是中国人才越要像中国人么。辛起说：也是，我从乡下来城里，咋也都不是城里人。说完扑哧笑了一下。伊娃说：你笑了，笑了好。辛起倒坐近了伊娃，搂了她的肩，说：不知咋的，才见到你就觉得你怪亲的，或许你前世真是中国人，是我的乡党。伊娃说：我也见你亲切，或许你前世还是俄罗斯人哩。

待海若和希立水再上楼来，见两人说得热火，海若说：你俩能说在一起！希立水，她俩的脸形还有些像哩？希立水说：漂亮人都差不多，只有我和司一楠这些丑人，各有各的丑。海若说：那不是丑，每个女人都是女人花，姹紫嫣红！

二十　小唐·曲湖

　　早上起来，习惯了首先拉开窗帘看天，天还是灰蒙蒙的，知道雾霾还重，这一天的心情都不会开朗。海若懒得再换新衣，买来的那只迪奥也不挎了。开车到了茶庄，店员们都已在打扫卫生，高文来站在凳子上擦门窗，一直咳嗽，每个咳嗽的结尾，还带了很长的哼哼声。小苏说：你咳嗽就咳嗽，用得着拉那么长的哼哼？高文来说：我这是骂天哩！小唐说：我得骂你！你迟早都不戴口罩，能不咳嗽?！高文来说：戴口罩我气憋么。小甄说：听说中小学都放假了。小唐说：啥意思，嫌咱没放假？小甄说：你看海姐在这里，故意黑我！小唐笑着说：放假有什么用，在家待着就不呼吸啦？海若看那些花瓶里的花有落瓣的，下意识地看看店外，并没有卖花的三轮车出现，她就上了二楼，想着今日天气不好，哪儿都不去了，就在罗汉床上翻开一本书读。

　　书是一个叫鲁米的外国人写的，读到其中几页便觉得好，还后悔羿光送这本书来自己竟没有及时读，便把"人在真理路上的七个阶段"用红铅笔勾了圈圈：一、堕落的自我。人都是灵魂受困在物欲追求上，为了满足自我的需求而挣扎受苦，又一直将自己长期的不快乐归咎于他人。二、责难的自我。当知道了自己的卑微与贬抑，不再怪罪别人，而怪罪自己，甚或自我否定。三、启发的自我。当体会到屈服真谛，必然有充分表现出的耐心、坚毅、智慧与谦卑，那么世界就充满了启示，而美丽喜悦。四、宁静的自我。认知自我，不管生活中有什么困苦，都能感受到慷慨、感恩与永不动摇的满足。五、欢喜的自我。不论在任何环境中，都感到喜悦，世俗的一切都没有了差别。六、赐福的自我。这个人成了一盏明灯，散发出能量给任何有需要的人，甚至所到之处，都能让其他人的生命产生剧烈的变革。七、净化的自我。完人，只有极少数人达到，达到了他们也不说。海若想，说得都好，但自己现在还处在第一阶段呢，还是第二阶段？正要抄录下来，屋子里突然暗下来，越来越暗，像是夜幕降临。海若以为自己眼睛有了眼屎，揉了揉，书上的文字都模糊不清。她走下二楼，问：这是怎么啦？小唐说：外边的雾霾快罩实啦！从店门望出去，确实天混沌不清，如同噩梦里的情景，街道上的公交车还在驶过去，没有车轮，行人又都没有了头，而小区门房的那个老头，模样还认得，他在那垃圾桶里掏塑料瓶，然后在和书报亭的女的说什么，指手画脚，手和脚一会儿是融化了，一会儿又生出来。海若说：开灯吧，把灯都打开。刚开了灯，座机的电话铃就响起来，尖锐得像空中砍了一刀，小唐拿起话筒，却又递给了海若。海若说：找我的，谁呀？小唐说：马老板。海若说：他又冒出来了？！

　　马老板是做煤炭生意的，以前是茶庄的常客。接了电话，马老板是想托海若去买三张羿光的书法作品。海若说：你和羿光熟呀，用得着我去？马老板说：熟和熟不一样，你去能便宜呀！海若说：十万元一张，我去最多也只是少个万把元，你那么大的老板了还在乎一万元！马老板说：一万也是钱呀！你买了让人给我送到开元饭店，我在这儿中午请个重要的人吃饭，饭局上送的。我把钱现在就打到你的卡里。海若的卡上很快打进来了二十七万，但她并没有去羿光那儿,和小唐上了楼,从柜子里取羿光曾赠给她的那些书法作品。

七年前,这个城市扩张,拆旧村,修大道,建高楼,筑广场,到处都是工地,奇迹不停发生,似乎正是经济繁荣时期,却也是所有人为着钱发疯发狂。当官的以权力发财,从商的以投机发财,有资源的以资源发财,有手艺的以手艺发财。那时候,茶庄门前从早到晚停满了高档车,来的老板所谈的都是哪个饭馆的鱼翅、燕窝做得好,哪个酒店的总统间设施和服务好,谁又拿到了一块黄金地段的地,谁谁当上了省政协委员。马老板就是其中一个。凡是他一到,别的老板就说:老黑来了!笑他是煤老板,永远尿的是黑水。他说:门口咋就没停车的地方了?大家朝店外看,那里停了一辆悍马,两个轮子跨在台阶上。大家说:噢又换车了!他说:你们换老婆我换车。车好买,牌号不好买。他的车牌号是五个八的老豹子。有一次酒喝多了来茶庄,叫嚣着手下人去羿光那儿买字,拣字写得多的买。海若就打趣:也拣墨黑的买!他就笑,问什么茶贵,最贵的买两箱送人呀。小唐赶紧就装茶,给了账号让转钱,怕他酒醒了反悔。他说:茶能值几个钱,反悔?!却问海若:你呀,你说什么数字最难突破?海若说:我不明白你的意思。他举了两个指头,又举了三个指头,说:二到三是个瓶颈,你老哥这几年终于突破了。海若当然知道他是亿万富翁,说:三个亿了?他说:你再加个零,加个零。但是,经济萧条了,煤价不停地往下跌,跌到卖出一吨就要赔几千元,再加上一个煤矿发生了瓦斯爆炸,死伤了二十人,巨额赔偿,到后来又清除污染,政府关闭了他的所有小煤窑,他就很少在茶庄露面了。

从柜子里寻出了五张,选了三张,小唐说:他是大老板呀,咱不能给他这么便宜。海若说:他现在不是以前了。小唐说:他也是太张狂了,活该!海若瞪了一眼,说:你送去开元酒店的路上了,到商场给他买件衬衣。人家多年都照顾咱的生意,现在情况不好,他是饿死的骆驼比马大,以后还得依靠的。小唐说:他没有齐老板对咱好,买什么衬衣呀,送罐茶就行了。海若笑了笑,也就依了小唐。

小唐去了开元酒店,马老板在房间里独自喝酒,人瘦了一圈儿,满头白发。小唐说:呀,你样子变了?马老板说:是不是没大肚腩啦?减肥么。马老板文化不高,收了书法作品还得问哪一张适合送正在任上的领导,祝福人家更有进步,哪一张适合给退休了的老领导,祝福人家晚年吉祥。小唐选定了,马老板便在书法袋上各做了暗记。小唐送上茶叶,热乎着询问生意怎样,马老板笑着表示还好还好。小唐就说:海姐还说几时请你吃个饭的。马老板说:吃饭那得我请啊,原本这亲自去拿字的时候要请你们的,只是身上湿气大,约了酒店按摩师来拔火罐,就让你跑跑腿。小唐说:马老板现在这么客气的!有湿气呀,拔火罐只能解除局部病灶,要祛全身湿气,我倒推荐去向其语那儿,她新开了个太赫兹能量舱,进去蒸那么一个小时,肯定身轻气爽的。马老板说:向其语是谁?小唐说:你不认识呀,是海姐她们众姊妹中的一个。马老板说:恐怕见过,人与名对不上号了。这好呀,去蒸一个小时,回来赶得及饭局。小唐说:哎呀,出来急,身上没带钱呀。马老板说:打我脸啊?!咋能让你出钱!小唐也就领着去了。

到了能量馆,小唐和向其语低语了一阵,让马老板进了一个舱,她自己也进了另一个舱。密封的舱里通电加了热后,温度极速上升,小唐脱了衣,喝了一两特制的药酒,爬了进去,舱门一关,她第一感觉像是进了棺材一样,而几分钟后,灸热难耐,浑身成了筛子,每个窟窿都往外流汗,身下铺的床单全湿,手里拿着的擦汗毛巾也能握出水来。一个小时后,从舱里出来,冲了凉水澡,只觉得七窍通畅,肤色白皙,目光清亮,从头到脚从来没有过地轻松。过一会儿,马老板也出舱了,向其语说:怎么样?马老板说:好啊好啊！这不是蒸肉而是蒸骨，把乏劲儿蒸没了，连烦恼也蒸没了！向其语说：那就多来蒸几次。马老板说：要来的，要来的，我还要多带些老板来！向其语就和马老板互留了手机号。

小唐和马老板分手后，开车返回，车在路上一个轮子却瘪了气。到一家修理棚，车在充气，她坐在一边看街对面。一只蜘蛛从棚檐垂下来，丝细得一时辨不清，蜘蛛像是在空中散步。街对面有人在装广告牌，已经不仅仅是玻璃里贴一张印刷品了，而有了新的设备，电光声色，不断地变幻图案，一个挤眉弄眼的女人在鼓吹着酸梅汤是如何解渴，又能养生。街道在前边是个丁字口，拐弯处的那家店面又在装修了。小唐上下班经过这条街，注意到这两年内是第四次装修，几个月是卖珍珠饺子的，几个月是江源炖鱼，又有几个月门头上的匾额换上"蒸碗十三花"。修理棚的人在议论，那条左边的街道是直冲着店门的，风水不好，做啥啥不成，奇怪的是有店家生意死了走，偏又有店家来，来了生意死了再走。小唐倒觉得那店面疼，不停地被砸墙砸地板地装修。一个女的出现在那里了，年纪不大，却抱了个孩子，和一个男的吵。女的说：你不去医院也不给钱，孩子是我一个生的吗？你×娃不养娃?！男的说：×你娘哟，我有钱我不给你？我有什么钱，没钱！女的说：你没钱我有钱啦，你给过我一分钱啦？那就让孩子烧吧，烧得浑身像火炭啦，再烧吧。男的就掏出三元钱。女的说：就这点？能够挂号费?！男的掉头走了，女的立在那里立不住，蹲下去，又立起来，呜呜咽咽抱着孩子又去了街头小诊所。远处传来一阵鼓响，小唐知道那是这条街上的民间鼓乐队的人又在活动了。市上的几个唐古乐班有了名后，这条街上也有了好事者起来模仿，一有空就集中了人敲，谁也听不懂那些鼓点，但他们就是敲打，乐此不疲。这时候，走来了一个五短身材的人，稍没注意，不知道他是从东头过来的，还是从西头过来的，一手提着一根棍，另一只手提着一只龟，龟比他的脸大了几倍。走到修理棚前,竟然站住,拿眼睛往棚里看,脸上似笑非笑,极其诡异。小唐蓦然想起,昨晚看电视里的《动物世界》,捕食到了一只螳螂的变色龙,表情就是这样。而那人却把木棍撑在地上,棍头上吊了龟,龟尾朝上,龟头朝下,龟头伸出来足足一拃长。

小唐说:喂,把龟那么吊着,会吊死的。那人说:死不了,两千元卖哩。小唐说:龟是灵物,你为了钱就这么折磨它?那人说:是灵物,人吃了会增加灵性的。小唐恨了一声,说:一千元我买了。那人说:一千五。小唐说:一千。那人说:便宜你吧,现在一斤猪肉都五十元哩,这三十斤的。小唐让他把龟放下来,掏出一千元买了。

带着龟回到茶庄,海若吓了一跳。赶忙拿盆子装上水,把龟放进去,几乎放不下,便腾出一个大瓷缸,问是哪儿来的,这么大的龟,她还从来没见过。小唐讲了经过,说那人口音蛮蛮的,怕是南方人。高文来说:我们老家的龟碗大,这龟筛子大呀,要炖多少汤!小唐说:炖了你!海若说:这得放生。给了小唐一千元。小唐不要,海若说:你能有几个钱?!把一千元塞进小唐口袋了,却端着上了二楼。

到了二楼,海若让小唐在微信群里给众姊妹通知:晚上在曲湖放生,谁要感兴趣,八点钟赶到茶庄集合。发过了,小唐说:这龟不是人,要是人呀,这会儿在缸里笑哩。海若却说:笑的该笑,哭的该哭。小唐说:谁给哭啦?是希立水又领着那个辛起来了吗?只说徐栖是个眼泪水儿多的人,没想辛起才是个刘备!海若说:你就知道来茶庄的这些人!小唐说:那我难道是书记、市长关心整个城啊?!海若说:我说的就是书记。小唐说:书记不是被双规了吗?海若说:刚才吴老板助理来过,说纪委大前天带走了两个老板,昨天又带走了一个老板,拔出萝卜带出泥,我寻思还是给你说了好,咱也有个思想准备。小唐说:咱有个思想准备?咱在电视上见过书记,书记能认识咱是谁,他双规了和咱有毛关系?海若说:齐老板和他有关系,咱和齐老板有关系。小唐说:把齐老板也带走了啦?海若说:齐老板人现在澳门,他要一回来肯定就会带去的。我估摸行贿的老板被审查落实了一些问题后还会放回来,是十天半月还是半年一年这都说不定,但齐老板进去了会不会再供出咱们。小唐紧张了,说:咱们只是跟齐老板走得近点儿,他来高价买个茶么。海若说:你知道让你给齐老板的人民币买成的二百公斤黄金吗,那是书记让齐老板办的。小唐急了,高声说:那是书记的钱啊,我只是替齐老板跑个腿的!海若说:别声那么高!跑腿的当然没事,这事给齐老板说明白,免得他被带去了胡说乱咬,我给他公司的人打电话了,尽快催他回来。小唐说:叫回来,这不是自投罗网吗?海若说:若真的有事,你往哪儿跑,能跑了吗?就是最后还牵扯出了你我,咱一五一十给说清了,跑腿的,还能有什么?小唐蔫下来,头勾在胸前,不再吭声。海若说:不给你说吧,过后你埋怨我不给你说,给你说了你又这个样子!你今日早早回家去睡一觉吧,有啥事了我再通知你。小唐说:你出去不要让谁再上楼,我就在这儿睡一会儿。说罢,身子就倒在罗汉床上。

　　海若整个下午就在一楼里分拣装包新寄回来的茶叶,虞本温、向其语、严念初、司一楠和徐栖分别都来电话,问今天空气这么差,怎么就想着要放生呀,还是在曲湖,是鱼是鳖还是蛇呀,是龟啊,这龟是从哪儿来的,是一只吗,三只四只吗,还有那么大的龟啊!陆以可还问晚上八点在茶庄集中,那吃饭是自个解决,还是去了茶庄请大家吃大餐?海若说:想得倒美,吃了再来!最后是应丽后来了电话,问晚上去放生有没有严念初?海若说:有。应丽后说:那我就不去了。海若说:不是已经和好了吗,你咋不见她,难道永远不见了?应丽后说:回来我气还是不顺,这弯一时扭不过来,我又是心里有啥全表现在脸上,去了反倒尴尬,还是暂不想见她。今天司一楠在医院值班,我晚上替换她。海若说:那好吧,但我给你说,这事你知我知严念初知,要守口如瓶。

伊娃原本嚷嚷着她也要去放生,她还没见过放生的,但快下班的时候,手机上来了羿光的短信,问晚上能否到拾云堂去,他想给她画画像。伊娃激动着羿光能给她发邀请,而且还要为自己画像,但迟疑羿光上次强吻了她,会不会还要对她图谋不轨?想过了,便又想:作家、艺术家都浪漫,吻一下能有什么呢,即便他还会有过分的要求和举动,你不愿意他还能拿刀子威逼吗?伊娃便回短信答应了。羿光又来短信,说太好了,那他就等着,但画像的事不能给海若说,任何人都不说,因为她们一直要他的字画,都没给过。伊娃当然也答应了。既然全答应了,伊娃就给海若谎报是房东大妈来电话说头晕得不行,她不能一块儿去放生了,得赶回去照看。

晚饭后,众姊妹先后到来,像要赴节庆宴会似的,个个浓妆艳抹,奇装异服。茶庄也提前关门,高文来用麻袋装了龟,大家分别坐了五辆车就去了曲湖。

白天雾霾阴暗,晚上的湖边华灯齐上,万象反倒清明。看不见了雾霾就权当没有了雾霾,湖边的人真的不少,也都不戴口罩。一伙一簇的可能是外地的游客,他们听说了曲湖美景,来了果然是好:水面开阔,光怪陆离,楼台亭榭,高低错落,树间鸟闻人声一近就乱飞,道边闲花寂草,潮了露珠,如繁星点点又明灭不已。而更多的是曲湖周边的居民,在摇晃着身子散步的,光着膀子奔跑的,尤其那些有着单杠、双杠、滑梯、秋千的健身处,聚集了妇女和儿童,喊声笑声吆喝声一片。海若她们寻了几处都不甚满意,后来上了一道卧桥,到了湖心的那个岛上。岛上有一个小亭,亭前的几块大石头在水波的扑闪中忽隐忽现,海若说:就在这儿吧。先点燃了一炷香,对着湖面拜了拜,插在地上。希立水和陆以可早从麻袋倒出了龟,再是三四个人抬了,一齐用力,说:一二三,走你!

扑通投到水中。龟抬着的时候一动不动，投下去还背朝着水，可它立即四爪乱划，翻过了身，出溜，就钻了进去。向其语站在后边，才挤到跟前，湖面已经平静，说：这么急啊，也没拍个视频！陆以可却说：听说放生时天都是下雨的，怎不见一丁点儿？话刚毕，脸上就落了一颗，海若、徐栖、向其语脸上都有点湿，同时湖面上也似乎有，像一些钉子在跃动。觉得神奇，才要欢呼，而十米外，龟突然又冒了出来，并且是回过身，头仰得高高的，点了三点。大家一时都被惊住，哑口无声，等到龟再次钻入水中，没了踪影，雨点子也消失了，希立水叫起来：呀呀，它向咱们致谢哩?！所有人哄然大喊。

　　放生有如此奇妙，于是大家决定，以后凡是谁再在街上遇见卖龟的，不论便宜贵贱都要买下来，买下来就来这里放生。在亭子里说说笑笑了很久，谁也不说急着回去，陆以可说：龟是喝上水了，咱口却是渴了。司一楠说：我到景区门口的商店买去。转身便走，徐栖便也跟着。

　　向其语说：咦，她俩倒是不拆伴儿。说完看着众人，谁也没有接话。海若说：这龟不知游到哪里去了。大家又往湖面上看，远处的灯光全倒映在湖里边，是一片一片的红和黄。虞本温说：肯定是先寻吃的了。希立水说：卖饭的就知道个吃！虞本温就笑了，说：哎哎，声明一下啊，本店才进了一些青海的鲑鱼，明日我请吃鲑鱼火锅，愿意去吃的举手！陆以可说：咱来放生的，你却说吃鱼火锅?！我已经吃素了，以后再不吃活的东西了！但除了她，七八个人都举了手。希立水说：向其语你不是嚷嚷着要皈依吗，你也去吃？向其语说：趁活佛没来前，我先吃一顿，活佛来了皈依了就忌口呀。希立水说：海姐海姐，这种人就不应该皈依吧。海若说：皈依有三戒，一是不杀生，二是不偷盗，三是不妄语。只要自己不杀生，什么都还可以吃。虞本温说：这就对了么。向其语说：这三戒中什么是妄语?海若说:凡是骂人、说谎、诋毁、诽谤、刻薄、奉迎等等都是妄语。向其语说:哦,皈依后这些我会做到的。严念初说:不可能吧,做生意的哪能不说虚话?海姐,虚话不该是妄语吧。海若说:那要看怎么个虚话?严念初说:比如广告呢,广告都是夸大其词的,若算妄语,陆姐的公司就干不成了。陆以可说:是干不成了!严念初说:陆姐陆姐,我只是举个例子,可没有要说你坏话的意思呀。陆以可却不回应,起身要往水边去,海若扯了一下她衣襟,低声说:你咋啦,情绪不对?陆以可说:我确实是广告公司干不成了。海若说:不就是 LED 显示屏不做了么,能有那么大的打击?!

司一楠和徐栖跑了来,除了每人一瓶可乐、一罐冰激凌,还大包小袋地提了香蕉、开心果、琼锅糖、瓜子,另拿了两盒香烟。海若先拆开一盒,抽出一支给了严念初,一支自己吸起来。向其语说:徐栖今日大方!徐栖说:钱是司一楠掏的。向其语说:这得谢你!要不是你呀,司一楠最多是给每人买一瓶矿泉水的。司一楠说:给你吃了喝了倒不落好。向其语说:我这可不是妄语,也不是虚言。再问一个俗套话,如果在座的都掉到这曲湖了,你先救谁?徐栖剥了一个香蕉要给向其语占住嘴,却不给了,自己咬了一口,岔了话说:今晚遗憾羿光老师没来,否则可以有一篇美文了。便喊:小高,小高!高文来在收拾麻袋,说:在的。徐栖说:你要给咱写哩。高文来说:我写首诗。倒过来给每人发散了一张餐巾纸,叮咛果壳和瓜子皮都包起来啊。司一楠就在说她刚才去买东西,景区管理处的人得知咱们放生了一只龟,问是多大的龟,她说筛子大,管理处的竟严肃地说不能随便放生,要放生得在他们那儿买鱼和鳖。她就看到屋子里有一个大水缸,里边全是各种鱼鳖,鱼是十元钱一条,鳖是十五元一只。陆以可说:我怎么突然有了一种预感,会不会是那些人夜里捞钓了鱼和鳖,白天卖给游人放生,又夜里捞钓了白天再卖?一句话说得大家都面面相觑。这时候湖面上有了泼剌声,远远的另一个小岛前,好像影影绰绰地有着船和人。真的是管理处的人开始捞钓吗?陆以可说:唉,我初到西京时,那时多好的,现在是天变得雾霾越来越重,人也变坏了。大家还是没有作声,湖面上又恢复了平静,倒有了几许恐惧。

二十一　伊娃·拾云堂

　　伊娃一进来，羿光直接就带她上了阁楼。画案上已经铺好了宣纸，旁边整整齐齐地摆了一排调着各种颜料的瓷碟。画案前的小方桌还亮着一支大红蜡烛，有水果、点心、葡萄酒，还有一盒小小的蛋糕。伊娃莫名其妙，才要耸耸肩，摊开手，做一个鬼脸，羿光却鼓掌了，说：祝你生日快乐！伊娃惊叫：今天是二十一号？羿光说：二十一号啊！伊娃知道自己的生日，却没想到竟然就在今天，而且是在中国，羿光要给她如此的庆贺！就在上楼的电梯里，她还想象了再到拾云堂可能出现的各种情况，甚至都有了许多应付的预案，但现在脑子里轰的一下，像严冬里口鼻喷出的白气瞬间就消失，她看着那支蜡烛光焰上跳，蜡油下流，那么稀软，那么顺溜，自己的眼睛就也湿了，说：啊，啊你怎么知道我的生日？！羿光说：那日在茶庄聚会，我问你在俄罗斯的哪个城市，你拿出护照让我看，上面有你出生的年月日。伊娃上前吻了一下羿光的腮。羿光笑起来，并没有顺势拥抱伊娃，也没有回吻，却也不拭擦留在腮上的口红。伊娃说：你真厉害，看一眼护照就记住我生日了！羿光说：我喜欢的女人，她的什么我都在意。伊娃说：你喜欢我啦？真的喜欢我啦？！羿光说：喜欢！伊娃说：我不明白，你喜欢暂短逗留在西京的一个老外？羿光说：对呀！世人贵似是而非者，如醴泉，水似醴，天下莫不饮醴，而独恨不得饮醴泉。伊娃说：你说的是古文吗？我没理解。羿光说：没理解，也不用理解，意思也就是喜欢你。来吧，今日给你过生日，祝你在中国幸福快乐！伊娃连声谢谢。她是在中国见识过别人过生日的风俗，就学着在蛋糕上插了三根小蜡烛，点亮后，在羿光哼着的《生日歌》里，双手合十默许心愿，然后噗的一下吹灭蜡烛。羿光便分切蛋糕，取杯倒酒，两人喝起来。

伊娃并不理会是什么牌子的葡萄酒，味道怪怪的，但她和羿光碰着杯，喝了一瓶后又喝了一瓶，不觉脸耳绯红，双目迷离，看桌子上的蜡烛，芯光似乎在烛头上，又似乎与烛头分开，若即若离，忽大忽小。她拍拍额头，说：我有些晕了！便侧身卧在桌后的沙发上。羿光说：好，不动，不动，这样子太美了！就去了画案，提笔蘸墨，对着伊娃画起来。伊娃也就乖着没再动，固定了姿势，直愣愣地看定羿光。

差不多六七分钟，伊娃说：累死我了。羿光说：勾勒出了大的轮廓，现在你可以放松，喝酒吸烟。伊娃说：说着话行吗？羿光说：行呀。哎，往前边屋角方向看，对，你的眼睛真有味道！伊娃说：汉语真有意思，说眼睛能说话，又说眼睛有味道。羿光说：中国人么，什么东西好不好，吃了才知道。伊娃说：哦，你们常说谁是谁的菜，也是这个意思？羿光说：是呀。伊娃说：那我是你的菜了？羿光说：你说呢？伊娃说：你的菜太多了，我才不再当你的菜！羿光笑着，手举起来抹了一下脸。伊娃说：我发现了你一个秘密。羿光说：哦？伊娃说：你除了巨大的才华外，你那么大年纪了还说话风趣，并且更有一种羞涩，你在和海姐她们说话时常有些不好意思了就抹抹脸，像猫一样。你知道有羞涩感是男人的一种特殊魅力吗？羿光说：是吗？我可不是故意的。伊娃说：就是这种无意识的流露，你才成了她们的菜。羿光说：嘿嘿，她们那么多人，这菜该够谁吃呀?!伊娃说：你让我想到圣彼得堡的一位诗人了。他也是情种，有许多情人，这些情人他是不让她们相互见面的，总是分头幽会。可到了星期天，他知道她们都会要约他的，他为了不冷落她们，也是为了不露馅，一早起来就喝酒，把自己喝个酩酊大醉。羿光就笑起来，说：哈这是个好办法！就拿过来画纸，刚说句：像不像？手机便响了，掏出来一看，忙嘘了一声，放下画纸到窗前去接电话了。

伊娃也再没有说话，一边看着纸上的画，一边听羿光打电话。啊啊领导呀，你好，这么晚还没有休息啊！好着的，好着的。还在写呀，除了写文章就是字画么。噢，最近是没卖过了。啊我知道了。你说，就我一个人，你说。这我知道啦，他罪有应得么。问题那么严重啊?!噢，噢。画的是她卧在沙发上的形象，是很像也很美，尤其那侧面的鬓角、腮帮的线条，还有那后颈、后腰，以及那垂下来的手臂，原来自己还真是美么。嗯，嗯。我听着的。我和他是熟的，也仅仅是给他汇报过工作的熟，他也是以示关心作作秀么，当然要划清界限。呃。呃。是明天的会吗？这我宜不宜参加？哎呀，约好了医生去看病的，能不能不参加呢？嗯，嗯。那好吧。我听你的，那就参加。还必须有个表态发言？这该说什么呢？好吧，好吧。伊娃倒觉得羿光像变了个人似的，声音一惊一乍，表情也极其丰富，她忍不住要说你这是在表演吗，但看着羿光的脸色，却没有敢开口。

电话结束了，羿光发了蔫地走过来，也坐在了沙发上，无可奈何地叹息。伊娃说：谁的电话，说什么了？羿光说：秘书长的电话，还在说市委书记被双规的事。伊娃说：双规是什么意思？羿光说：被抓起来了，留置了，接受审查了！伊娃说：哦?!羿光说：明天有个会，本不该我参加的，却要我参加。伊娃说：为什么，牵连到你了吗？羿光说：他腐败是他的事，能牵连我什么?!伊娃说：那明天还去开会吗？羿光说：不说这些了，画你看了吗，像不像？伊娃说：像呀像呀！我就奇怪了，你是作家，书画竟然能这么好？羿光说：写作和书画的境界都是一样的。只是各有各的表达语言么。伊娃说：那境界是什么呢，怎么就能达到境界？羿光这会儿倒不作声了。伊娃说：我问得可笑啦？羿光说：不是你问得可笑，是我不知道该怎么给你回答。其实当今的作家、书画家算什么呀，世上的道和理，古人都已讲透讲完了，后人仅仅是变着法儿解释罢了。我现在能做什么呢，无非是避免着中于机辟，死于罔罟，安时处顺地写写文章，再作些书画，纯粹是以己养养鸟也，非以鸟养养鸟也。但往往还不行。羿光的脑袋又耷拉下来。伊娃认真地听着，知道他又在说古文了，听得似是而非。看着羿光的样子，突然感到了他的可怜，就说：但你是天才呀，绝对是天才，你能不能教教我，让我也天才一下嘛。羿光看着伊娃，刮了她一下鼻子，说：女人要什么天才？长得好就是天才。伊娃说：我长得不好，你瞧这双脚太大了。我小时候穿姐姐退下来的衣服，但我长得快，裤子总是短，尤其是鞋小，就把脚夹坏了，到今右大脚趾的关节凸一个疙瘩。羿光说：这我早看到了，刚才画的时候，之所以让你把一条腿屈起来，就是为了藏住右脚，但你没完全藏好。伊娃再看看画纸，拉一条毛巾盖住了脚，又侧卧在了沙发上，说：你再画，你再画！羿光还真的走回了案前。

羿光说：画像要画得好，其实得裸体。伊娃说：让我裸体？这里不是专业画室，我又不是专门雇来做模特的。羿光说：我没有别的意思啊。伊娃说：你能说没有别的意思，那就是心里已有过意思。羿光微笑着，说：上次你来我还吻了你，今天我可是连拥抱都没有的。伊娃看着羿光，说：你一定是给我使套路！却自己又去拿酒瓶倒了一杯，仰脖子喝了，重新在沙发上摆姿势。羿光说：艺术品。伊娃说：你说什么？羿光说：你就是艺术品。走过来摆动着她的头，又托了托她的腰让挺直,再是让她收腹,往外挪一下臀。每动一下,伊娃就抽搐一下,羿光说放松放松。伊娃说:一个杯子要是艺术品了那就不能实用,得束之高阁地珍藏的。羿光说:那当然。伊娃却咯地笑了一下,说:我这样子,你是让做出茶庄壁画上飞天的姿态吗?羿光说:是呀是呀。伊娃说:人家是飞翔的,我这是不是坠落了?羿光说:坠落也是一种飞翔么。伊娃说:你这是在引诱我了!羿光说:这是哲学家说的。伊娃说:呃?羿光再没吭声。

  羿光又回到了画案前,重新铺了纸,就画起来。他明显地不在状态了,画得很慢,观察上好大一会儿才画上一笔,又还是画坏了,就把纸撕了重来。如此连撕了三张纸,伊娃说:还想着刚才电话的事?我还替代不了那个电话吗?!羿光说:哪里呀。伊娃,你知道不,给你画像其实对我是多么折磨的,尤其现在。伊娃说:折磨你?羿光说:让我深呼吸一下。就真的长长地一呼一吸着。伊娃说:我都放松了,你倒紧张?看来你是第一次给女人画像了。羿光说:是的,是的,你这样的身材我在中国还从未见过的。伊娃说:种族不一样吧。羿光说:听说你们那儿的女人年轻时长得是美,可一上年纪就发福了。伊娃说:那倒不一定,我姐姐生了三个孩子还和我一样,我想我会保持下去的。羿光说:嗯嗯,你是不会发胖变形的,世上应该有永远的东西。这时候手机又响了一下,羿光忙看了,是一条广告信息。他再画起了她的那只手臂,手指头却怎么也画不准。说:你把手往前挪一点。但伊娃没有动,也没回声。羿光再看时,她头枕在了沙发扶手上,已经睡着了。

  羿光再叫了几下,伊娃还是没醒来。羿光就走到了沙发前,近距离地看着伊娃。夜很静,突然嘎的一声,是靠墙的那个柜子在响吗?柜子时常会热胀冷缩着发出响声,羿光要再次证实这响声是柜子发出的,站在那里听着,但几分钟过去了,再没有响动,只是窗外时不时传来汽车驶过的唰唰声,而伊娃的身子,尤其脸和脖子在灯下发白发亮，微微散布着一种带着热气的体香。羿光看了一下表，时针指向一点。他说：你睡着了，你竟然就能睡着了？！

其实伊娃并没有睡着，她只是困得厉害时闭上了眼，而羿光说你睡着了，她就干脆睡着。她知道羿光在看着她，而且就坐在了她身边近距离地看她，能感觉到目光有脚一样走过了她的头发、额颅、鼻子、嘴巴，一直从胸部到了脚，她也就像打开的一本书，让他仔仔细细读着，同时自己默默地体会着身体的变化。但羿光的头没有俯下来，手没有移动。一时又觉得奇怪，为什么会这样呢，是羿光并不渴求她，这不可能啊，他赞美她的时候，那眼睛，那嘴唇，那脸上和手上的肌肉都充满了一种欲望，她是完全感觉到的。可这是为什么呢，是还为电话的事影响了他的情绪，或许他真的一心一意地要画像，专注了要做的事，如扫地、抹桌子，风把窗子吹开了去把窗子关上，她睡着就等着她睡醒，或许他不愿在她醉睡时有所企图而显得下作，还是他是个君子？

羿光这时候取了酒瓶又在杯子里倒酒，然后喝起来，他喝得很急，似乎还噎了一下。屋子里一切都是静的，什么在凿窗，起风吗，还有老鼠在什么地方咬噬，这么高的楼上会有老鼠？伊娃微微地睁开眼，小桌上燃着的那支蜡烛，已经全燃完了，一堆蜡油上的芯子还忽闪着光焰，像是最后烧死自己。而旁边有茶壶、茶碗、茶碟在干渴着。伊娃赶紧又闭上了眼，她听到羿光喝完了酒把杯子放在了小桌上，还在说：你睡着了？她要来个装睡着了使羿光叫不醒。而就在羿光的一条胳膊终于过来撑在了沙发背上，头距她很近，呼吸的气息毛茸茸地就爬上了她的脸，伊娃竟一下子双手搂住了羿光的脖子，上半个身子就吊在空中。羿光说：你没有睡着？伊娃说：你把我勾引起来了，你却不理我！羿光说：我，我。他的口被伊娃的口严严地堵住了，两人同时唔唔着纠缠着一起，接着就在喘息和挣扎中相互解着衣扣，有的扣子就崩脱了，弹在小桌上，然后就是酒瓶在响，茶壶在响，小桌子哐啷被撞翻了，沙发竟如船一样向窗下滑去了一尺远，掉转了方面。这时候手机在沙发上又响了，羿光怔了一下，伸手去要拿，伊娃说：死电话！用脚把手机踹到地板上。手机在地板上打着转儿，闪着光亮，羿光还是伸手抓住了，却也说：死去！一下子甩到了墙角，手机分离成两块，真的再不响动地死了。但是，该要做的事都要做，如何地迫不及待，如何地浑身大汗，偏就做不成。羿光在不停地嘟囔：这从来没这样呀！没这样呀？！还要做，还是做不成。羿光只有在伊娃的身上亲吻，从头吻到脚，从脚吻到头，最后像狗一样趴在那里舔起来，不再起身，不再抬头。伊娃突然抱住了他的头，她看到了他一脸的水，不知道那是汗水那是津液那是眼泪。

二十二　应丽后·咖啡吧

陆以可接了老太太和夏磊在芙蓉路商贸大厦买衣服,当场试穿了就没有再脱,又在大厦里吃了饭,随后到茶庄来。小唐正接待三四个顾客,顾客买了茶叶还想买煮茶的壶,才在介绍着各种样式的铝壶、瓷壶、玻璃壶和铸造铁壶,见老太太走进来,一边招呼了,搬过凳子,还拿出糕点,一边叮咛小苏把顾客买的茶叶装上罐了再套上提袋,又喊叫小甄让从柜子里取出那三只日本进口来的手工打制的银壶。老太太有些不好意思,说:不管我,你们都忙,我来坐一会儿就是。海若闻声从隔间出来,问候了,说:哎呀,今天这一身衣服好!老太太扶着桌沿站起来,转了个身,展示着,说:陆以可领我和磊磊新买的,她眼力好,选上了这一身,穿上刚合适!海若说:上年纪了要穿艳点。既然过来了,那就治治腿,小高,小高!高文来也还在隔间里换煤气罐,出来说:装好了。海若说:你搬折叠梯去捉蜜蜂。老太太挡住,说:前天才治过,今日就不治了,歇一下脚就得回去,磊磊也是大半天地跑累了,该回家睡一觉。陆以可和夏磊也进了店,夏磊说:我不累。海若就笑了说:不累不累,小高你领着到那报刊亭买连环画吧。自己便亲自沏了杯茶,让老太太坐到里边的桌上去喝。而高文来牵了夏磊的手出了店门,下台阶时夏磊却要高文来抱他，高文来把他一横，揽在一只胳膊下，夏磊倒乐得嘎嘎笑。陆以可说：我给他买这身衣服怎么样？海若说：你把他打扮成女孩啊！陆以可说：我老家那儿是男孩子要打扮成女孩子了就好养。海若说：那就好！唉，几时才能长大啊。陆以可说：每看到他婆孙俩就忍不住要流泪。两人叹息了一番，陆以可说：她家里一个窗子关不严，马桶下水也不利，我已经联系好了工人，明日一早去修。一会儿送他们回去，再到超市买些吃的喝的和日常用品。海若说：虞本温让人从乡下收了些土鸡蛋，今早给我拿了一箱，就在二楼上，一会儿走时你记着也给带上。陆以可说：今日谁在医院？海若说：是应丽后。陆以可突然想起来了什么，拉着海若上到二楼去。

　　二楼的桌上，摆满了素文扇，有的系上了玛瑙金刚杵坠儿，有的还没系上，陆以可说句又给大家送小礼了，不等海若回答，就又说：是不是应丽后一大笔钱被人坑了？海若愣了一下。陆以可再说：是不是你和应丽后委托讨债公司了？海若脸上了土色，说：都不守口，是公鸡呀，非报晓打鸣不可?！陆以可说：我是听范先生说的。海若嘴唇动了动，好像又骂了一下，但没有声，就把事情原原本本讲了一遍，说：这事咋传到他了？陆以可说：他是一大早到我公司来拉赞助，我说猪都饿得哼哼哩还有巢的粮？他就显摆他如何地帮着你和应丽后。海若说：说话不怕牙硌了舌头，他帮什么了?！陆以可说：他说是他入股了一个绿化公司，这几年市政府打造森林城市，公司就从陕南、陕北收购采挖了大量的古松古槐，银杏树和桂花树，移栽了来，发了些财。海若说：他还在绿化公司入了股？我最不满意把那些古树移栽过来，城市是美化了，可乡下被破坏了，而且移栽来的树三分之一都死了。陆以可说：他入股的那个公司不但挖树移树，还给人讨债，他也就知道了你和应丽后委托的事。海若默了一会儿，说：他没说讨债讨得怎么样了？陆以可说：他说雇了几十个乡下进城打工的农民,每人每天发三百元,连续打了横幅在人家的商店前高呼口号,进行示威。海若说:这倒弄得满城风雨了!陆以可说:风雨就风雨吧,那也没啥,只是那些打工的农民都是穷极了的人,被他们一煽呼,担心债讨不回来,还会出别的事。你不是和齐老板熟了,他认识那么多市上领导,让给说说,还管不了那个医院院长?海若说:让秘书长给说个话他都难场,现在哪个领导还肯出头?陆以可说:若不行,那真不如走法律程序了。海若说:应丽后急啊,想很快拿到本金么,打官司就得半年一年的,况且她还不愿让人知道这事。

陆以可开车去送老太太和夏磊后,海若在二楼上继续给素文扇系坠儿,脑子里突然记起一句老话:心有猛虎,细嗅蔷薇。便恨自己不能雌雄同体。脑子一时很乱,坠儿就编得不好,思谋着给应丽后电话,问问章怀是否和她联系,讨债进展得如何,但又取消了念头,喊起小甄。

小甄上来,海若说:你去街对过的中医馆看人多不多,人不多了,我去按摩呀。小甄说:好的。却又说:门口来了一辆大卡车,说是你订好了的。海若哦了一声,就下了楼,果然门前停着一辆大卡车,车上有两个小伙。司机见了海若说他们是司一楠派来的。海若就让三人进店喝茶,对高文来说:一会儿希立水和辛起就来,你和她们一块儿去帮忙拉些东西。交代毕,她改变了主意,没去中医馆按摩,开车去医院了。

夏自花在头一天夜里被送进了重症监护室。病人一旦进了重症监护室,家属就不能再在床边陪伴,但随时都可能有事情要办,一旦医生、护士叫到谁,谁就得在,家属们不敢离开。这些人有男的女的,老的少的,全在走廊里站着,蹴着,甚至顺地而坐,面如土色,喊喊啾啾低语,又都心不在焉,稍有动静,眼睛就看过去,眼里除了眼屎更是焦虑。海若在那堆人中发现了应丽后,应丽后是坐在监护室右边的地方,屁股下垫着手帕,手里拿着一瓶矿泉水,身子蜷着,垂下脑袋,头发全扑撒在面前,好像是睡着了。海若没有叫她,默默站在旁边。有个男的一直在走,走过来,走过去,像行尸走肉,走得让更多的人心慌。有个女的就再次扶着监护室的门,把眼睛贴上门缝往里看,一个眼睛看累了,换另一个眼睛看,眉毛都要磨蹭掉了,什么都不曾看见,后来就嘤嘤地哭。她一哭,差不多的人都在哭,不哭的也在掉眼泪。有人就响声很大地扑过去,趴在了走廊尽头的窗台沿,窗子半开着,他如同晾在了沙滩上的鱼,张口透气。突然监护室的门开了,只是一道缝,露出护士的半个身子,在喊:张民生家属!谁是张民生家属?所有人都仰了脸,并且站起来,立即有人跑前去,说:在,在!护士说:去补交费用!七八个人就都在说着自己的病人名字,询问情况怎样,能不能进去看一眼。但护士再没说话,门就又关上了。应丽后这才发觉海若就在身边,低声说:你几时来的,你咋来了,晚上换我的不是向其语吗?海若说:我过来看看。你还是没有见到人?应丽后说:不让进么。我觉得咱还是把她转出来,人病重着,旁边没个亲人,总有些凄凉。海若说:还是听医生的。应丽后说:刚才我打盹,倒做了一梦,梦怪不好的。旁边就有人看她们,眼里咕噜咕噜流泪。海若就拉了应丽后到楼梯拐弯处说话。

海若说:梦都是反的。应丽后说:在梦里我好像也知道我在做了梦,也还给自己说梦是反的。海若说:再不好的梦说破也就没事了,别往心上去。你还没吃饭吧,我出去给你买些。应丽后说:等向其语来了,我再出去吃吧。老太太情况还好?海若说:还行,我没告诉她这里更多的事,让她这些天和孩子就不要到医院来,下午陆以可陪他们在商厦还买了衣服。应丽后说:哦,陆以可这人好。海若说:大家都好。应丽后说:平常的时候你好我好都好的,遇到事了才能看出一个人的本质,她严念初就不好。海若说:你咋还这么恨她?应丽后说:不恨,不恨了,只是这心里没她了。海若说:这几天章怀没和你联系吧?应丽后说:你不来,我还要给你电话呀。就在两小时前,王院长给我了电话,说你还让人来威胁我啊?!我给他说那笔钱也是我的命呀,钱拿不到手,我活不成呀!王院长说讨债公司的人天天在店前闹,店里生意没法做,他老婆也跑了,不在西京。那公司的人竟然给他发恐吓信,说再不还钱,一是到医院来闹;二是把孩子绑架走,连孩子叫什么名字年纪多大在哪个学校全说得清清楚楚。他这样说给我,我倒害怕了。海若说:陆以可下午告诉我范伯生也知道了这事。咱一再叮咛章怀保密,而范伯生都知道了,讨债公司那些人做事就不正经,我也担心出事。唉,也怪我,竟把这事委托了他们。应丽后说:海姐,不要说这话,你也是帮我。他们说绑架人家孩子,会不会只是吓唬吓唬?海若说:那要急了呢?应丽后说:我也是越想越有些害怕。就又骂起了严念初。海若说:骂她也没用呀,陆以可建议咱走法律程序,咱当时脑子一热,只想着能一下子要回钱来。应丽后说:那咱就不让讨债了?海若说:我是有这个想法,来和你沟通一下,你若同意,等我找严念初谈谈了再定吧。

海若的电话就不停地响,接了,不是司一楠在给她说辛起的家具正在搬,就是陆以可在说她从老太太家出来后顺路也去看了王院长家的建材店,店是关门了,而讨债人却在隔壁一家饭馆里打闹。原因是那些人连续几天进了饭馆就占了四张桌子,只吃米饭,不点菜,店里人把他们往出赶,双方就起了拳脚。海若说:我知道了。应丽后说:电话这么多?!手机又嘟的一声来了短信,海若摆了一下手,应丽后不吭气了。短信是海童发来的,上面什么话都没有,只是一个账单:月房租三千,伙食两千,学习材料一千,加油一千二,买鞋五百,修电脑五百,物业一千五,丢失钱包内有二千,眼镜腿子断了重配两千,扭伤脚治疗八百,猫食四百,手机费一千,牙膏、沐浴液、卫生纸、抽纸三百，电费五百，水费六百，咖啡机坏了重买五百。海若脑子轰的一下，复了信去：啥意思，哭穷呀还是抗议呀？！海童回：你儿子要去中餐馆打工洗盘呀！海若复：去呀，你早该去打工体验一下钱来之不易！海童回：妈呀，你这么狠心，你如果不想要我了就送人吧，送给香港李嘉诚吧，或者给马云。海若复：海童，我告诉你，别给我在那边玩潇洒！你潇洒什么？拿我的钱潇洒？！海童回：我在花我的钱呀！海若复：你花你的钱？！海童回：我是不是你唯一的儿子？家里的一切是不是最后都是我的？你现在花的都是我的钱啊，老妈！海若又气又笑，骂了一句：这狗东西！应丽后说：谁的信息，该不是严念初吧？海若说：不是。应丽后说：我算瞎了眼了，交这样的朋友！海若说：你骂她也是在骂我么，严念初是我当初介绍你认识的。应丽后再哭起来，抱住了海若，说：只有你对我好。

　　等到向其语来轮换，向其语见应丽后眼睛红肿，还以为是为夏自花而哭的，她也抹了一把眼泪，又安慰了几句，让快回家歇息。海若就和应丽后离开了，去医院前面的巷里寻饭馆。

　　巷里满是些小门面的饭馆，卖些面条、包子、馄饨、饺子，再就是花店，水果店，花圈店，寿衣店。应丽后就埋怨医院前不该开花圈店和寿衣店的，病人是来治病的，看见了心里是啥滋味。海若说：人最后都是去世在医院的。应丽后说：人死了是不是都不知道自己死了？这就像人瞌睡一样，知道困了就躺到床上去，但什么时候睡着的，都不知道。海若说：也许吧。两人进了馄饨店，嫌地方窄狭，就退出来又去包子稀饭店。里边的三张桌子有两张桌子都坐了人，一桌上有女的在低声哭泣，旁边人在劝，一边劝着，一边咳嗽，咳嗽得厉害，不停地把痰唾到桌下的垃圾篓里。另一桌上是两个男的，只喝着粥，响声很大，而一个男的手背上还贴着打完点滴的止血胶布。海若拉了应丽后再往前走，说：那里有病人，谁知道是些什么病。应丽后说：到哪儿吃呀？却见斜对面一家花店前，三四人指点着大的小的花篮，和店家讨价还价，后来却离开了，嘟囔着咱又不是探视领导哩，还是实惠了好，在隔壁店买了一小纸箱的牛奶。而寿衣店门口的牌子上写着男寿衣一件套两件套三件套多少钱，女寿衣一件套两件套三件套多少钱。寿衣店和医院一样，是不能搞价的，有老头就看了三件套的女寿衣，又要把三件套的男寿衣拿来看看。店主说：到底要男的还是女的？老头说：都要的。医生说老伴快不行啦，得准备后事，一块儿也就给我买了。店主说：啊，啊，你给你买？！老头说：谁不死呀，都是迟早的事。老头买了男女寿衣各三件套，站在那里看着了海若和应丽后，却好像在给自己说：人一死还有寿吗，咋就叫寿衣？应丽后往两边的小饭馆再瞅了瞅，说：那就不吃了吧，回去了煮碗挂面。海若说：也好。两人就此分手。海若说：路上开车不要分心啊。

　　应丽后怎能不分心呢，自己被坑了骗了，又已经使好多人都知道自己被坑了骗了，脸面丢到这个份上，若再为此闹出些伤人要命的事来，必然会牵涉进去，那就人财两空了。越想越忐忑不安，路上几次险些和人碰蹭。到了自家楼下进单元门，一时找不见了开门的钥匙，身上的口袋里没有，翻手提包，包里没有，就怀疑是遗在了医院。要给向其语打电话，却也没见了手机。急得一身汗，跑着去小区门口找保安，借保安的手机给向其语打。保安说：你手里不是拿着手机吗？才发觉自己左手上就拿着手机，恨得拿手机打自己脑袋，脑袋被什么物件刮着疼，钥匙不知什么时候就挂在手腕上。

　　再跑近单元门前，开了门，说：冷静，冷静。便拨打了章怀的电话。她故意放慢节奏，声音也柔和着，告诉着不要再讨债了。章怀在电话里叫起来：不讨债了？我雇了那么多人，费了多大的劲儿，不讨债了？！应丽后说：好兄弟，这些我都清楚。咱现在不讨债了，但我不会亏了你们的。章怀说：怎么个不亏了我们？花销了一河滩，公司的信誉又受损，这弄的是啥事呀，小孩过家家呀，吃进去了怎么吐出来，吐出来这伤不伤胃？这不能不讨，咱是有合约的！应丽后一下子没话了，越发证明章怀是个混子，自己不让再讨债的决定是对的。她又深呼吸了几口，说：兄弟，你听我说，是这样吧，我给你付三十万，这事就算了，不讨债了。章怀说：给三十万？咱合约上写的是百分之十啊！应丽后说：那是以一次性追回了债算的。兄弟，现在不是一分钱都没拿到手吗？章怀那边没了声。应丽后就说：兄弟，兄弟！章怀说：我从没遇到过你这样的人！那行吧。应丽后立即说：那你现在有时间吗，你能到康宁路兴化巷口咖啡店里，我把钱就交给你，咱们当面把原先的合约撕毁就是。章怀同意了。康宁路兴化巷口咖啡店距应丽后的住宅楼隔了两条街，应丽后不想让章怀到家里来，也不让知道她家在哪儿。到家里就收拾了三十万，装在一个纸袋里，提着要去咖啡店。出门时，却想到已预付过了五万，便从三十万中取出五万，放下了。放下了又担心章怀如果还不行怎么办？再把五万元装在自己衣服口袋里。自己倒嘲自己：现在倒精明了，当初借款时干啥去了？！

　　早早到了咖啡店，买了一杯咖啡喝着。喝下半杯，章怀来了，给章怀也买了一杯咖啡，章怀说：再加一把火牛头就煮烂了，你却要抽柴？应丽后说：唉，都是朋友，不想闹到仇人似的。章怀说：他不还钱就是仇人！应丽后说：他不可能不还，只是慢点，那就慢慢还吧。章怀说：姐真有钱！清点钱时，却说：怎么少了五万？应丽后说：预付了五万呀。章怀说：姐，姐呀，五万你是让我吃饭喝酒筹划方案的，这话是你说过的呀！应丽后说：我说过？章怀把二十五万的袋子提在了手里，突然眼睛得很大，白多黑少，说：你说过！没有掏出合约来。应丽后说：好啦，那我再给你五万吧，一头牛都没了，我也不在乎牛缰绳。从口袋掏出五万元给了章怀，章怀也就把那份合约拿出来。两人把两份合约一块儿撕毁了，应丽后又让章怀写了三十万的收条，并注明不再委托讨债的字样。章怀一边写着，一边问债字怎么写，连写了几遍，笔在纸上还戳了三个窟窿。应丽后说：你上过几年学？章怀说：小学没毕业就跟我叔来西京了，姐不会笑话我吧？应丽后说：哪会呀，你现在不也是老板么！

　　章怀客客气气拿着钱走了，应丽后喝着咖啡，想着刚才那五万元是不该给他的。他说我说过，我怎么不强调我没说过，如果我说我把当时说话录了音的，来吓唬，他可能就软了。应丽后后悔着自己不能急中生智。可当再买了一杯咖啡时，却又有些惆怅：这小伙或许还不是坏人吧，我就不让他讨债了？

二十三　辛起·家属院

伊娃这一夜就睡在了拾云堂的沙发上，一觉醒来，阁楼上并没有羿光，下来到客厅，里间屋，都没有羿光。重新回坐到阁楼上，才发现小桌上有张字条：我去开会了，你离开时把门记着碰上。伊娃一仰身又躺倒在了沙发上。

她想再睡去，一直昏睡不起，直到天黑。但翻过来，翻过去，尽量地寻找着能放妥胳膊腿的姿势，胳膊腿是合适了，脑子里怎么也不能安静。回忆昨晚的事情，有些是清楚的，有些是不清楚，清楚和不清楚的似乎全都如梦如幻。她扭头看着阁楼，楼顶的玻璃上，两只鸽子正站在那里，而鸽子把阳光分散，像是射进来一簇乱箭，就扎在地板上。地板上有四五个揉皱的纸团。她并没有去摸那个地方，也没有体会到有什么疼痛和不适。她比较着羿光和她曾经的男友，羿光确实是有点老了，大腹便便，脖颈上的皮肉已经开始松弛，但他才华出众，谈吐风趣，是这个城市的名人啊，并不觉得自己吃亏委屈。可这样的事怎么就发生了呢？当她再次到来还有过那么多防范的预案，原来所筑的篱笆如此不结实，一推即倒。伊娃的眼前一一闪现了海若和海若的众姊妹，便揣摩起羿光和她们有没有这种关系呢，从他对待自己的行为来看，或许是有吧，可从她们平日与他交往的眼神里，或许又没有。那么，羿光偏偏与一个外来的，认识时间并不长的她就有了，伊娃毕竟有些疑惑，有些惶恐，也有了那么一丝儿的得意。

伊娃爬起来冲澡，把下水口聚成一团的落发捡起来，扔进了马桶，又在马桶上直坐过一个小时。身子是排泄了污垢、汗、粪便和乱七八糟的想法，她是再也不纠结昨晚的事了。整整一个上午，伊娃没有出门，先是给海若发了个短信，说房东大妈身体还不见好，她要陪着，包一顿饺子，可能会晚些去上班。然后就开始打扫房间，清理那些残剩的蛋糕、酒瓶、瓜子壳、果皮、杯具、脏纸。最后精心地收拾妆容，一个人唱起来，唱给自己的耳朵。

羿光一直没有回来。当在厨房里发现了挂面、鸡蛋和一把青菜、蒜苗，便烧水煮了一碗鸡蛋面吃。伊娃下得楼来，差不多都黄昏了。

有风在吹雾霾。多少天了，手机上发布的天气预报总说将有风来，可没有见风，而风来了，风竟然是从新疆沙漠上来的，吹散了雾霾，却刮来了沙尘。漫空里仍是灰蒙蒙的。沙粒土尘很快就脏了衣服，脏了头发和脸。

她侧身缩脖地来到了茶庄，茶庄门口停着一辆小车，一辆卡车，卡车已经发动了，或者是开来后就没有熄火，颤着响，像是发脾气，叽叽嘟嘟地骂人。希立水、辛起、小唐、高文来正从店里出来，高文来又返回店拿了一双手套。辛起一见，就叫道：伊娃，伊娃，他们说你没上班，你倒来了！伊娃一张嘴，风沙进来，吐了一下，说：房东大妈有些事，我来晚了。因为说谎，她的眼睛看着车，又说：啊要走呀吗？希立水说：我们去给辛起拉些东西，你去呀不？高文来说：伊娃个头大，有力，去的去的！小唐就招呼：多个人手好！上车上车！伊娃糊糊涂涂就上了希立水和辛起的小车，小唐、高文来上了卡车，两辆车一前一后便开走了。

小车是希立水开的，辛起和伊娃坐在后座，希立水不停在说伊娃的脸，满满的胶原蛋白的，瓷光瓷光啊。辛起还拿手来在伊娃脸上摸，说：就是，这眉毛都长得好！伊娃说：是画了的，眉毛长得散。希立水说：那正常么，女人没结婚眉毛是粘在一块儿的，婚后就都散的。伊娃心里扑通扑通跳，低了头系鞋带。辛起说：人家伊娃还没结婚哩！希立水说：没结婚？回头来看了一下。辛起说：你看路，希姐，看路！希立水有些尴尬了，说：哦，哦，这话不适合老外，伊娃你们民族是斯什么夫？伊娃说：斯拉夫。辛起说：不结婚就不能有男人？现在二十出头的姑娘哪个眉毛还粘在一块儿的？！就搂了伊娃腰，说：你细皮嫩肉的，真不该让你也来帮我搬家。伊娃顺势就说：换新房子啦？辛起说：搬出些家具。车突然颠簸起来，似乎是咚的一下轮子碾上了路沿，又咚地落下来。辛起的头撞在了椅背上，说：希姐，希姐！希立水说：你俩只图说哩，也不理我？点一支烟！辛起赶紧掏出香烟，一支点着递给希立水，一支自己吸起来。伊娃说：你也吸烟？辛起说：才学会的。伊娃说：吸烟对身体有害。辛起说：害去，我烦我这身子！

　　不知穿过了几条街几条巷，远近的灯光已经亮了，车子开进一个小院，辛起说：到了。伊娃从车窗看去，院子很小，院子里也就是一座六层高的楼。楼旁有一棵杨树，分了两岔股，一股高出楼顶，一股伸在院子空中，风里的叶子翻绿翻白，啪啪地响，像鬼拍手。而整个楼面却爬满了青藤，在风里蠕动，如地震了一般，连露出的那一个个小窗口和小窗口里的灯光，也恍惚不定。伊娃说：这是什么小区？辛起说：算啥小区呀，家属院。伊娃说：家属院？辛起没有回答，提个垃圾袋下车去招呼卡车上的人了。希立水说：家属院就是上世纪八十年代各单位盖的职工宿舍楼，砖混结构，进去是过道，两边房间，每一层就一个公用的厕所和水房。希立水就悄声地说着辛起的婚姻和这次来拉家具的原因，伊娃哦哦着，一时不知说什么好。卡车上的人都下来了,拿着麻袋片和绳索,辛起从垃圾袋中取出了好多双鞋套,叮咛着都套上,尽量不要弄出声响,再跑过来让伊娃就在楼下看着车,他们就上了楼。

夜差不多黑实,楼里的住户该吃晚饭的在吃晚饭,或许已经吃过了,刷牙泡脚在看电视里的那些言情剧了。沙尘更大,院墙头上的几盏灯只有亮没有光,墙里的十几棵垂柳,像刚吵完架、背过身去的披头散发的女人。一只猫悄然走出,拉长了身子,样子像饿虎。伊娃先吓了一跳,打去个口哨,那猫竟然不理,皮肉松弛着走向墙根的垃圾箱。这里和所有居民小区一样,狗被人宠着,有吃有喝和人住在家里,而猫流浪着。

为什么中国人喜欢狗而不喜欢猫呢?理由是,狗忠诚,猫是喂不熟的。其实狗的忠诚是狗懂得自己的角色和现状,它就能看主人的眼色,能听主人的调遣,碎步如奴,摇尾若妓。而猫恰恰缺失这些,只能沦为流浪汉的命运吧。伊娃自作聪明地解释着,竟然得寸进尺地想,狗猫的生存状态何尝不是人的生存状态呢,那么,她自己呢,以及她在圣彼得堡或在西京所认识的朋友中,谁更能在社会关系中寻准自己的身份和位置,谁又是被无形的东西支配着成为奴隶和玩物,谁又是心冷如冰也有着自己的硬度,心碎如玻璃了也要恶意去扎车轮放气?

伊娃还立在风沙的院子里发呆,东西就陆续从楼上搬下来了,先是一个柜子,又是一个柜子,接着是椅子、箱子、桌子、洗衣机、冰箱、电视、两个沙发,还有床垫、床架、床头柜。每次辛起都跟着下来,那三个男的觉得床头柜的抽屉已经关不上了,建议扔掉,辛起不同意,还是装上了车。然后六个人再次上楼,说是把小零碎都装纸箱了再抬下来,伊娃依然在车前等着。

这时候一个老太太突然出现,像幽灵一样吓得伊娃差点叫起来。老太太是端着半碗剩饭吧,往垃圾箱前走,人瘦得像纸折的,在风里趔趄，三只流浪猫立即跑过来。伊娃故意咳嗽了一下，老太太抬头看见了她，也看见了堆满了家具的卡车，说：唔搬家呀？伊娃说：拉些家具。老太太说：唔这么高的个子，头发是染的吗，还是灯光照的，唔黄的？伊娃说：自己长的。老太太走近来，瞅了一会儿，猫就跳起来把碗抓掉了，剩饭倒在了地上。老太太说：急死啊？！伊娃把碗从地上拾起来，那不是碗，是塑料盆。老太太说：你是外国人？伊娃说：对喽，一个洋妞。老太太说：你吓死我了，外国人能说中国话！伊娃觉得有趣，还要再说什么，小唐从门洞里出来，她才看了一眼，转过身，老太太却去了楼的另一个门洞，不见了。

　　小唐是提了一个麻袋，累得气喘吁吁，伊娃忙去帮着抬到车前。麻袋大，两人放不到车上去，小唐就从麻袋里往出掏，有一个铝锅，一个炒瓢，一个烧水壶，一个小马扎，一个竹篮子，还有铲子、钳子、锤子、电插板、充电器、一卷塑料地垫。伊娃说：这都是什么东西呀！小唐撇了撇嘴，说：我不让拿这些破烂，她偏要拿。伊娃说：啥都拿走了，那男的还生活不？小唐说：我先前还觉得辛起人好，这一搬家我倒看不起她了。伊娃说：你是说她穷？小唐说：这不是穷不穷的事，就是穷，都是有原因的。说完，小唐再没上楼去。

　　终于三个男的最后把三个巨大的纸箱搬了下来，希立水提着一袋米，高文来扛着个煤气罐，辛起一手端了个盆，盆里放着一摞碟子和碗，一手提了个小木桶。伊娃迎上去，说：这木桶是盛米饭的吗？她见过一些饭馆里有木桶米饭。辛起说：泡脚的。伊娃就没敢再说。东西全装在卡车上，卡车就开走了。伊娃上了希立水和辛起的车上，也快速离开。

　　辛起说：希姐，我请你和伊娃吃饭。希立水说：伊娃你吃不吃，你要吃我把你和辛起送到子午路张记肉夹馍馆，那里肉夹馍有名，还有凉皮、馄饨、汤圆和粉丝丸子汤。我减肥，晚上不吃的。伊娃说：我吃饭不要管，在前边有个超市停一下，买个面包就行。辛起说：希姐不吃了，改日我中午请，伊娃你怎么就买个面包？希立水说：客什么气呀？！伊娃你是回茶庄还是回住处？伊娃说：这么晚了，我回住处吧。希立水说：那好，咱先送辛起后送你。

车往东开过一条街，又向前走了二十分钟，在一个城中村模样的巷口，辛起下车，然后车要再到旧城去。伊娃说：辛起家搬到这里啦？希立水说：是的。伊娃说：卡车早来啦？这巷道窄，能进去？希立水说：东西不搬在这里。伊娃瞧见前边有一家小超市，进去买了两个面包，又买了三根香肠。

二十四　向其语·庵前

陆以可联系到了一家房地产广告，送来的内容却用词不当，太过夸张，什么"帝豪定义""高端匠缔""墅质奢享""金誉爆耀"，读起来舌头都捋不顺。陆以可建议修改，对方的老板就要她去他的公司商议。陆以可当然得去，想着不能空手，得到茶庄买些茶带上。开车经过广维路，前边的路口因举办马拉松赛而封闭了，问几时可以通行，警察说两小时吧。很多车都掉头绕道，陆以可干脆开车拐进左边的一个小区，从九号楼四单元坐电梯去了二十五层的向其语家。

保姆开的门，认出是陆以可，说：还睡哩。陆以可说：啥时候了还睡？保姆说：她要一回来，就上床躺着，像手机充电一样。陆以可就笑，说：叫她起来。保姆去了卧室。向其语是在睡着，她是从医院一回来，扳倒头便睡了。保姆推醒她，她说：啥时候了？保姆说：十二点四十五分。向其语说：不到一点？！翻个身又睡。保姆说：陆以可来了。向其语就起来，从抽屉里取了三粒冬虫夏草胶囊吃了，出来说：哎呀，你怎么来啦？！是路过这里歇歇脚，还是喝茶吃饭呀？陆以可说：要说歇脚，上这么高的楼是歇脚吗？想吃饭哩，就看你给不给吃！向其语说：你要吃我身上肉我都割哩！阿芳，陆老板能来吃饭是咱的光荣,人家吃饭讲究,不图多,要精,你去买一条石斑鱼,再买些香菇、牛肝菌、百合、山药和苦瓜。陆以可说:还算大方!不吃了,就是想你了,正好路过上来的。向其语说:想我了是假话,但我当真的听,不吃也得吃,要么你在众姊妹里嚼我,说到饭时了不给你吃饭。还是让保姆下楼去了。

两人说了一阵儿闲话,向其语发现陆以可脸上有一块斑,问几时长的,就拿了自己的祛斑霜给抹了,还要让把这盒祛斑霜也带上。陆以可不要,说:我从来就皮肤不好,一旦几天睡眠不好就容易长斑。向其语说:女人的毛病都是内分泌有问题引起的。你近期是不是觉得注意力不集中,浑身无力,做什么都兴趣不大?陆以可说:是呀,我都觉得有了抑郁症了。向其语说:可别胡说,你咋会有抑郁症?我这儿有好东西,给你拿些,喝了肯定对身体好哩。陆以可说:啥神丹妙药?向其语说:虎骨酒!陆以可说:虎骨酒?现在哪里还会有虎骨,该不是狗骨吧。向其语说:我同学在动物园当领导,去年腊月园里老死了一只老虎,给我了四十克泡成的酒,你一定要喝喝。说着去柜子里抱出一个坛子,坛子上还贴了一张纸,上面写着:十斤酒,四十克骨,三十克木瓜,十五克川芎,三十克牛藤,十克当归,十五克天麻,二十克藏红花,十克茄根,十五克五加皮,十二克玉竹,十五克防风,三十克桑枝。陆以可说:用这么多中药材泡的!倒出来一盅,喝了。向其语说:怎么样?陆以可张牙舞爪了,说:浑身来劲儿,离远点,我想打人啊!向其语拍手说:好,你这话可以做这坛酒的广告语了!陆以可却一下子蔫了,拧身坐到沙发上,黑了脸。

向其语收拾了酒坛,仍倒了两盅酒过来,也坐在了沙发上,说:你一直都是理性很强的人么,咋也小姑娘似的脸上阴晴不定,是生意上不如意了?陆以可缓过来,笑了一下,说:生意好着的,今日还要去一家公司谈业务呀。向其语说:这就好么!你生意好了,还得照顾照顾我呀,把你的客户给我介绍些,我不会亏你,给你百分之三十的回扣。陆以可说:我不是给你介绍过范先生吗,他认识的不是大领导就是大老板。向其语说:你说是留小辫的范先生?大男人家的却装女人,他真要是女人,八辈子都嫁不出去!陆以可说:嘴上留德些,咱都不是没再嫁出去吗?向其语说:咱是不想嫁,就是要个高贵优雅地老去!他倒是到我这儿来过,却不是给我拉客户而是想在我这儿拉赞助!说是我给他的一个活动出资二十万,他除了活动册上挂我的名外,还给回报书法家曾世存的两张书法作品。曾世存你知道不?陆以可说:没听说过,恐怕是没出名的。向其语说:我要他的字糊墙吗?我说你给我两张羿光的书法,我会考虑,他气呼呼走了。陆以可不知怎么回应,便说:哎,好些日子没见到羿老师,前年是猴年他给咱们每人写了个猴字,去年给每人写了个鸡字,今年狗年,海姐说不让写狗字,她让给大家写个扇子,我倒还没见到,给你写了吗?向其语说:你没有我哪能有?他对你和海姐是最好的。陆以可说:他对海姐好,他们认识得早呀,海姐也是对他好,生活上的琐碎事都是茶庄人替他料理的。向其语说:这我知道。听说羿老师给希立水介绍对象了?陆以可说:是介绍了一个。向其语说:听说是政府的一个处长,去年死的老婆。一个才离了婚,一个才死了老婆,就这么猴急啊?!陆以可说:能撮合也好么,要不咱们真成了杨门女将了。向其语说:杨门女将?陆以可说:都是寡妇么。向其语说:你说他们能成不?陆以可说:听希立水说她爱他,他也爱她。向其语说:得了吧,什么你爱我呀我爱你呀,两个人都饿着就是了。陆以可说:你这说得难听!向其语说:我是说她比那男的还大凡岁哩。陆以可说:她倒显得年轻。向其语说:也就能穿会打扮!说完,竟然拉了陆以可到卧室,打开了衣柜,取出一件金丝绒压花长袖连衣裙,又取出一件藕粉色短裙,再取出一件一字肩开衩黑礼服裙,再又取出一件牛仔裤,一件白色T恤百搭的百褶裙，一件驼色风衣。说：这都是我最近买的。还有件纯白色的两式套装，我穿了你看看。陆以可说：向其语呀，你这是搞时装秀呀还是给我炫富？不就是来吃你一顿么，倒要我夸你这衣服好？！向其语说：我以前就和你一样，都不爱穿的，可现在这脸，胶原蛋白消失，苹果肌下垂，皱纹增多，再加上泪沟黑眼圈，色气暗沉，就显得不干净，老是疲态。咱也学学希立水，挣着挣着往年轻么，陆以可说：你穿吧，你穿吧，看能穿出个十八岁来不！向其语就把衣服收了柜，两人又坐回沙发上吃水果。

保姆买了一大堆食材回来，在厨房里清洗。向其语喊：阿芳，你把茶几收拾一下！保姆过来把茶几上的东西拿走了，又用抹布擦拭。刚进了厨房，向其语再喊：阿芳，你先烧些水呀，我们只图说话，还没喝上茶哩！保姆应了声，一阵水响。陆以可说：你表演，再表演呀！向其语说：你是说我使唤保姆？陆以可说：如果不是给我表演，那你就这样用人家？向其语说：我家保姆勤快。陆以可说：她是哪里人？向其语说：陕南的。陕南人聪明秀气，心灵手巧，干活踏实，不像关中平原上的人身子沉，脾气又生冷硬倔，以前我雇过两个，都干不了一个月就走了。陆以可说：看她能不能介绍个乡党。向其语说：你没有雇保姆？陆以可说：我不雇，就是雇，我也不会支使人。我想给夏自花雇个保姆。向其语说：咱们不是轮换着去医院吗？她现在在重症监护室，雇了人也伺候不了她，白花钱的。陆以可说：是给她娘雇的，老太太年纪大了，腿脚不好，夏磊又太皮了，这段时间你没见老太太衰老了一截吗？向其语就又喊：阿芳！阿芳！

保姆来了，端了两杯茶递给了陆以可和向其语，说：刚才出门买菜时就该先给你们烧水沏上茶的。向其语说：陆老板也需要个保姆，你能不能介绍个乡党？保姆说：不知陆老板家里是啥情况，是有老人或是有病人，还是有小孩，小孩是婴儿呢，能走能跑呢？陆以可说:有老人和孩子,孩子三岁了,老人一直带着,只是帮帮下手。保姆说:那我想想,得找个合适的。向其语指头搓着,叭地一响,说:事情就这么定了,你去做饭吧!保姆去了厨房。向其语说:夏自花的病我总觉得有些蹊跷,她怎么就得了这种病呢?陆以可说:吃五谷得百病么,有啥蹊跷的?向其语说:有些病是中医、西医治不了的,得用些怪办法治,比如气功,比如求佛,比如请些作法的人驱驱鬼神。陆以可说:用气功治过,海姐哪一日不在佛前祷告过,道教的术士现在还有吗,在哪儿能请到?向其语说:听说秦岭里有。陆以可说:你说话只图嘴快!听说?那只是听说。秦岭里有?秦岭深得像海一样!她站起来去了厕所。

从厕所出来,陆以可就势站在了阳台上。风似乎小了,沙尘还没散。她说了一句:天恁脏的,也该下雨了吧。向其语跟着过来伸懒腰,说:如果你也觉得要驱鬼神,秦岭再大,我都可以打听着找。前年有个顾客在我那里理疗,闲谈中他说现在有相当多的人并不是人。陆以可说:是鬼神?向其语说:他说,你看有人像狼一样跑来,那人其实就是狼,有人像鬼一样在那里哭,那人其实就是鬼。陆以可说:那是比喻,羿老师的书里也常这么写哩。向其语说:他说一般人死了灵魂都是六道轮回,但也有的灵魂不愿离开人间,也有的是因各种原因离开不了的。就像从西京到北京要乘飞机,有的突然不想去了,有的去了机场,没赶上时间,飞机起飞了。这些灵魂就在世上游荡,然后想办法附身。被附的人如果能量还可以,它就和被附的人共生共存,需要被附的人出现,那是正常人的言行,需要它出马,那就是非人类的思维和举动。被附的人如果能量太弱,那就完全被控制了。现实生活中我们常常会看到一些人诡异,举止行为出格,不可理喻,或者莫名其妙地有了一些技能、预测、透视,以某个亡人的声调说话,变幻着亡人的模样出现。陆以可听得一愣一愣的,就想到自己遇到的那人像父亲的事,她说:变幻着亡人的模样?向其语说:是呀,他说这些都是附了身的。陆以可又满脑子都是父亲的回忆了。遇到了像父亲的人,才使她坚定地留在这个城市的,也充足了信心做自己的事业,她是不是去成都的小叔单位也一直在犹豫不定,还说如果能再见到一次像父亲的人了她就留下来,若一个月内没有再见到像父亲的人了她就离开,她是把一切都认定是父亲的在天之灵在关注着,护佑着她,怎么能是一种作祟的邪恶呢?陆以可脸涨红起来,说:胡说了,迷信,封建迷信!向其语说:他说现在的科学正在解释着所谓的迷信,那不是迷信,是暗物质。陆以可说:我现在倒怀疑你是被附了体的,是非人类!

说这话的时候,楼前有成群的乌鸦在盘旋,而且对面最近的一幢楼顶沿上就也落着许多乌鸦,粪便稀淋在那墙上,白花花的像涂了石灰浆。向其语说:嘿嘿,我倒盼我能被附了体,是非人类。我要是被附了体,是非人类,那咱们众姊妹也都是被附了体的,是非人类,也包括你。陆以可不愿意再说这个话题了,说:这里咋会有这么多的乌鸦?向其语说:以前这里叫庵前,就是后边曾经有个庵,庵里全住着道姑,庵四周有几十棵杨树,一到天黑老是落乌鸦,似乎全城的乌鸦都来了。后来庵拆了,盖成高楼,可乌鸦还是来,估计乌鸦和人一样有记忆。人是胃有记忆的,小时候吃过的东西一辈子都喜欢吃,乌鸦的鼻子有记忆,以前待过的地方一闻见味也一直来待。陆以可说:照说你住的地方,医院和庙庵周围都不宜居住的,重在别的地方买个房吧。向其语说:你借我钱呀?!陆以可说:你缺钱啦?向其语说:就是有钱,我也不搬。我就住这儿,也活该住在这里,活佛来了,我皈依个居士,权当这房子还是个庵。陆以可说:皈依的是佛教,庵是道教的!向其语哈哈地笑,说:佛道一家,佛道一家。

在向其语家吃毕了饭,又拿了一小瓶虎骨酒,陆以可便去了茶庄。一推店门,小甄向她点点头,说声:陆姐来了。却忙着和小苏、小方把靠在东边墙根的那个大柜子搬移到北边墙根儿,又把一张桌子挪到玻璃窗前。陆以可说:这是重新摆设呀?小甄说:嗯。陆以可说:这样摆设了好,把柜子放在东墙根是觉得别扭。小甄说:陆姐也懂风水?陆以可说:整体懂,具体不懂,但最基本的一点是,室内风水好不好,就看一进门感觉舒服不舒服。小甄、小苏就看着她,脸色凝重,都没有说话。小苏在搬移过来的立柜上安放了一尊檀木关公像,供上了香,弯腰九十度拜了三拜。陆以可说:小苏,这几时请的武财神?小苏说:早请来了,一直存在柜子里,才找出来敬的。陆以可说:你这拜得虔诚!小苏说:我还不知道拜的动作对不对,让陆姐见笑。陆以可说:对着的。你们一直敬陆羽,那可以保障茶的质量,敬武财神了,茶庄生意兴隆么!小苏说:谢陆姐吉言。陆以可说:那我再给茶庄贡献一下,称二斤最好的龙井。多少钱?小甄接了话说:不收你钱。陆以可说:怎么不收钱!关系好是关系好,做生意是做生意,朋友们买茶叶不收钱,茶庄要关门呀得是?!小甄突然头低下去,吸了几下鼻子。高文来从楼梯下来,也仅点了一下头,拿了拖把要去东墙根擦地板。陆以可说:老板呢?她故意不说海姐,说老板。高文来说:在楼上,我领你上去。陆以可拉了一把椅子,说:我就坐这儿,你们老板肯定脸难看了。高文来说:陆姐你知道了?陆以可说:这还用知道吗,你老板是性情人,她高兴了,你们个个眉里眼里都活泛,她不高兴了,你们也都霜打了一样发呆发瓷。瞧么,我来了也没人给倒一杯水。小苏赶紧说:哦,哦,我给你沏茶,你还喝白茶吗?陆以可笑了说:老板脸难看,但茶好喝啊!小苏沏了茶过来,小声说:小唐被叫走了。陆以可听岔了:调走了,调到哪儿去了?小苏眼泪滴下来,说:让纪委叫走了。

二十五　海若·麻将室

海若告诉陆以可：早上小唐来茶庄开了门，接着到的是小苏、小甄、高文来，后来的是小方和张嫂。张嫂在街上买了五个粗粮煎饼，便给了小唐、小甄、小苏、小方各一个。高文来说：也不问一下我吃不吃？张嫂说：谁知道你今天来得早？是这样吧，你把我这个吃了。高文来说：有你这话，我就感到温暖了。你们吃，我给你们烧水了沏茶喝。就打开煤气灶，坐上了水壶，让烧着，自己去收拾垃圾桶。这时候店门外驶过来一辆面包车，紧靠着台阶停下，三个人就进了店，说：这里是暂坐茶庄？高文来提了垃圾袋要出去，说：哎，有多么大的场子，把车挡在门口?！来人说：站着别动！高文来说：咋啦，打劫啊？这里可是有监控摄像头的！来人掏出一个什么证件，就那么一晃，说：这里有个叫唐茵茵的？小唐嘴里还吃着煎饼，一时说不成话，唔唔着，就走过来。来人说：把嘴里东西吐了，说话！小唐没有吐，强咽了，说：我是。来人说：跟我们走一趟。小唐说：跟你们走？你们是干啥的？来人说：纪委！小唐看了一下高文来，说：去纪委吗，为什么去纪委？来人说：祁家元的案子。高文来说：祁家元？是落马的市委书记吗?！来人说：她心里明白。小唐已经脸发白了，说：我不认得祁书记啊。来人说：是祁家元！小唐说：哦是祁家元，我不认得祁家元，祁家元也认不得我。来人就抓住了小唐的胳膊。小唐说：我还穿着店服，穿着店服。来人迟疑了一下，同意她去换上自己的衣服。小唐去了隔间，壶里的水烧得咕嘟咕嘟响，她换了自己的衣服，便嘤嘤地哭，出来的时候，对小甄、小苏、高文来、小方、张嫂说：给海姐说一声，让来救我，水开啦。来人就前边一个，后边两个，夹着小唐出了店。隔间门里往外冒白气，小甄进去关了火，发现衣架上还挂着小唐的纱巾，拿着跑出来，来人已经把小唐拖上了车，用一个布袋子往她头上套。小甄还拍着车喊，车喷了一股黑烟，开走了。

　　海若告诉陆以可：她是接着小苏的电话赶到了茶庄，茶庄停止了营业，门关着，玻璃窗上也拉严了竹帘，小苏、小甄、小方、张嫂和高文来都在店里坐着，战战兢兢。她问了情况，浑身的肉就跳起来，确实是肉跳，跳得似乎要一块儿一块儿往下掉。祁家元一倒台，她就预想着还会有许多事发生，这就像一颗石头丢在湖里了，水面上必有涟漪，可齐老板还在澳门没回来，小唐竟然被叫走了，她一下子乱了方寸。她毕竟是茶庄的老板，大家都在看着她啊，她双腿稀软地在椅子上坐了一会儿，就让大家不要哭，把眼泪擦了，做深呼吸，恢复情绪了，去把店门打开，竹帘拉开，照常营业，谁也不要再说这事，接待顾客面带笑容。而她拿了手机就上楼给羿光打电话。女人再刚强还是女人么，关键时刻得有个依靠，即便是谁也依靠不上，但能有人听你诉说，或者给你一句两句安慰话，那都太需要啊。她是把情况说给了羿光，说的时候她不知怎么就哽咽不已，委屈得像被欺负了的孩子。羿光也是吃惊不小，半天都没吭声，最后答应着他了解了解。整个上午，她都在等待着羿光反馈的消息，而迟迟未有回音。这是她最焦虑的四个小时，她给佛上香，跪在那里默默祈祷，她也翻阅着书籍，寻找着能安妥自己心神的字句。她虽然知道有出太阳的日子也有下雨下雪下冰雹的日子，但真的遇上雨雪和冰雹了，还是那样地慌乱和无奈。也深深体会到了为什么任何寺庙，一进大门左右两边都塑着护法天王。而羿光是她的护法者吗？她不停地念叨着羿光会帮她的，也有能力帮她，同时也翻柜子找出了那尊檀木关公像，安位供奉，再是突发奇想把店里的柜子、架子、桌子重新摆放了方位。

海若告诉陆以可：做完了这一切，她能真切地感受到茶庄的楼上楼下诸神充满，都在给她加持，给她能量。果然就在二十分钟前，羿光的电话来了。羿光没有向市里的几个领导询问，因为祁家元的倒台使他们都讳莫如深，噤若寒蝉。但他托付了范伯生去打探，范伯生是如灰尘一样无处不钻的人物，打探来的是纪委办案点设在某一学院的宾馆里，那几个房间里的窗子是钉死的，墙全部软面，床头、桌角也都用棉布包裹，以防被审查人自杀。负责看守的是雇请的人，竟然是冯迎的一个同事的老爹。老爹二十四小时和另外一人轮流坐在房间门口，不能进去和被审查人交谈，一旦有事就立刻报告另外房间的办案人，而至于如何在审查，审查的是什么内容，一概不知。但有一点可以肯定，那就是叫去那些行过贿的老板，在老实地交代了行贿的金额、次数、时间、地点和方式后便释放了。羿光也就告诉她，祁家元的案子牵涉到了齐老板，而小唐的事不会很大，她把她的事说清楚了就会很快回来的，她算什么呀，没事的，应该没事的。

陆以可说：那小唐是什么事呢？怎么就能把小唐叫去？海若说：这么多年，齐老板是茶庄的常客，他凡是买茶都是一次就买好几万，和我熟了，和小唐、小甄她们也都熟。平日他要给一些领导送名牌手表、珠宝玉器、高档衣服什么的，但他又不甚懂，总是托我去买，买了又都是小唐去送货。我也想，可能是小唐去兑换了一次黄金。陆以可说：兑换黄金？海若说：是一次齐老板来说，祁书记的夫人想将一些钱兑换成黄金，而具体去办理的是小唐。陆以可说：那也仅是个跑小脚路么。海若说：就是跑个小脚路。陆以可说：还可能有什么事？海若说：再没有了。小唐忠实可靠又精明能干，我啥事都让她去，没想倒是害了她！陆以可说：就那么点毛事，小唐去说清楚了就会回来的。海若说：可几时能回来呢？陆以可说：或许三天五天，或许明天吧，你不要急。海若苦笑了一下，说：唉，以前都是我劝人的，现在倒成被人劝了。陆以可也笑了，说：看来你不是圣贤。海若却睁圆了杏眼，说：我是你姐！

两人就商量着下来要做的事情：一是明天再找羿光，让他再打探小唐去了办案处的情况；二是通知小唐家人说茶庄派小唐去福建收茶了，如果家里有什么要干的活，就及时来电话，茶庄会全力以赴。筹划毕，陆以可说：好了，你松口气。海若是长长出了一口气，叫喊小苏重新沏两杯白茶来，却又说：以可呀，上午一个人坐在这里，倒还想这么一件事，我开茶庄第一个认识的是你，怎么现在竟有十多个姊妹了？陆以可说：啥意思呀，得意你是领袖？海若说：我不是领袖，领子和袖子是衣服最容易脏的部分。陆以可说：那你是磁铁，慢慢把尘土里的铁丝、钢片子、螺丝帽、钉子都吸到一块了！这是物以类聚，人以群分么。海若说：是物以类聚人以群分，可咱众姊妹不求在政治上多贵，经济上多富，婚姻上多完整，也仅仅要活个体面点儿，自在点儿，就这么难？小时候我娘骂我是小姐身子丫鬟命，而现在了又是有一颗鹤的心，却长了鸡的翅膀？陆以可说：你是说，咱出了问题还是咱生活的环境出了问题？海若说：我问你哩你倒问我。陆以可说：我也想起我小时候了，有一年夏天特别热，我浑身出了汗就站在太阳底下去晒，想着能把汗晒干，没料越晒汗越多，后来就中暑了。海若吸起了香烟，没再吭声。陆以可说：不说这些了，咱打麻将吧，麻将一打，啥事都忘了。海若说：那打吧。陆以可说：你这儿没有麻将，我给应丽后打个电话，她有个麻将室，就到她家去。

一打电话,应丽后高兴地说:来吧来吧,我这麻将室还没使用过哩,把钱带多些呀!两人就出门开车,十五分钟后到了应丽后家,竟然希立水、辛起、伊娃都在。伊娃见了海若有些窘,说:海姐,我给你道歉。咱茶庄隔间的小窗竹帘坏了,昨下午小唐让我今上午到府佑街买新的,买了去茶庄的路上正好碰着希姐和辛起,一块儿来应姐家了。陆以可说:海姐不会怪你,你不是正式员工。海若却严肃了脸,说:那得扣工资。辛起就急了,说:哎呀,这都怪我,是我硬把伊娃拉来的,扣她的工资钱我出。海若说:那好呀,你拿一万元来。辛起说:天神,我哪有那么多钱?!海若说:没有钱,那我就罚你必须对伊娃要好!辛起一下子抱了伊娃,说:我俩好着的,好着的!还故意用自己头去碰伊娃的头,咚地都起了响声。大家都笑,希立水说:茶庄也是神奇,咱们十个人在茶庄认识了成了姊妹,辛起和伊娃也是在茶庄一认识,倒比和我还热乎!辛起忙说:不是,不是,我认你是姐哩么!应丽后说:辛起能认你姐就不错啦,这十几年有多少人来茶庄找海姐时,相互认识了反倒不理了海姐。当初多穷酸的,靠海姐的人脉关系,人家发展成大老板了,海姐仍还是小买卖。陆以可说:往往是能燃烧的东西自己感不到温暖么。海若说:哎,哎,这是夸赞我哩还是埋汰我?!应丽后说:我看不惯眼的就是那些土鳖成了大老板后,再到茶庄去神气都变了。海若说:这你是嫉妒了。

应丽后家是年初才搬进来的新房,陆以可来过,海若还是第一次来。这是全市最贵的精装修豪宅,海若一一看了客厅、厨房、卫生间、大小卧室、衣帽间,说:应丽后给咱众姊妹长脸了,也能住这么好的房子!应丽后说:现在也就只落了这套房子。海若没接她的话,说:那麻将室呢,你竟然奢侈到有专门的麻将室?!应丽后就领着到另一个房间,果然放着一台香港产的电自动麻将桌。应丽后说:哪里是奢侈呀,是寂寞。平日咱没有人陪着看电影呀,喝咖啡呀，泡双人浴，只能叫些人来打麻将么。辛起说：还有双人浴呀？应丽后说：有呀。辛起说：希姐你泡过没？希立水说：我没有，不知道是夫妻泡、情人泡还是和朋友泡？富人之所以富是人家的想法富，咱之所以穷是咱的想法穷。应丽后说：希立水，你给我装可怜啊！海若说：你俩真俗！便想起伊娃，说：你和辛起是说好了的还是心有灵犀，怎么都是一个牌子的运动装？伊娃说：不光是撞衫，我这后脖子长着一颗痣，辛起后脖子上也长着一颗痣。希立水说：让我瞧瞧。后脖上长痣那是有说法的，托生时过阴阳界，孟婆要让喝忘情汤，喝了就忘记前世的一切。但有的人就是拒绝喝，拒绝喝的那要经过刀山火海的。凡是宁肯上刀山火海也不愿忘前情的人就后脖上长痣的。伊娃说：长痣的好不好？希立水说：不存在好与不好，只是今生感情上的事累。辛起说：就是就是。希立水说：真的也怪，伊娃和辛起的痣长得一个位置，一样的大小和颜色，伊娃前世就是中国人？辛起说：或许我该是俄罗斯人？应丽后说：老外哪里讲究这些！听说汉人的小拇脚指甲是一大一小两半的，没有了就不是。辛起就脱鞋要看，伊娃也脱鞋，陆以可说：脚臭烘烘的有啥看的，打麻将，打麻将！大家便都挪着凳子围了麻将桌坐下来。

六个人先上四个人，陆以可和海若迎面坐了。辛起说：希姐、应姐你们上，我和伊娃坐后边帮着看牌。伊娃说：我看不来牌，我当服务员给你们沏茶，最后给我发个小费就是了！陆以可说：要是我赢了，我给你双份小费！应丽后说：这样吧，在场的人都上，轮流打锅，每一锅五百元，钱都摆在桌面，谁先输光了谁下，后边的递补。辛起说：你们坐下了，你们先来。陆以可说：辛起，你到厨房里看看有啥吃的，我和海姐还没吃午饭哩。应丽后就站起来，说：还没吃午饭？那咋不早说？！辛起你来打，我给做饭去。辛起替了应丽后。陆以可说：做什么饭，有馍吗，夹些辣子咸菜就可以了。海姐你吃啥？海若说：我不饥，啥都不要。应丽后说：一个不要，一个要馍,这不是侮辱我吗?我冰箱里没有山珍海味,可还有些腊牛肉、变蛋和黄瓜的,弄上三个凉盘,再煮两碗菠菜葱花龙须面吧。

应丽后身手麻利,就在厨房里忙活起来。伊娃给每人沏了茶,又把香烟拆开,一一发散,后去了厨房帮着剥葱捣蒜。很快,饭菜都端上来。陆以可先抓了块牛肉吃了,又一边出牌一边吸吸溜溜吃面,热气蒙了眼镜,便把眼镜摘了,却见海若没有吃,坐着发愣。希立水说:出牌呀,出牌呀!海若才打出一张牌来。陆以可说:你来一碗吧,香着哩。海若说:不知她中午给吃不?应丽后说:就是给你做的,不给吃?!陆以可在桌下蹬了海若一下腿,海若看着陆以可,陆以可使眼色,海若吃了一块牛肉,但还是把一碗龙须面让伊娃端了去吃。

伊娃坐在沙发上吃面,应丽后也坐过去,伊娃吃着倒问这沙发在哪儿买的,多少钱?这窗帘是法国货吗,东西在哪个商店买的?又问门上的把手,厨房里的抽油烟机、水龙头,还有鞋柜上放的鞋提子,都是瑞典产品吗,比一般货能贵几倍价?再又问客厅的吊灯,卧室里的那一对床头灯,厕所里的马桶和壁灯。她说好多话了,应丽后都是几个字回答着,后来就说:伊娃你这是纪委来审查啊!海若就又发瓷了,轮到她出牌,半会儿都不动。陆以可说:伊娃,你俩嘟嘟的话恁多,听得我都出错牌了!要说你们到卧室去说。伊娃笑了笑,起身去了厨房洗碗。

牌打过三圈儿,海若只和过一次,很快就把面前的钱输得剩下一百元。海若说:应丽后,你来打。应丽后说:你知道我近期霉着,手气能好?!伊娃你去帮海姐看牌。伊娃说:我真的不懂。应丽后说:海姐给你教着,一会儿就懂了。伊娃就附在海若身后,也学着摸牌,组合,出牌,海若说:你懂么。但这一圈儿海若还是输了,就站起让应丽后递补,应丽后却要伊娃上,伊娃推辞,应丽后从口袋掏出五百元拍在桌上,说:你去,赢了是你的,输了算我的,我和海姐说说话。陆以可说：就是嫌话说得多了心烦才来打麻将的，还说什么呀？！应丽后说：你不了解情况。把海若拉进了卧室。

一进卧室，应丽后就把门关了，从床头柜取出一瓶酒来，说：你喝一口？海若不喝，她揭起瓶子喝了一大口，说：我在沙发旁、厨房里、洗澡间都放有酒，做饭、拖地，或去看电视，顺手都能拿到酒喝。喝得不多，也就一两口。海若说：你就是干喝？应丽后说：小时候奶奶去世了，我父亲就这么干喝的，我现在才理解了我父亲，把痛苦烦恼当下酒菜！海若说：想喝了就喝吧。近日事太多，我忙得还没见到严念初。应丽后说：不用见她了，海姐，我把讨债公司退了。海若一下子急起来，说：退了？咋退的？应丽后说了经过，海若还在生气，说：讨债公司是我找的，你要退也不和我说一声？应丽后说：我害怕么，如果万一出了事，还牵连到你，那我就活不成了！海若说：你脑子咋这么简单，处理事又这么冲动！我真怀疑你那些钱是怎么个挣来的？！应丽后眼泪又流下来。海若说：好了，事情既然做过了，就不提了，那下来怎么个要债？应丽后苦愁个脸，竟呜呜地哭了。海若说：哭什么哭，让她们听到了是同情你还是嘲笑你？应丽后说：海姐，你说咋办？海若沉吟半天，说：明日我摆一桌饭，你和我，再把严念初和王院长都叫来，我看王院长怎么说。如果他是个有良心的人，有对不起你的意思，肯保障还款，那我和严念初就督促他还。如果他蛮不讲理，想要赖，我可以想办法找能管住他的有关领导。若还不行，那就起诉告他。应丽后点着头，却又说：我已经和王院长、严念初撕破脸了，能坐到一起？海若说：他欠了咱的债，做了对不起咱的事，咱倒理亏了？坐不到一起也得坐呀！应丽后说：我喝酒。又揭起瓶子喝了一下。客厅里，希立水尖锥锥叫着：海姐，我死了，快来替我！

海若说：我出去再打一会儿，你收拾一下脸，眼泪把粉冲得五马六道的。应丽后坐到镜台前，却拉了抽屉，说：我这儿有零钱。

海若已经出去了。

麻将直打到第二天早上七点,大家都面有菜色,举了手看,手像鸡爪子,不明白这一夜肉都跑哪儿去了。六个人五个都输了,就应丽后赢着,希立水说钱是世上最势利的,哪儿钱越多越往哪儿去!辛起在清点她剩下的钱,全是零票子,数了一遍是三百,又数了一遍是二百八十元,说:呀呀,这把我一件衣服没了!又数起了第三遍。应丽后说:这是啥天意,牛跑了又给我一根牛毛?苦笑了一下,掏出三百元塞给了辛起。倒先下楼去超市买蒸馍、咸菜、豆腐乳。急速回来,一个锅里馏馍,一个锅里煎了十二个鸡蛋,再冲了六杯牛奶,招呼说:将就吃一下,改日请各位吃大餐!辛起说:哎呀,一早我可吃不下蒸馍,有没有剩下的小米粥,热一下也行。牛奶我一喝肚子就疼。应丽后说:那我熬小米粥啊!辛起说:就我一个人喝?那算了。应丽后说:你这么瘦,早餐一定得吃的。熬起来快,电饭煲一会儿就好了。

饭吃毕,鸟兽散,海若对应丽后说:你把屋子收拾了就好好睡一觉,我也得回去睡呀。下午把人和地点联系好了,通知你。应丽后看着海若的黑眼圈,拉开冰箱,取了个小瓶子装进海若兜里,悄声说:你嘴里含几片,起作用哩。海若掏出来一看,是一小瓶西洋参,当下倒出三片塞在口了,让每一个人张嘴张嘴,也各塞了三片。

陆以可把海若送回茶庄,自己也回家了。希立水送辛起和伊娃,半路上经过一个大商场,伊娃说她下车去买东西。希立水说:你不困呀,还逛商场?伊娃说:我不困。希立水说:你让我想起我十年前了,我是连打过两天一夜麻将哩。停了车,辛起却说:我也去。希立水说:你这小身板儿,跟徐栖一样的,你也去?辛起已经跳下了车。

伊娃和辛起到了商场,先在一楼的金银首饰柜台前转悠了一圈儿,对那些项链、戒指、耳环又是问价,又是让取了某一款来戴上，在镜前观看，再要拿手机拍照，结果一样也没买，上楼去看衣服。伊娃说：这个商场我还是第一次来，果然都是高档货！辛起说：我来过两次，好货真的是不便宜。伊娃说：咱翻来覆去问价，试戴了，却没买人家的。辛起说：试戴了就算戴过的么。两人就笑。二楼三楼都是衣服，几乎世界上有名的品牌都有，两人又是从头到尾一家一家看。伊娃想买条牛仔裤，在二楼一家柜区试着穿了，也觉得合适，辛起却不让买，让货比三家，再转转，或许还有更好的。又上三楼试了几家的，却看到有卖皮裤的，也试穿了，问辛起：怎么样？辛起说：好像有些紧。伊娃说：是紧了，你穿了我看看。辛起穿上，伊娃说：合身哟。辛起说：挺舒服的。就往下脱。伊娃说：不用脱了，就穿上，我掏钱，算送你的。辛起说：这不行，这怎么行呢？伊娃就去了开票处开票。辛起就不再脱了，将旧裤子塞进包，也去了开票处。

二十六　夏自花·医院

　　天气预报有雨，却也就那几滴，响声蛮大，砸在地上溅出铜钱般大的湿。像是故意着来摔死。还似乎有了太阳，但就是不露面，而雾霾开始发亮，越来越亮，使人能看到一种橘黄的空气。街道上依然堵车，交通规则里是不准鸣笛，可仍有笛鸣，一个鸣了，如同哈欠传染，十几个笛都在鸣，一声紧似一声。原因是前面一座高架桥，上桥的路口太拥挤，可以行三排车的，现在变成了五排车，全在那里争先恐后，一辆红色车稍一迟疑，别的车插进来了，而紧挨着一辆又一辆，它就走不动了，招来后边的笛声一片。终于后边的车挤进了车流，扭头看那红色车还停在那里，开车的是一位女子，就认作哪个土豪才送给了她的车吧，鄙夷地唾一口唾沫。又一辆车挤过来了，后窗打开，伸出来的是一颗狗头，沙皮狗的头。狗的脾气不好，但它没成为路怒族，休闲地望着桥头的路灯杆，路灯杆上挂着牌子。司机这才发现这条街上的路灯杆上都挂着牌子，是市上又要召开经贸洽谈会的广告。年年在这个时候都开经贸洽谈会，报纸上电视上总是宣传着这次签订了几百亿的合同。哼，如果真是那样，十几年来人民币早把西京能埋没了，也不至于公共设施这么差，交通严重堵塞。

海若再去银行给海童汇了几千元后,和应丽后、严念初、王院长在一家日本料理店吃饭,事情刚刚谈完,接司一楠电话,说夏自花不行了。海若、应丽后、严念初放下筷子,就都开了车往医院赶。先还是三辆车前后厮跟着,在车流里钻来拐去,后来就走散了。又遇上了严重堵塞,应丽后和严念初陷在其中不能动弹,海若及时倒回,绕到另一条巷里。还没出巷,车突然熄火,发动了几次发动不起,海若就骂:破车,破车,你死呀?!这辆奥迪已经开过了十年,是该换了,海若也曾给希立水说过几次要重买一辆。这辆旧车虽小毛病不断,并没有发生过大的故障,却不该出麻烦的时候偏出了麻烦,海若急得眼里都冒金星。她吁了一口气,让自己冷静,想着不能骂车的,要给车说好话,便轻轻拍着方向盘,说:哎,哎,你是为我出了力的,我知道你年纪大了,但我会给你看病的,而不会抛弃你。再努努劲儿,咱得快去医院呀,夏自花在等着的。再一发动,竟然就发动起来了。海若便一路上念叨着车好,承诺过后去检修一次,还要让希立水的店里给美容美容。车开到了医院,应丽后和严念初还都没有来。

医院里,司一楠在过道上紧紧抱着老太太。老太太见了海若,起了哭声。司一楠告诉说,她是来替换徐栖的,来时不知怎么还特意接了老太太和夏磊。奇怪的还有,是夏磊一直哭闹,谁哄也哄不了,徐栖就说我陪你去看电影吧,夏磊才不哭闹了,跟着徐栖去了。他们一走,医生就通知夏自花不行了,已经脑死亡,现在虽还有呼吸,是插着氧气管,征询家属几时拔管子?老太太当下晕倒,掐了半天人中才苏醒。海若嗯嗯着,就去见医生,过了好久,灰沓沓从医护办出来,给司一楠悄声说:咱们是得商量什么时候拔管子了。就用手机通知众姊妹。

这时候应丽后和严念初才到,海若说了情况,应丽后就哇哇地哭起来。她这一哭,老太太又是喉咙里咯咯地响,身子往下溜,司一楠抱也抱不起，忙喊护士开了间空着的病房，抬进去让躺下。严念初去敲重症监护室的门，门开了缝，里边的护士见是家属要进去看望病人，立即把门又关上。严念初过来，陆以可、希立水、向其语、虞本温也都到了，早已泪流满面。严念初说：人都成这样了，也不让见面，这还有人道主义吗？!海若制止了她，说：管子没拔，还是他们的病人。就问：都到齐了？陆以可说：徐栖呢？司一楠说：我是来轮换她的，她陪夏磊出去啦。陆以可说：海姐，是不是给羋老师说？茶庄的小甄、小苏、小方、小高他们也得来一下。海若说：你给他们都打电话。

　　海若就安排起来：希立水和严念初去购置寿衣、寿褥、寿被、寿枕。陆以可和虞本温陪老太太回去布置灵堂。向其语和司一楠去殡仪馆联系火化事宜。而她和应丽后守在医院。正好徐栖来了电话，问她是不是再来医院接老太太回家，还是她带夏磊到医院？海若谈了这边情况，徐栖在电话那头就哭。海若改变了主意，把虞本温留下，让徐栖带夏磊直接回夏自花家。安排毕，陆以可陪老太太先走，海若叮咛回去后选一张夏自花最好的照片放大做遗像，挽幛、花篮、水果、烧纸、香烛一样都不能少。陆以可说：我知道。向其语和司一楠要去殡仪馆了，海若又让虞本温换替了司一楠。希立水身上没带现金，问严念初带着没，严念初说她有银行卡，却问海若：买几身的寿衣？希立水说：肯定是三件套的。严念初说：三身衣服穿上那像什么样子？希立水说：这是要让她去了那边了有衣服穿，而不是图漂亮。严念初说：咋能不图漂亮？希立水说：寿衣店里人家会搭配的。严念初说：去寿衣店？那里的衣服都是清朝的样式，夏自花时尚了一辈子你让她穿那些长袍短褂？海若说：按现代的买，里边是内衣，外边是裙装，再是大衣，你们就选最时尚的最昂贵的买吧。希立水说：那鞋呢，是高跟皮鞋吗，听说不能有皮革的，有皮革了将来托生牲畜的。严念初说：胡说的！衣服那么高贵华丽了，脚上穿双平底布鞋?! 海若说:听严念初的。这当儿陆以可搀扶着老太太要下楼,希立水和严念初就也一块儿去了。

半个小时后,陆续来了小甄、小苏、小方和高文来,四人趴在重病监护室门上往里看,也是什么都看不见,小苏就扑沓在地上哭。小苏一哭,小甄、小方、高文来都哭。海若忙把他拉到楼梯拐弯处,高文来还在说:我没救活她,我没救活她!捶胸顿足。海若就劝他说:治病治不了命,不管怎样,夏自花生前感激你,在阴间也感激你。高文来安静下来,靠着墙再不说话,待到羿光也来了,海若和小甄、小苏、小方都迎了来,高文来没动,还是呆若木鸡。

羿光听海若说了情况,低了头垂泪,责备他太自信了,以为病很快会好的,还没有来医院探望啊,夏自花就走了,这么快地走了!接着便反复唠叨一句话:我还有些话要给她说的呀!海若见羿光伤感,一时不知怎么宽慰,再次不让小甄、小苏、小方哭泣,而把医生的话转达给羿光,说:我就等着你来了,商量着选个什么时间拔管子为好。羿光说:夏自花的生辰年月日是……海若说:说起来我心就痛,明天就是她四十岁生日。老太太五天前还给我说,到明天要么给医院说一下接她回家待半天,要么让我们众姊妹在医院为她庆祝,也算冲喜,谁知……羿光说:明日的生日?知道时辰不?海若说:应该是零时吧,夏自花曾经有一次得意地说她是在二十四下钟声中来到人世的。羿光说:那就定在今晚零时吧,囫囫囵囵四十年,不少待一时,不多待一时。海若听了,浑身的肉都颤,要说些什么,楼梯拐弯处却有了高声,高文来和人吵架了。

高文来靠在墙上发呆,旁边就有了两个人,也都是病人家属,在重症监护室外站得久了,过来偷偷吸起香烟。高文来想制止,忍了忍没有说话,把身子往墙角挪了挪。那两个人先有一句没一句地说些他们单位上的事,突然一个说:哎,那边说话的是不是羿光?一个说:就是。一个说:和我在电视上看到的一模一样呀!难得这机会，我去和他照个相！一个说：你是小年轻呀？照什么相？！一个说：他文章写得好，字画也好，是大名人哩！一个说：文章好字画好就人好了？一个说：你说他人不行啊？一个说：这种人我见多了，都是一个德行，平常里你瞧他们嘴头子下笔头子下天花乱坠，水都能点上灯，一旦有事了，骨头就是面捏的，比谁都软。别信那种清高劲儿，什么不爱钱呀，不想当官呀，你给狗撂一根骨头试试！对内嫉妒倾轧，对外趋炎附势，又都行为乖张，酗酒好色。高文来就听不下去了，说：说话注意点儿！那人说：咋啦？我说我的话哩，与你啥事？！高文来说：你这话我听不到就算了，我听到了我就要你闭嘴！那人说：我就说了，咋？！高文来说，你再说，你敢再说我就把你嘴拧下来！

　　海若见高文来和人吵架，忙喊：小高，小高，啥时候了你还和人吵架？！高文来走过来，给羿光问候了，还鞠了个躬，站在一旁。司一楠就对小甄、小苏说：你俩去街上买些烧纸来。小甄说：啥纸？司一楠说：烧纸呀！多买些冥票子，现在的冥票子都是面值亿元的千万元的，记着也买些百元十万的零票子。小甄说：零票子？高文来说：这都不懂呀，亿元的不好用。应丽后说：我已经让陆姐多买些烧纸了。司一楠说：那是给灵堂用的，这边人一倒头还要烧倒头纸的。海若说：医院里肯定不让烧的。司一楠说：我晓得不让烧，到时这边拔管子，我可以到楼下太平间旁边的大树下画个圈儿念叨着夏姐的名字就烧了。海若闷了一下，说：也好。掏了钱给小甄，小甄没接，和小苏踉踉跄跄下了楼。高文来说：海姐，我干啥？海若说：你就在这里，后边的事还多着哩。羿光说：我现在回去，我是还欠着夏自花一幅书法的，就写成挽联挂在她灵堂吧。话才说完，伊娃和辛起满脸汗水跑上楼来。海若说：你们咋知道的？高文来说：是我通知了伊娃。伊娃说：高文来给我打了电话，我还在房东家，就又告诉了辛起，她搭车过来接了我。两人急着要看夏自花，知道了夏自花在重症监护室见不上时,辛起说:啊她走的时候身边也没个亲人?!大家又都流下眼泪。羿光第一次见辛起,就叫过伊娃,说:这是你朋友?伊娃看了羿光一眼,忙避开了,说:是希姐的朋友,我也才认识了不久。羿光说:哦。你去过老太太家吧?伊娃说:去过。羿光就对海若说:让伊娃跟我回拾云堂写挽联吧,写了她尽快送去灵堂。伊娃说:呃?羿光说:你不愿意呀?伊娃说:我年轻,看这儿有啥需要跑路的。海若说:这里已经安排好了,羿老师让你陪他去,你就去,送去挽联就在那边给你陆姐、徐姐帮个下手。伊娃看辛起,辛起要说什么,羿光已拉了伊娃下到楼梯。应丽后给海若说:能来的都来了,现在就是冯迎无法通知,打电话还是关机,也不晓得出国回来了没?海若说:要是回来能不第一时间和咱联系?应丽后说:那几时才能回来呀,别赶不上了葬礼。海若说:我给范先生打个电话,他应该知道代表团的情况。海若随即给范伯生打了电话,范伯生说他也没有代表团的消息,但肯定是还没有回来。海若唉了一声,就去找医生说拔管子的时间。

见了医生过来,小甄和小苏已经买了纸回来,大家都站在那里,眼睁睁地看着她。应丽后说:说过了?海若说:嗯。应丽后说:这管子一拔,人就彻底没了?海若没有回答,问:现在几点啦?司一楠说:十点过一分。应丽后说:咱就陪夏自花度过这两个小时,听说人在弥留之际念着阿弥陀佛好,咱就在心里念吧。说完就扑沓坐在地板上,垂头念起来,嘴唇动着,没有声音。她这一念,小甄、小苏、高文来、辛起也坐下来,他们不知道怎么个念法,只是垂了头。海若说:念吧,咱都念吧。哭声突然从走廊另一端的病房里爆发,便见有医生过来,一边走一边脱手上的胶皮手套。司一楠问:大夫,出啥事啦?医生说:三十四床去世了。司一楠回看了海若她们一眼,她往走廊那端去,病房门开着,里边有三个护士正用床单遮裹尸体,一个老头趴在病床前哭。后来,尸体被抬上了一个移动病床推出来，站在过道的海若她们就闪开身，默默地看着移动病床推过走廊，移动病床摇摆了一下，包裹了床单的头像西瓜一样晃动着。哭声还在撕心裂肺。应丽后说：人刚一断气，病房就不要了？司一楠没有接话，小甄、小苏、高文来、辛起也都没接话，海若一阵头晕，身子靠在了墙上。应丽后说：你不舒服？海若说：让我靠靠。应丽后说：你也太累了，你就靠墙坐下闭上眼歇着。海若却说：我去楼梯拐弯的窗口透透气。说罢就走。应丽后要陪着，她摆摆手。海若并没有在楼梯拐弯的窗口处透气，竟然直接下了楼，一到医院的后院子里，一下子瘫软在地上，眼泪唰地流下来。

夜已经深了，医院里出出进进的少了，尤其后院就显得空旷。靠右手是那一片小树林子，绕着林子过去的那一排平房就是太平间了。海若看着黑乎乎的太平间，想着两个小时后，夏自花就先要去那里吗？通过地狱的就是眼前这条三四百米长的小道吗？海若站了起来，她要查看这小道上有没有可能绊了移动病床轮子的碎石破砖，小道旁的树枝会不会枝叶伸得长了挂扯了白床单。走过去，一切都是平坦无阻的。但海若远远看到了太平间附近的那棵大杨树上竟一片片开着白花。大杨树怎么开了花呢，再往前走，那不是花，是远处的灯光照过来，把一部分树叶变成了白色。而就在太平间的山墙后，有人在烧纸，是母女俩跪在火堆边，一边添纸，一边嘴里念念有词，火光照着她们，已经是泪流满面。没有风，一丝风都没有，火堆突然呼呼响起来，像是在急喘，即刻旋起一个纸灰的立柱，腾往空中，小女孩的刘海被烧了一下，向后跌坐在地上。母亲说：不怕不怕，是你爹来亲你了。便用树根儿压住燃烧的纸，生气地说：你还这么急呀，这都是你的，你急什么？海若也看着空中，那立柱已经扑沓下去了，火星和纸屑还在纷纷飘零，纸灰由红变白，转而变黑，似乎能感到鬼魂真在其中。

二十七　伊娃·拾云堂

伊娃跟着羿光上楼去拾云堂，开门的时候，羿光往旁边呸了一口，说：你也呸。伊娃不呸，说：这为啥？羿光说：晚上回家，鬼容易跟着进来，鬼是吃痰，你得给它些吃的。伊娃吓了一跳，赶紧呸了一口，进门就把门关了。羿光拉开了灯，回来见伊娃还惊恐地张着嘴，就走近去。伊娃立即闭上了嘴，很用着劲儿，好像就没有了嘴，羿光就笑了，说：那天之后咱还没见面呢。伊娃这才说：我以为你把我忘了，几天里没有电话也没个手机短信，刚才在医院见了，脸倒定得平平的。羿光说：那是夏自花在弥留之际么。就伸过手来。伊娃打了一下手，说：现在是夏自花等着你的挽联哩！两人都再没说话。后来羿光身子就矮下去了许多，先自上了阁楼。

客厅里的灯光白生生的，里间屋黑咕隆咚，伊娃就靠着白与黑交界的里间屋门框，扭头在里间屋里仍能分辨出床上的被单还是那件她在沙发上盖过的被单，床下地板上放着的还是她穿过的那双拖鞋。回过眼了，客厅的窗帘仍然紧合，窗上沿和墙角之间好像有了一道蛛丝，在闪着银色，再看却又什么都不见了。伊娃也就上了阁楼。

阁楼上，羿光已经把笔墨调好，纸也铺开了，却并没有写，而是拿着一个黑色的瓷罐儿，取出一根头发，在那里对着灯看。伊娃说：我的头发你还真保留呀？羿光说：你的头发在另一个小瓷罐里，这是夏自花的。案桌的后边就是一排柜子，玻璃柜门后有着长长一排各种形状和颜色的小瓷罐。伊娃说：啊，那她们的头发你都有？羿光说：都有。伊娃有些生气了，说：都有事？羿光说：没事。伊娃说：骗人！你看着我！羿光竟做了个外国式的耸肩摊手，说：没事。伊娃一甩手，说：我何必问这个呢？不问了！你在看着夏自花的头发，想着什么了？羿光没有回答，把头发小心翼翼重新装进罐里，放回了柜里，还上了锁，提笔开始写挽联。写上联：天地一遽庐，生死犹旦暮。下联：此身非我有，易晞等朝露。伊娃说：这我读不懂。羿光又提了笔再写，上联是：乐意相关禽对语。下联是：生香不断树交花。羿光说：这联你肯定懂。伊娃说：挽联都是写些哀悼的话呀。羿光说：我是写她们众姊妹的感情，也是写我与她们的感情。你听到什么响声了吗？伊娃愣了一下，说：什么声？羿光说：沙沙地响，是不是起风了？伊娃拉开帘子，开窗望下，万家灯火，街巷两边的树杈纹丝未动，说：没风呀。羿光说：那或许是来自夏自花吧，她认得了我写的内容。伊娃朝四下看看，又不敢多看，一时身子发紧，出气就不均匀了。羿光说：没事没事，即使夏自花的幽灵来了，她还能害我吗，害你吗？伊娃眼睛直盯着写好的挽联，等着墨迹快干，却不禁心里发虚，说：咱们为她写这样的挽联，她应该谢的，来谢的。

　　羿光点着一支香烟，长长地吸，口鼻都不见冒一丝一缕，直到香烟燃到了一半，烟雾才喷口而出，汹汹涌涌，把他自己和伊娃全然罩住。那一刻里，伊娃想到了她在俄罗斯草原上曾经见过一群羊走过的情景，那是偌大的一团羊毛在滚动，羊毛里是无数的羊的骨骼。羿光说：我能走进海若她们姊妹圈，其实是从夏自花开始的。那时夏自花还是个模特，在一次市模特选拔赛中，我是评委之一，我俩就认识了。她是向其语介绍着见到了海若，而又是她领着我去的茶庄，再后来经过海若就和冯迎、希立水、陆以可、虞本温、应丽后、司一楠、徐栖一窝蜂地都成朋友了。伊娃说：你说她们是一窝蜂？羿光闪了个笑，说：我也是突然有了这个比喻。茶庄西头墙上那个蜂箱就是我找人办了许可证夏自花给她娘治病所搭的，那个蜂箱里的蜂聚结成团，我喜欢用团结一词描述它们，你不觉得她们众姊妹就是个蜂团吗？伊娃说：蜂都是身上有毒，能蜇人呀。羿光说：是的，这就是我在一篇文章里也写过了，凡是小动物，要生存，它们就都有独门绝技，比如刺猬有刺，螃蟹有壳，节虫能变色，壁虎能续尾。蜂当然和蛇、蝎、蜘蛛、蜈蚣一样都有毒，但蜂却酿蜜，蜂的酿蜜就是一种排毒，排自身的毒。所以你看海若她们，一方面都是不结婚或离婚，想方设法在社会上周旋着做生意；一方面又表现得工作认真，诚恳良善，乐意帮助，即便给人一个笑话，一句客气话，在路上捡起一个烟头放进垃圾桶里，看似琐碎无聊，但你不觉得它是有意义吗？他们的对话没有继续下去，伊娃知道羿光的学问深厚，在他引经据典高谈阔论的时候，她只有倾听和点头的份。但她仍然想不通的，她们是一群那样高尚的人，怎么都有没完没了的这样那样的事所纠结，且各是各痛，如受伤的青虫在蹦跳和扭曲？

就在羿光把挽联叠起来，装在了口袋里，他对伊娃说：来，伊娃，我抱一下你！伊娃看着羿光，又看了一下窗下，看了一下柜子里的小瓷罐，心里有了一种突如其来的负担，她说：要接吻吗，我现在也是一只蜂了，有毒的！羿光再一次笑起来。这时候，伊娃才发觉羿光的牙很白，但也很长，而同时口袋里的手机铃声爆响尖锐得如油锅里倒进了一勺水。掏出手机，视频上显示是陆以可。伊娃说：陆姐真好！就接电话，故意把扩音键按了。陆以可的声就很大，在问伊娃你在哪儿，伊娃回应在羿老师书房写挽联。陆以可说：哦，你已经知道了，在羿老师那里，那算了。伊娃说：有事吗，陆姐，有啥事吗？陆以可说：灵堂需要挽幛，徐栖先买了一个，觉得太小，我出来重买了，正好经过你的房东楼下，还以为你不知道的要通知一下，再是带的钱不够了，向你借呀。这儿离冯迎家近，我给她家打电话，让送些钱来。伊娃打完了电话，一低头，羿光却已坐在了桌案前的沙发上，竟然和她那晚躺着的姿势一样，但脸色发黑，黑得似乎有些眉目不分。伊娃惊道：你怎么啦？羿光说：这太奇怪了，奇怪了！伊娃说：啊？！羿光说：我是借过冯迎十五万的，冯迎又欠着夏自花二十万元。冯迎托人捎话给海若，海若也传达了我，让我给夏自花十五万，另外五万她再还。我当时倒还生气过，她冯迎为什么不直接给我说呢，虽然这十五万我筹好了，却一直还未给夏自花。这时候怎么就接了陆以可的电话，而你又偏是扩音让我听到，这肯定是夏自花在向双方要账的意思啊！伊娃心咚嗦了，靠着墙溜下去，就坐在了地上。

羿光从柜子里取出了十五万元，装在了袋子里，他要去送挽联，也要去把钱交给老太太。但伊娃还站不起来。羿光扶起了她，她说：我怕。羿光就拉着伊娃的胳膊，出门，乘电梯下了楼。

从小区大门口出来，碰着门房老头在那里整理他捡来的废纸板、空塑料瓶，说：这么三更半夜的，羿先生还出去？羿光说：呃。松开了伊娃的胳膊。老头说：先生辛苦！两人转过茶庄，正要经过小广场去街上搭出租车，那里又有了洒水车先洒了街道，停下来又喷淋树林子，小广场上就流着水。羿光和伊娃又退回来，站在茶庄门口等着洒水车离去。伊娃说：现在还洒水？羿光说：后半夜喷洒着好。伊娃说：喷洒水能对雾霾有作用吗？羿光说：起码能防扬尘吧。伊娃活动活动身子，扭头看到了那西头二楼窗沿下的蜂箱。蜂也在睡了，无声无息，正要说些话，空中一个黑影忽地冲来，竟砰地就撞在了蜂箱上。这是只鸽子，可能在洒水车在喷淋树林子时受了惊而慌不择路,或者它是一只眼睛瞎了,或者故意地要来自杀,顿时蜂群大乱,嗡声如雷。羿光和伊娃忙蹲下来,一动都不敢动,怕被蜂蜇着。足足二十分钟,洒水车离开了,蜂群也安静下来,两人才跳着水滩经过小广场。伊娃望着树林子,黑黝黝的,感觉那里一定有兽吧,果然一只猫从铁丝网下钻出来,腰长腿短,步伐缓慢,神情慵懒,伊娃便认定那是虎。同时跳跃了一下,因为水泥地面上还爬了几条蚯蚓,这些蚯蚓也是从树林子里爬出来的,拉长着身子,足足有筷子长,伊娃又认定那是蛇。而各种鸟在树林子里再次躁动,叽叽喳喳,碎嘴碎舌。

二十八　小苏·茶庄

处理完了夏自花的后事，海若派了小苏也住进了筒子楼，陪伴老太太和夏磊，而众姊妹还是轮流着去看望，和老太太说话，或接到外边吃饭散心。

几乎就从夏自花火化的那天起，筒子楼二层搬进来了新户在装修，从此就每天时不时有锤子打砸声或电钻嘟嘟声。老太太以前担心着女儿的，那是头上悬着的一个炸药包，提心吊胆着几时爆炸，现在又惊恐着锤声和电钻声几时响，常常中午要休息了，她还坐在沙发上，小苏催她去睡一会儿，她说：等响过了再睡。但两个小时过去了没有响，只说今天装修的工人没上班吧，刚去睡下，响声又大作，像地震来了，整个楼都在震动。小苏去找过那户人家，结果吵了一架，人家话说得很难听，小苏委屈得来给海若哭鼻子流眼泪。海若便联系了一家酒店，要让她们去酒店住一段日子，但老太太不愿意，一是嫌花钱；二是说夏自花人是走了，但七七四十九天里灵魂肯定还回来的，一天三顿她都要给女儿遗像前摆上饭菜的。也罢，每天凡是装修声一响，老少三人就下了楼坐在了院子里。

如此过了几天，陆以可和虞本温来到茶庄，还要和海若商量些事。按照常规，人死后一火化，事先买好了墓地的，当天骨灰盒就下葬了，没有事先买好墓地的，骨灰盒便存放在殡仪馆等买好墓地随后下葬。当然也有经济条件不好的，买不起墓地，骨灰盒一直存放在殡仪馆，若过了十年，殡仪馆就自行处理了。夏自花的骨灰盒虽然是顶好的蓝田玉制作的，但还放在殡仪馆，姊妹了一场，大家还得分摊了钱尽快给她买个墓地，亡人入土为安了，活的人也都心安。但西京的墓区有三处，都在城南的秦岭里，分别是鲸鱼沟、栖凤山、白鹿坡，到底是在哪一处合适，陆以可和虞本温让海若拿个主意。海若也拿不准，说买墓地就是买房子，那要多看看再定，陆以可和虞本温便说她俩先去各处考察考察。

这么定下来后，三人又议起夏磊，这么小，而老太太年纪大了，身体又不好，以后的日子该怎么过呀。海若便说，夏磊的事愁人呀。夏自花病情恶化时，她和小唐就谈过这事。小唐已经二十九了，虽然一直在谈恋爱，但总是没有谈成，小唐就有意思：如果夏自花真的不在了，她就把夏磊认个儿子，不结婚了，便和夏磊过活，即使将来能结婚，也把夏磊带着。陆以可和虞本温都感动小唐精明能干，人又心地善良，便问起小唐被纪委叫去协助调查的事。海若说还没消息，不免又愁容上脸，唉声叹气。陆以可便岔开话题说：如果咱众姊妹没有来养而小唐养恐怕不妥，何况带个小孩势必会影响她谈恋爱的。海若说：你们是不是有了更好的办法？陆以可说：虞本温倒和我说过一事，虞本温你就给海姐说。虞本温说：是这样的，昨晚司一楠和徐栖到我店里吃饭，饭后司一楠问起夏磊的事，说她这一辈子是不找男人了，却想要个孩子，如果可以，她把夏磊认过来，却不知老太太的意思，也不知这样好不好，没敢给你提说。海若听了，心里咯噔一下，想起向其语曾经怀疑过司一楠和徐栖相好的话，倒一时无语。却又想，司一楠和徐栖真的相好，且能相好一生，夏磊被认领了，两人共同抚养，何尝不是好事呢？就说：司一楠是咱众姊妹中最有仁有义的，表面上大大咧咧有些粗，心却是极细的，夏磊跟了她，她肯定会养好的。虞本温说：我也是这么认为，只是担心老太太舍不得。海若说：这咱跟司一楠和老太太都谈谈。于是三人就先分析这事有多大可能性，做了许多设想。最后形成两个方案：一是如果老太太同意把夏磊送司一楠，司一楠和老太太就成了亲戚，互相走动，司一楠若还能接受老太太，老太太也乐意和司一楠两家人变成一家人，那就是最理想的结果。当然，司一楠并没有抚养了夏磊还必须再供养老太太的责任，那么老太太以后的生活可以由众姊妹来料理。二是老太太真要舍不得夏磊，那众姊妹合伙给老太太那儿找一个保姆，大家仍轮流去看望，十年八年二十年地坚持，将来了，为老太太送终，把夏磊照看着上幼儿园、小学、中学和大学，长大成才。

　　她们为她们的方案而欣慰，海若就说请你们二位喝好茶吧，拿出一个纸包上写着云南大益七子字样的茶饼，剥开了要泡。陆以可嘴撇得像豌豆角，说：不就是大益七子茶么？！海若说：这是大白菜，知道不？虞本温说：大白菜！蔬菜叶子呀？海若一脸的不屑，说赖驴懒马不知道好鞍子，就给陆以可和虞本温普及起了茶的知识：云南大益七子为什么叫七子，是一提七饼，一饼七两。它们一般以古茶树的产地为名，比如产在班章的就叫班章茶，产在蛮砖的就叫蛮砖茶。而十多年前的老茶又以包纸的图案颜色来称号，紫色的称紫大益，红色的称红大益，绿色的称绿大益。年代最久、公认味道最佳、市面价最高的是包纸上印有大白菜图案的，称为大白菜。陆以可、虞本温连说：长知识了，厉害了我的姐，我们是白吃枣还嫌枣核儿大，冤枉好人了，瞎狗咬了吕洞宾！海若倒骂：啥时候学得这么贫嘴！

　　茶喝过五泡，三个人都身上出汗，脸颊红润，虞本温说：茶真好茶，就是尿多！起身去了楼下。上完厕所出来，见天色已晚，小甄、小方、高文来和张嫂开始拉竹帘，收拾桌椅板凳，准备下班关门呀，突然想到什么，问小甄：小苏是不是还在老太太那里？小甄说：是在的，虞姐有啥交代吗？虞本温说：我给她打个电话。当下手机拨通了，虞本温告诉小苏，明日她们要去给夏自花选墓地呀，让小苏把羿老师写的那副挽联找出来，到时候就刻在墓碑上。小苏却回话她没见到那挽联啊，那天本来是海姐让她留下来看门的，但她觉得夏姐生前待她好，她一定要去送一送，海姐又让张嫂在老太太家留守的，不知张嫂把挽联收放在什么地方。虞本温就喊张嫂过来，说：出殡那天你在老太太家，羿老师的那幅字你收放在哪儿了？张嫂说：字，啥字？虞本温说：就是贴在灵堂上的那挽联。张嫂说：烧了呀。虞本温说：烧了，你给烧了？羿老师的挽联多珍贵，应该留下来给孩子做个念想，知道他母亲生前曾经是多么优秀的人。而且，接下来给夏自花的墓碑上也要刻的。你怎么就烧了？！张嫂说：乡下都是送葬后不能再留灵堂上的东西的。虞本温说：这是城里！你晓得不，羿老师一幅字值十万元啊！张嫂舌头捋不顺了，说：啊，啊这没人给我吩咐呀！先害怕地哭起来。

虞本温气呼呼上了楼，把张嫂烧了挽联的事说给了海若和陆以可，海若和陆以可脸上都变了颜色。虞本温说：瞧这没文化的！你咋就有这样的店员？海若也是叫苦不迭，说张嫂是乡下人，确实没文化，她陪儿子在城里借读高中，儿子考上大学后，原本她该回老家了，却因租房金一次性缴过了，房东不肯退，才住下来寻个临时工作来茶庄的。这当儿，张嫂哭啼着也上了楼，要给海若请罪，说自己可赔不起那十万元呀，自己拿手打自己脸。海若说：赔啥哩，烧了就烧了么，可能是夏自花喜欢羿老师那挽联，冥冥之中让你烧了带走的。没事，没事。安慰着张嫂下去了。虞本温说：你倒会说话，那到时墓碑上刻啥呀？海若说：让羿老师再写一幅么。虞本温说：那还肯写吗？这可得你或者陆姐去求。陆以可说：好好好，你给咱负责考察墓区，我负责去求字。

店里下了班，海若要请陆以可和虞本温吃饭，陆以可和虞本温都说：减肥哩，晚上不吃了，继续喝茶。海若也不吃了，重新再泡一壶大白菜。喝到半夜，陆以可、虞本温告辞，海若把她们送出茶庄。

反身回到二楼，海若便觉得困了，不准备回家，就在店里睡吧。先收拾了罗汉床，在佛像前燃了一炷香，还想着和儿子视频一下，再和衣躺下。好多天了，她忙得没给海童电话，海童也没给她电话。儿子还在上小学的时候，晚上她在茶庄，还忙着，他一个人在家做作业，那肯定要打来三遍四遍的电话，问她几点能回去，而且每一句都带着妈妈，把妈妈念成咬舌的呐呐，通话结束时还会几个连续的吻的叭叭声。现在，儿子大了，除了催问汇款，她不给他电话，他绝不会主动来电话的。海若朝空苦笑了一下，这时手机铃却响了。想着这么晚了，谁来电话都不接的，再又想，会不会有了心灵感应，是海童的电话？！看了一下手机，是小苏的，就接了。

小苏在问海姐你睡了吗，是不是把你吵醒啦？海若说没睡呢，还在茶庄，有什么事吗？小苏说有事，是有事，我本想明天给你说，但我心小，事情憋得等不到明天么。海若说那你说，说了就快睡去。但小苏说这事电话里不能说，也说不清，你等我。海若就没有再和儿子视频，也不去睡，坐在那里等着。香燃过了多半截，她有些心慌，猜想小苏平常没事很少给她电话的，有了什么事，是老太太在家悲伤过度，身体又出了问题，是夏磊顽劣哭闹，还是小苏在那里和老太太、夏磊有了别扭，待不下去了？等不及了小苏，海若就下了楼，开了店门，站在门口往公园前的街道上张望。

夜真短啊，竟然到了黎明时分。黎明时分的天特别黑，但街道上车辆已经开始多了，而管理停车场的那老汉又提着编织袋在路边的垃圾箱里翻寻废品了。这老汉，兢兢业业地履行着他的职责，起早贪黑，所有的停车都收费开票，从不贪污一分，但就是一有空就捡拾废品。书亭的后边有一个凉棚,原本是让他歇脚的,他总是堆了一袋一包的废品,好多人都对他有了抱怨。下苦人么,海若倒是体谅他生活拮据,每每茶庄买了水果、糕点、瓜子,就要送一些去。老汉多是在那些废品袋后独自喝酒,面前的纸包里放着几个酱猪蹄。他让海若喝,海若不喝,就又让吃猪蹄。海若说:老见你喝酒,喝醉了咋晓得哪辆车费收过了哪辆车还没收费?他说:我能喝醉吗,我从来没醉过。现在,老汉在垃圾箱里翻寻着,一回头看到了茶庄门口站着海若,一颠一颠过来,说:海老板好,做生意真辛苦,这么早就来上班了!海若说:你不是起来比我还早吗?老汉就嘿嘿笑,说:店里有啥垃圾了,我给你提出去。海若说:昨晚已经把垃圾扔进垃圾箱了。却又说:今早有没有收获?老汉说:还行,六个塑料瓶,四个易拉罐,还有三截铝管,三个扒钉,一个铁皮壶。铁皮壶是茶庄扔的吧,壶把断了,修一修还能用么,怎么也都扔了?海若说:是不是?老汉说:你要注意店员哩,他们不是老板,不当家不知珍惜,别把什么都扔了。海若说:他们故意扔了要让你捡的么。老汉又嘿嘿笑,说:这段路上十几个垃圾箱,一早一晚来翻翻,我一天的酒和猪蹄就有了啊!边说着,又一颠一颠去了凉棚。

小苏终于搭出租车到了店门口,蓬头垢面,神色慌张,就说:海姐你晚上没回家呀,小甄他们还没来?海若说:这才五点。她又说:海姐,我给你说。海若说:先去洗个脸,洗了慢慢说。小苏去了隔间洗脸,海若就把门关了。

小苏告诉了海若怎么也没想到的事。原来夏自花生前并不是离异,也不是丈夫去世,她压根就没有结过婚,而是有一个情人,姓曾,夏磊就是和这个姓曾的人生的。姓曾的开过金矿,是个大老板,有家有室的,是给夏自花承诺着要离婚了娶她,但和夏自花都有了孩子了,孩子都三岁了,婚仍离不了。夏自花也是不指望名分了,就和母亲带着孩子生活。是给夏自花买了一套房,还在装修,夏自花就病了。夏自花生病后，姓曾的倒还肯花钱，一直照顾她。凡是老太太和孩子单独在医院照料时，姓曾的都去。小苏住过去陪伴老太太和夏磊，姓曾的也常去。姓曾的要让老太太和孩子搬去新房，老太太不愿意。姓曾的想把夏磊接走，老太太还是不愿意。两人没有说合，老太太整天在屋里哭。

　　小苏说得很急，颠三倒四，啰啰唆唆，海若一直没吭声。小苏说：海姐海姐，我说清了没有？海若说：你说。小苏说：我急得嘴角都起火泡了，你咋不说话呢！海若说：夏自花生前一直瞒着，她瞒着别人，不该也瞒着我啊？！小苏说：你生气啦？我下午知道了这事也气得不行。这是姓曾的不好，夏姐才瞒的。海若说：唉，想想也能理解，只是这让夏自花受了多大委屈，她的病可能就与长期委屈着有关。小苏说：夏姐可怜的。海若说：她走了，把病毒带走了，把疼痛和委屈都带走了。小苏说：姓曾的要接走夏磊，你是咋想的？海若说：我和陆以可、虞本温白天还商议着夏磊抚养的事哩。既然夏磊有父亲，他把孩子接走是理所应当的，也是最好的。问题是他接回他家去，他妻子能允许吗，夏磊去了会不会受伤害？这我得见见这男的。小苏说：这就好。他起先不见咱们任何人，对我也开始自称是夏姐的表兄，老太太把事情说破后他才告诉了我真相。海若说：他现在还在老太太那儿？小苏说：下午来的，晚上走的，他一走我就给你了电话。海若说：那他再来了，你就通知我。小苏一仰身子，说：我的神呀，这下我心落下了。

　　海若要小苏一块儿吃早点，小苏却急着回去，她担心过会儿小甄他们就来了，少不了要问老太太和夏磊的状况，怕之后说多了不经意说出了秘密。海若就笑，她却说：我是不是太操心？海若说：操心着好么。她说：不好，但改不了啊。

二十九　陆以可·火锅店

阴了多日，雾霾还重，天就离地面似乎很近，还是午后两点，小广场上就有锻炼的人在甩长鞭，足足四五米呀，叭，叭叭，那不是鞭子在响，是天被抽着喊疼。而书刊亭旁边，还聚集着一伙进城寻零工的农民，身上背着脚前放着大锤、长锯、电钻、泥刀和刷墙的滚子，他们大半天了还没有雇主来召领，就一边嘲笑着甩长鞭的人使的那闲力气干啥，一边拿着各种吃食往口里塞。这些人没事的时候就说三道四，搬弄是非。就听一个说：油糕吃了，难道还要喝油不成？一个在说：喝呀，只要是油，烫死也行！

也是在这个时候，陆以可和虞本温考察了墓区回来，到茶庄喝茶。海若不在，虞本温喝了一会儿就先走了，陆以可便叫伊娃和她去羿光那儿求字。辛起也在店里，辛起也要去。三人便一块儿出了门。

羿光是午饭后必须要睡一觉的，刚起床范伯生就来了。范伯生要请羿光出席一个叫"秦酒"的上市新闻发布会，条件是给二十万元，写一篇关于酒的短文，再是现场写一幅书法作品。羿光不同意，范伯生又死缠烂磨，双方话都说得不愉快。

陆以可她们一进门，羿光说：啊呀来得好！热情招呼，又是拿香烟，又是洗水果，倒把范伯生晾在一边。陆以可不吸香烟，也不吃水果，直接讲了再给夏自花写挽联的事，羿光没有推辞，就让上阁楼。伊娃抓了两个香蕉，一个给辛起，一个自己剥皮咬了一口，说：陆姐面子大！陆以可说：是夏自花让他写的。而范伯生却拿手在打自己脸。陆以可说：你这咋啦？范伯生说：我恨我不是女的！

羿光已经上到楼梯上，回头说：这不是重色轻友，做事得有原则么。范伯生说：那这样吧，文章就不写啦，大作家写广告性文章是不要，你就出席一下，写一幅字，时间不长，车接车送。羿光说：这完全是商业活动，他们肯定要以此大力宣传的，不明真相的人还以为我拿了人家几十万上百万的钱哩。范伯生说：出场费是有点少，但老板才创业，请了你也要请市上好多名人，他们的费用都是五万到十万，给你的是最高的了。可不可以这样，你去多写几幅，按你的价位给，也是变个法儿多给你了费用。羿光说：我的书法作品本身就是钱呀！范伯生说：没人买也还是一张纸么。羿光转身再上楼梯，范伯生说：哦，我还忘了给你说，网上有一篇文章，不知你看到没？羿光又站住了，说：啥文章？范伯生说：说你是作家却卖字，抢书法家碗里饭。羿光说：古时候能书法的都是文人，哪有专门书法家？他们倒是吃我盘中餐！范伯生说：是羡慕嫉妒恨，可羡慕变成嫉妒那些人心理就不平衡了，一旦发展到恨，什么伤害都有可能发生。羿光说：有句话说世上没有奖赏和惩罚，只有因果报应，让他们为我消业吧。范伯生说：我想你该有一篇文章回击一下。羿光从楼梯又走下去。

阁楼上，陆以可在裁纸，伊娃说：陆姐和那范先生熟呀？陆以可说：一般。伊娃说：你看得惯他不？陆以可说：无所谓。伊娃说：他总是利用着羿老师谋他的事哩。陆以可说：大动物身上都有寄生虫么。楼梯响起来。听到羿光说：厉风可以拔大木，不可折小草，锄可以除野草，不可伐大木，大言炎炎，不计小辩，小智察察，不究大道。范伯生说：这古文你要给解释哩。羿光说：我肯定不写的。范伯生说：那我就写一篇。羿光说：你去写吧。范伯生说：那出席发布会的事就同意啦？两人上来，就不说了。陆以可、伊娃、辛起也不再说话。

　　羿光开始写挽联，不想重复写过的内容，新的一时又想不出词句，却问：要刻墓碑，那墓地选了？陆以可说：还定不下来。今上午我和虞本温去三个墓区都看了，鲸鱼沟的风景好，但那里路太窄，听说每年清明节去奠祭的人多，车堵得厉害。白鹿坡那儿离城还是比较远，周围环境也不怎么好。栖凤山是好，就是地方紧张，我和虞本温是看上了一块地方，人家却是不出售了。羿光说：有地方为啥不出售？范先生在那里有熟人。范伯生说：不是那里有熟人，是和那里管理所的人熟。大家就笑了。羿光说：就是鬼，你也有熟悉的么，不是你的好几个熟人死了，都是你联系葬在那里的？范伯生说：这倒是的。陆以可说：范先生再给联系一下？范伯生说：是你的什么人？陆以可说：一个姊妹。范伯生说：是你们众姊妹中的一个，我不认识吧？哎呀，我还说什么时候了把你们众姊妹都要认识认识的，现在倒遗憾少了一个！这事我要帮忙么，过几天我与那边联系好了通知你们去。陆以可说：不是过几天，今天若有空，咱们就去，早早选下地方下葬了，入土为安啊！范伯生说：今天我还要和羿老师说事哩呀！羿光说：还说什么？！范伯生一拍手，叫道：啊咱就说定了啊！便对陆以可说：好，咱们去，一会儿就去！陆以可说：谢谢范先生，晚上回来我请你吃饭。范先生说：今晚应丽后、向其语要请我的呀。陆以可说：呀，你活得好！那咱们就一块儿吃。

　　羿光提了笔，写下了：感再生之光显，寂灭之芳声；叹双桐半生死，两剑一飞沉。陆以可看了，说：上联看得懂，下联的双桐两剑指的什么？羿光说：夏自花她知道。大家都疑惑了，看着羿光，羿光也不解释，将联叠好，装入了纸袋。陆以可就叫伊娃给司一楠打电话,说虞本温饭店里有事去不了,让司一楠速来这里,然后一起去栖凤山选墓地。范伯生说:是叫司一楠一块儿去吗?陆以可说:你也认识司一楠?范先生说:听说过,很想见见。

大家回坐到客厅,羿光说你们在茶庄喝茶喝多了,到他这里了该换换口味,就让伊娃去打磨些咖啡。伊娃便先从屉斗取了咖啡豆,又到厨房里咖啡机上去打。辛起一脸惊讶,倒扭着头看着伊娃。羿光叫了辛起,说:你这是典型的凤眼么,现在极少见有这样的眼睛啊!辛起说:这真的吗?陆以可说:辛起你要小心了,羿老师啥都好,就是他喜欢谁了总说些假话!羿光笑了说:就是假话也是真诚说的!还是叫辛起:你过来,坐过来,让我瞧瞧你的手。辛起就坐过去,把手伸开,说:我这手掌小,聚不了财。羿光说:瞧呀,这手指多长,有凤眼的手指肯定都长!伊娃端了第一杯咖啡,原本要先给羿光的,却又给了陆以可,说:我第一次见到辛起的手,想到了鸟爪,鸟常栖在电线上,就用长爪攥的。羿光说:这手要重金保险哩,没有人邀你去做手模吗?伊娃说:羿老师就爱美女,辛起的脚才好看哩,辛起你把鞋脱了让他看,羿老师不嫌臭的!大家都笑,羿光倒抹了抹脸,说:我这是欣赏美好么。

差不多都喝了咖啡,司一楠和徐栖就来了。范伯生问陆以可:哦来了,两个人,那个就是徐栖了?陆以可相互给介绍了,分别坐下,范伯生却还一直看着司一楠和徐栖。司一楠和徐栖也注意到范伯生在看她们,回头便笑了一下。范伯生低声对陆以可说:原来就是这样呀。陆以可说:什么原来就是这样呀?范伯生说:你是瞒我呀。陆以可说:没瞒你呀,她就是徐栖么。范伯生说:你不如向其语坦诚。陆以可说:徐栖你过来,范先生好像有话要给你说。徐栖过来,说:范先生好,谢谢你能帮着去选墓地。范伯生还是从头到脚看徐栖,说:向其语说的是对的。徐栖说:哦?范伯生说:没啥,这有啥的,各有各的活法,我看挺好。徐栖一脸狐疑,司一楠却定平了脸,冲着范伯生咄咄逼人道:范先生,向其语给你说什么了?她嚼我和徐栖嚼到你那儿了?范伯生登时愣住,说:向其语没说啥呀。司一楠杏眼圆睁,说:她没说啥,那你就胡说了?!范伯生说:我说啥了,徐栖徐栖,我说啥了?我这个是蛮开放的啊!陆以可猛地醒悟了,忙拉开了司一楠,说:你又冲动啦,那是范先生,他要帮咱去选墓地的,何况他年纪比咱都大,你吼什么?司一楠说:为老不尊,嘴是小孩屁眼儿!范伯生倒哼了一声,说:我不说粗话。陆以可又劝范伯生,说:范先生,司一楠脾气不好,你大人大量的,甭和女生计较么。范伯生说:她哪儿是女的?!司一楠竟要扑过去,陆以可又拉住了。司一楠说:选墓地让他去干啥?他去我就不去了。拉了徐栖一边往门口走,一边说:咱走!真的就开门走了。

晚上,应丽后先到了虞本温的火锅店,给范伯生打电话通知火锅店的地址和包间号。范伯生说他和陆以可、伊娃、辛起在一起,本来她们也是要请他吃饭的,那就一块儿来?应丽后说:那好那好!应丽后就让虞本温把一个锅换成两个锅,再增加了食材和水酒。因为时间还早些,她就在三个楼层的过道上,看起挂在墙上的老西京照片。

虞本温自己爱好摄影,也喜欢收集老照片,当初装修火锅店时,就把那些老照片翻拍放大,在过道的墙壁上挂得到处都是。这些照片下面都有文字说明,有的是二十世纪初外国传教士拍摄的,有的是国人在新中国成立以来各个时期拍摄的。钟楼和大雁塔是西京标志性的建筑,应丽后感兴趣的是它们的变化。清朝末年,西京人口仅几万人,钟楼周围全是空地,几间柴棚前坐着几个人吃饭,有的把嘴埋在了碗里,有的饭吃完了把碗举着,伸长舌头在舔。大雁塔孤零零的,塔顶上竟然斜长出一棵榆树,树上落着一只乌鸦。而寺院就那么三间房子,台阶很高,站着了一个和尚,不知在看什么,表情木讷,目光空洞。民国时候西京人口是二十万,钟楼周围是一些高高低低的平房。走过一辆板车，车上坐着一男一女，男的是瓜皮帽，手里端着水烟袋，女的头上包着头巾，脸都看不见了，长裙下露着一双缠裹了的脚，像一对三角粽子。新中国成立初人口三四十万，钟楼上挂着巨幅毛泽东画像，两边的店铺开张，来往的有汽车、脚踏车、拉车，甚至还有人牵着骆驼。成队的军警经过。大雁塔处是成片的麦地，地头竟然是刑场，持枪的人正枪毙人。跪在地上的犯人五花大绑了，背插的木牌上能看到恶霸两个字。到了"文化大革命"，西京已经数百万人了，钟楼下拥满了游行队伍，到处是旗帜和标语，两边树上也爬着孩子，一手抱了树，一手举着，几大张，似乎喊口号。大雁塔下有白布做成的标语，从塔顶垂到塔底，一群和尚模样的人在谈红宝书。应丽后觉得有意思，掏出手机要拍这些照片，过道那头就有人在说话。一个说：哈，过去的西京真可怜啊！一个说：现在也可怜么！一个说：你这胡说了，现在的西京多庞大繁华的！一个说：是庞大繁华了，可你不觉得越是庞大人越是小吗，越是繁华精神越荒芜吗？一个说：不管怎么说，现在都是有钱了，咱们想吃粤菜就吃粤菜，想吃火锅了就跑来吃火锅了。一个说：咱们是戴着口罩来的啊！一个说：真是每个时代都有人不满身处的时代啊，比如说我们现在普遍认为春秋战国时期好，孔子却认为世风日下，向往周朝，而周朝呢，伯夷、叔齐却宁在首阳山饿死，不肯食周粟。一个说：嗤，你教育我呀？！应丽后扭头看去，是两人也站在照片前。她没有理会，手机铃就响了，竟然显示是章怀的电话。

应丽后说：哦，你好！章怀说：应姐，我来见见你。应丽后说：有什么事吗？章怀说：是这样的，应姐，为了讨债的事我们公司上上下下可是全力以赴，费了九牛二虎之力啊，应姐是不是能再有些补用？应丽后心里扑通一下，看看过道那头的两个人，她说：这里信号不好，我找个地方说话。就返回包间的卫生间，说：兄弟，我不是都付给你们费用了吗,你怎么还说这话?章怀说:这我都承认,是付了费用,那是债没有讨到的费用,可债没讨到,却起到作用了呀,是不是人家还你债了?应丽后说:谁给我还债了,我哪儿见过一分钱?章怀,我再给你说一句,我对你已经够意思了!章怀说:那才几个钱啊?!应丽后彻底愤怒了:你是不是觉得我好说话,一把给了你三十万,你就觉得这钱好赚啦?!咱已经都有合约,你拿了一份,我拿了一份,你写了收条,收条上还有你写的刀割水洗的话,咱就再没了关系!章怀说:姐,应姐……应丽后把手机一下子掉在地上,觉得被勒索,气得大口喘息。

向其语来了,在包间里没见到应丽后,出去找虞本温,虞本温说是不是在卫生间。推开卫生间门,发现应丽后脸色乌青地靠在洗手台前。问:咋啦?应丽后从地上捡手机,说:刚才有些拉肚子,没事。

两人在包间里喝茶嗑瓜子,范伯生、陆以可、伊娃和辛起来了。向其语问起你们下午怎么在一起?陆以可说了去凤栖山给夏自花选墓地的事。向其语说:这可是大事,选好了没有?陆以可说:选好了,多亏范先生有关系。向其语说:范先生,谢谢你呀!范伯生说:我对你们众姊妹的事可是不遗余力地去办哩,可热脸碰着个冷屁股。向其语说:谁得罪你了?范伯生说:还不是你!向其语说:呀呀,我和应丽后请你吃饭倒落下不是了?!范伯生说:你给我提说司一楠和徐栖的事,我下午只是多看了她俩几眼,那司一楠倒是吃炸药似的对我吼。他娘的,她和徐栖是不是同性恋,她心虚什么?陆以可说:范先生,你还没喝酒哩,这话怎么敢胡说?向其语赶紧说:我可没跟你说什么呀!范伯生说:你说她们关系好,形影不离的。陆以可说:我们众姊妹关系都好,那就是同性恋啦?!范伯生说:她司一楠的长相、脾气,就是个女汉子!陆以可说:我也是女汉子!向其语急忙安排座位,说:不说了不说了,咱是来吃饭的,不要为别人的事影响了胃口。陆以可说：好，吃饭，我再说一句，同性恋在外国不是大惊小怪的事，但在中国还认作是伤风败俗，至于司一楠和徐栖，我是没看出她们有什么，以后向其语任何不利于众姊妹友好的话不要说，希望范先生也不要说，否则就要承担损害名誉的法律责任，而自己还被人看不起。范伯生说：我刚才是和你们说了一句，下午当着她司一楠、徐栖的面说了吗，没有说啊！她们是同性恋不是同性恋，与我屁相干！陆以可说：你又说这个词了！范伯生说：吃饭，吃饭，把嘴占住。气氛才缓下来。

陆以可说：向其语，你给海姐打个电话，就说我们把墓地选好了，还让羿老师再把挽联补写了，回来在吃饭，看她来不来？向其语就给海若拨电话，故意按了免提，海若回话，选了墓地写了挽联就好，辛苦了，让虞本温多上些菜，账过后她来结，而她在外又买了外卖也正吃着，就不过去了。通话毕，陆以可说：今日饭钱我来掏。向其语说：我掏。应丽后说：谁也别跟我争了，是我先提出请范先生的，当然我来掏。陆以可说：好吧，让应丽后掏。范先生，应丽后请你，我们跟着你沾光啦！却又说：谁说要喝茅台的？！大家都哄地笑了，附和说：就是就是，茅台多贵的，不喝茅台，还是来个二锅头吧。应丽后也笑了，说：就会勒索我！上茅台，本来我就准备着上茅台的，叫你们这么煽呼，倒成了我是逼迫的。

向其语、陆以可、伊娃、辛起分别拿了碟碗去大厅的料台上自调蘸汁，应丽后就把刚才章怀来电话的事告诉了范伯生，说：原本高兴地请你吃饭，感谢你们帮着我办事，没想他竟是这种人，心情一下子坏了。范伯生说：我知道你付了他三十万，他那儿人多，可能分不下来吧。应丽后说：我还能管了这些？！范伯生说：你也是钱多，听说你们众姊妹中就数你是富婆？应丽后说：银行钱多，那就去抢啊？！范伯生说：呃，呃。应丽后说：这事你得出头警告警告他。如果他还纠缠，那我就告他，我即便不行，羿老师是红道认不得呢还是黑道认不得？他会为我出头的！范伯生说：我去警告他。应丽后双手在脸上扇着风，点了头。范伯生倒说：唉，要是你有丈夫，也不至于事情会这样。

陆以可调好了蘸汁，往包间走的时候，一个人正迎面过来，却是吴老板的助理，忙叫了一声。助理说：哈陆以可呀！陆以可说：你也来吃饭呀，是和老板吗？助理说：几个多年不见的同学来了，吃吃火锅。陆以可说：多年不见了就请吃火锅，图便宜啊？！助理说：都是女同学，女生就喜欢吃火锅么。两人笑了笑，陆以可又问：老板还在闭关？助理说：结束了，昨天结束的。陆以可说：我问问你，活佛是什么时候来呀？我们一切都准备好了。助理说：我也问过老板，他也说不准。陆以可说：你们也没个准信啊！助理说：等着吧。陆以可说：那也只有等着。你们吃了饭就走人，单我来埋。助理说：谢谢你，单我已埋了。笑嘻嘻地走了。

回到包间，服务员已经安放了汤锅，并推进来小桌车，上面堆满了牛肉、羊肉、鱼头、鱼片、猪蹄、毛肚、木耳、豆腐、山药、粉带、蘑菇、青菜。应丽后坐在那里却发呆。陆以可说：你咋还不去调蘸汁儿？应丽后怔了一下，说：哦，我这就去。起身出去，竟撞在门玻璃上，玻璃没破，鼻子流出血来。

三十　海若·筒子楼

雾霾依然不退。看电视和广播,城区和郊县完全实现了液化气,再也没有了燃煤的锅炉和土灶,汽车已经出行限号,又大力倡导甚至以各种福利鼓励着电动汽车,所有裸露的工地土方覆盖了绿网,而一早一晚洒水车仍在喷淋,怎么还是有雾霾呢?雾霾真的是人为污染所致,还是地球有问题了,如一个苹果要腐败了,就会发散一种气体来?那么,再让风把它吹走吧。果然就起了风,风并不怎么狂,房子却在瞬间呼噜地响了一下,开着的窗扇叭地合上,又张开了,再叭地合上,服务员赶紧去插了窗的插销,隔着窗望去,街两旁的树木披头散发,好多人弯腰缩脖在跑,那个报刊亭的人慌乱地收拾亭外的摊位,仍有三四本杂志被翻开了,好像是什么在极速阅读。后来几张报纸就飞到天上了,有一张竟呼地贴在了窗玻璃上,就什么也看不到了。

头一天晚上,向其语给海若打电话让去火锅店的时候,海若并没有吃饭,而是在家里和表弟说话。表弟告诉了齐老板被纪委带走了,是从澳门回来一下飞机即被带走的。同时告诉据说市委秘书长也在下午被带走了。齐老板迟早会被带走的,海若能预料到,他行贿的他来承担,小唐就可以解脱了。但秘书长被带走,那可能就不仅仅是协助调查的事，而是犯了政治经济问题，会不会以此再牵连出羿光他们小区的原地产商，因为秘书长让那老板把二层小楼便宜租给了她办的茶庄。海若便一夜慌慌，没有睡好。早上一到茶庄，海若给羿光打了电话，她让羿光询问一些人证实一下，羿光说：如果没被带走，问任何人都不好，如果真被带走了，谁也不要问，啥话都不要说。羿光不愿意询问证实，海若也就没再说了，其实询问证实和证实询问都毫无意义。这时候小苏来了电话，约好了和姓曾的中午见面。海若便换了衣服，车子限号，搭了出租车去老太太那儿。半路上，不知怎么口寡得厉害，特别想吃螃蟹，便让出租车先开到了这家江浙饭馆来。

刚才在挑选螃蟹时，她还觉得好笑，因为缚螃蟹的草绳又粗又湿，而过秤时又不能解去，心想这草绳平时扔在那里都是厌烦的垃圾，可缚住螃蟹了就和螃蟹有了一样的价钱。她买下了三只，等着蒸熟了端上来，吃过了两只，又觉得螃蟹该是世界上最可怜的动物，它长了那么大的钳夹，把骨头全长在外边，睁着眼，吹着泡，横着爬行，够厉害的，够可以保护自我了，却不想被人捆绑了活活蒸死，又一点儿一点儿被咬嚼得粉碎。海若倒后悔自己吃螃蟹了，自己还是个居士，虽然并没有说居士不能吃肉，而且螃蟹也不是自己亲手蒸死的，但已经很久都吃素食了，怎么今天就特别想吃螃蟹，竟然一连吃了两只呢？海若讨厌了自己身体里还存在着多少龌龊和不良的东西！一时坐在那里，茫然四顾。墙角的一张桌前坐着一个人，七十岁左右吧，衣着整洁，脸却黑又皱纹纵横，他是一条螃蟹腿没有吸溜完，差不多喝过七八盅酒，那是一盅一盅喝呀，喝进肚里，烧自己。海若就叫服务员把剩下的一只螃蟹端走，心里一阵发潮，想吐又吐不出来，问：有粥吗？服务员说：没粥，有饼子。她不想吃饼子，再问：有咸菜吗？服务员拿来了一碟咸菜，她把半碟咸菜刨进口里，嚼着，就出了饭馆，站在街边拦起了出租车。平时不坐出租车，出租车满街都是，这会儿要搭出租车了，却足足半个小时一辆都没有出现。风吹着头发，她感觉那已经是一堆茅草，而长袍子里钻了风，鼓得像个气包。

这件袍子是海若和小唐一块儿在商贸大厦里买的，买的时候她看中的是一件雾霾蓝，小唐却参谋着让买这件白色的，说：女要俏，一身孝。但白色的不耐脏，这风天里明显了一层尘土。海若似乎在说一句埋怨话，心里却忽地疼了一下，就想起了小唐。小唐没有回来，任何消息也没有。她去时什么都没带呀，多爱干净的人，每天都洗澡换衣的，这么多天了，还就那一身衫子吗，就不准回家取衣服也不通知家里人去送衣服吗？停下来了一辆公交车，车上的人，都在拥挤着，身影似乎破碎。海若搭不上出租车，也想去挤公交车，但公交车门在那一时间里关闭了，像是双手合掌。

一个小时后，海若赶到了筒子楼。她见到了那个姓曾的男人，人长得确实体面，高高大大，四方脸，脸上肉很厚。以这样的年龄，以这样的身架，应该存着能让人感觉到一股气往外喷的强壮劲儿，他没有，背似乎有点驼，眉毛耷拉着，还是严重的外八字脚。海若简略地询问了他的情况，他大学毕业后自己创业，搞过书画装裱，开过古玩店，又去陕西南部承包了一个铁矿。也就是卖矿石赚了一大笔钱，回西京做房地产生意，开发了一个楼盘，同时还在郊区办了家塑料制品厂。他就是在楼盘开工典礼上请了模特队表演，认识了夏自花，从此相好起来。他是一心想和夏自花成婚的，但家里的老婆一直离不了，夏自花也习惯了这种不正常的生活，日子就这么一天天过着。前年他的塑料制品厂因污染环境被政府取缔，正是事业上最受打击的时候，夏自花却生了病，直到撒手人寰。海若没有想到夏磊的生父是这样一个男人，优雅着，却多少有些软沓，但能做过那么多事的有钱的老板，又能和夏自花相好日久，且有了共同的孩子，他肯定也是主意笃定的人，只是因为夏自花的生病去世而被折磨成现在这个样子吗？海若并不反感这个男人，倒是同情着，信任着他，就开门见山地和他谈起关于夏磊的事。

她说：灾难既然来了，那就只有面对吧。我听小苏说了，你准备把夏磊接走？他说：我哪里能想到夏自花去世这么早，我还没给他们母子一个名分啊！夏自花在的时候，我对夏磊经管得少，夏自花不在了，我就得多给他些父爱。如果他姥姥身体还好，我肯定会让夏磊和姥姥继续在一块儿生活，我给他们请上保姆，但他姥姥年纪这么大了，腿脚不便，再让她经管夏磊，我于心不忍啊！何况这也不是长久之事，老人毕竟越来越老，夏磊要上幼儿园，要上学，我再不想些办法咋对得起夏自花对得起夏磊？！她说：是啊，我们众姊妹之前并不知道你的事，也为夏磊操心，还商量着认一个干妈来抚养。他说：要是没我这个父亲，那就由你们抚养，可有我这个父亲，我怎能丢手不管呢，我是牲畜呀？！她问：你要接走，是接回你家吗？他说：唉，要是能接回家，我早就接了。这事家里人并不知道，突然带个孩子回去，你能想象那会是什么结果。她说：那你接到哪儿去？他说：我有个最好的朋友，在广州，他们知道我和夏自花的事，愿意来带孩子。她说：你那朋友有自己孩子吗？两口人怎么样，有能力除了照顾好夏磊的吃喝，还能教育培养好夏磊吗？他说：人都是好人，夏自花生前我们来往过。他们的孩子大了，家里也没负担，教育培养孩子没问题。我也会月月去广州看望夏磊的。

海若半天再没说话，而里屋里却传来夏磊的哭声。

夏磊的哭声像甩过来翻腾的刀子，老太太好像在哄着，却越哄哭叫越大，如同在杀猪，连老太太也哭了。正做晚饭的小苏就进去了，过了许久，夏磊止了哭，小苏出来。海若说：怎么哭得那么凶？小苏说：我进去，夏磊说他看见他妈了，就哭开了。老太太先哄着，一听夏磊说他看见他妈了，他妈就在阳台上，老太太在阳台上没发现什么，就认为孩子小能看到鬼神的，肯定是夏自花回来看望儿子了，自己就也哭起来。小苏一说完，海若和那男的愣在那里。那男的即起身在桌案上的遗像前上香，说：小夏，你放心，我会把夏磊安顿好的。说完，眼泪就流下来。海若却去了卫生间，卫生间的台子上竟然放着一只布偶，正是那次她让高文来带了夏磊买的棕熊。棕熊被玩得有些脏，眼睛却怀疑地看着她。海若就拨通电话，把情况告诉陆以可，她吃不准那男的到底靠得住靠不住，对于把夏磊交给广州的朋友抚养会不会有什么闪失，她也无法把握。她让陆以可来见见那男的，多一个人多一份感觉，合伙商定了心里才可安妥。

不到半个小时，陆以可竟然就赶到了。按响了门铃，开门的就是那男的。那男的并不知道是海若叫来了陆以可，面前的陌生人气喘吁吁，汗水把刘海濡湿在额上，问：你是？陆以可说：海姐不在？那男的叫了声：海若老板，有人找你。自己倒赶忙去了里屋。海若还在卫生间里洗棕熊，出来说：这么快的！陆以可还站在门口，捂着嘴，眼睛大睁，却一动不动，像被点了穴一样。海若说：你咋啦？瞧你这样子，傻不傻！陆以可这才恢复常态，倒把海若拉进卫生间。陆以可说：刚才开门的是谁？海若说：那就是夏磊的生父，长得还不错，还斯文的，不像个老板。陆以可说：他有五十几岁，是哪里人？海若说：我又不是来考察干部的。陆以可说：我都快吓死了，他把门一开，我看见的就是我父亲么！我父亲去世时，也就是五十出头，他和我记忆中的父亲长得一模一样。他问我是谁，我说海姐在没，他转身离开时，那眼睛里透出的忧郁，真的就是我父亲么。海若伸手在陆以可的腮上戳了一下，说：洗下脸，清醒清醒，叫你是来拿主意的。陆以可就洗脸，说：他能像我父亲，他就不会错的，你要相信夏自花的眼光，也是相信我的感觉。海若也再次把那男的决定复述了一遍。陆以可是彻底地冷静了，她说：他的话应该是真诚的，决定也对呀。

两人从卫生间出来，海若就叫过那男的，介绍了陆以可，相互客气了一番，三人便去了里间屋。里间屋的家具被褥都很陈旧，墙上挂了三幅夏自花当模特时的照片。照片中夏自花五官美丽，目光清澈，像是在凝神倾听，又像是欲言又止。海若就站在照片下，说：现在陆以可来了，夏自花也在这儿，我再把该说的话都说开。你把夏磊接走是应该的，这样或许对孩子更好。夏磊是你和夏自花的，也是我们众姊妹的，孩子不管到哪儿，我们都会牵挂他，关心他，盼望他健康快乐成长。那男的说：这我相信，夏自花生病住院了这么久，还不都是你们在照料？我虽没有和你们见面，但我心里知道，我在这里向你们致谢！说着就跪在海若、陆以可面前，咚咚咚磕了三下头。海若扶起他，说：老太太怎么办？那男的说：我现在作难的就是老人家，我原本的想法是他们都留在这里，有你们照顾，我也隔三岔五地来看望，但毕竟不是长法。把夏磊送去广州，老人家是不舍的，而她又不肯一块儿去。她一个人留下了，我会像以往一样孝敬她，给她请个保姆，每月出生活费。海若说：我之所以说老太太的事，我是想听听你的意见。其实我也和老太太沟通过，她是舍不得夏磊去广州，她怕夏磊不习惯那里环境，怕在那边了人家会不会委屈了孩子。当然，她也是离不开西京。我也给她说了，一切以怎么对夏磊好就怎么来，老太太哭得呜呜呜，但还是同意了。既然夏磊去广州，老太太要留下来，那你就不用操心，这边有我们。那男的又要给海若、陆以可磕头，陆以可就把他挡住了。那男的说：那这样吧，老太太的生活费和保姆费我来付。陆以可说：老太太有她的退休金，这个你不要管。海若说：要付就付吧，也是尽自己的一份孝心。我还有一句话，你考虑考虑。老太太才没了女儿，外孙若很快离开，她肯定受不了。能不能让夏磊再多待些日子？那男的说：我原想着给夏自花过罢七七，这样能给她买块墓地葬了骨灰再去广州的。陆以可说：墓地我们已定好了。那男的说：

定好了？眼泪又流下来，再说：那我就听你们的，多待些日子。当然待上三年最好，这三年里夏磊可以多去墓地看看，只是又担心过了三年，孩子该上学了，一下子去广州，没经过幼儿园就上学，真的怕不适应。那就等给夏自花过了头周年吧。海若问陆以可：你觉得行不？陆以可说：这好。海若说：那咱们就这样决定了。

小苏把饭端上了桌，是烙饼和稀粥，炒了一盘土豆丝，一盘西红柿鸡蛋，一盘百合西芹，过来说：已经很晚了，咱吃饭吧。又去另一间屋里叫老太太和夏磊。海若说：吃饭吃饭。那男的就从厨房取了一只碗，过来从桌上的菜盘里各拨出一些，再放上一片饼，把筷子搭在碗上，献在了夏自花的遗像前。

另一间屋里，夏磊用积木盖塔，已经盖到第十三层了，还要往上盖，老太太和小苏叫他吃饭，叫不动。海若让那男的去叫，那男的去了。海若说：还算个有情有义的。陆以可却说：你瞧他走路时肩头一斜一斜的，就是我父亲的样儿么！这是咋回事呀，怎么这个城里总有我父亲的影子？！接着就喃喃起来：是让我继续留下来吗？爹呀，爹。

三十一　辛起·城中村

下午，小甄和伊娃在打包一套茶具，里边装了茶海、盖碗、公杯、饮杯、茶则、茶针、茶夹、注春、天目盏、兔毫盏、油滴盏、斗笠盏、风炉、菊花炭、炭篮、烧壶。伊娃说：一整套呀，这卖给谁的？小甄说：不是卖，送的。人家单位每季度的公用茶都从咱这儿买的，他爹从老家接来了，听说爱喝茶也讲究喝茶。伊娃说：这又是什么人？小甄说：我不给你说，说了你也不知道。伊娃有些不高兴，去和高文来说话，这时辛起提了个大塑料包，咯咯拧拧地来了。

辛起穿着高跟鞋，一进门就喊着疼死了，疼死了，问谁有创可贴。伊娃说她有创可贴，但还没从口袋里掏，倒先把塑料包打开了，见装着一只烧鸡、一包卤肚和一盒甑糕，就大呼小叫拿出来让大家分了吃。小甄说：海姐不让在上班时吃东西的。辛起说：这不是韭菜饼，也不是臭豆腐和泡面，不会有味的，现在又没顾客。伊娃低声说：小唐不在轮到她了，哼，咱吃咱的。倒撕开了鸡，把一个鸡腿给了高文来，一个鸡腿给了小方，说：可惜只有两个腿！把鸡头连着脖子拧下来给了张嫂。又把卤肚分了几份，甑糕分了几份。自己吃了一块鸡背，吃了一份卤肚，又吃甑糕，没想甑糕特别香，吃完了，说：小甄给你留了一份的。小甄说：我不吃。伊娃竟端了留给小甄的那份甑糕也吃了，手指头粘了一点，连指头都吮起来。辛起说：好吃吧。伊娃说：好吃得很！辛起说：吃完了就给个创可贴吧。伊娃这才笑着从口袋里翻寻出创可贴给了辛起，还问：这是哪儿买的？辛起说就在她住的那儿，掀开窗子，下面一条街上都是各种各样的小吃。伊娃很惊奇，说还想再吃哩。

　　下了班，辛起真的就带着伊娃去了那条街上。

　　那街算不上街，原本是个自然村，各家各户随意盖的房子，当城市不断扩张，高楼包围了这个村子，这些房子便改造成门面店铺，大多在卖吃食，生的和熟的，也有在卖各种日用杂货，地方特产，随后什么行当的全进来了，旅舍、酒吧、裁缝店、理发馆、洗脚屋、麻将室、歌舞厅，以及修鞋、掏耳、洗眼、按摩、刮痧、文身、染甲、算卦，能想到的都有，没想到的也有。而原先的瓦房，土木结构的就拆掉建水泥结构的，原先是水泥预制板建的平顶房，便全在加盖，有三层的，四层的，还有五层六层，一律出租。就形成了街巷，窄狭，潮湿，阴暗，又高高低低，拐来拐去，进去了如进迷宫。辛起带着伊娃往里走，不停地说：你别嫌脏乱差啊！伊娃不嫌，她蛮有兴趣地躲闪着那些摩托车、三轮车、蹦蹦车、自行车、轮板车，常常就撞了店铺门口的货物或垃圾桶。跳着走过那些不知从哪儿流出来的黑水，小心着那些地砖，偶尔会被踩着就翻起来，伊娃又好奇着分辨什么是锯声，什么是电焊声，什么是风扇声，什么是铁桶或铝盆的摔打声。知道人们在嬉笑着，招呼着，咒骂着，争吵着，但无法听懂内容。她仰头望着两边加盖的房子，上边的天就那么一长条，又被各种电线分割成块，倒担心房子突然会坍下来。辛起说：没事的，这些房里住着成千上万的打工者，谁也没想到会倒坍的，除了有地震和战争。再往里边深入，街巷分为三岔。朝西的那个岔道里有一家肉食铺，猪是在别的地方屠杀了，只把掏空刮净的尸体挂在那木架上。而铺前的水池里活着各种鱼。靠右是几米高的一层层铁笼,里边关着鸡,鸡舍拥挤不堪,鸡全把头从笼的铁丝孔里伸出来,没有叫,似乎在看着不远处店家给买家现场宰杀同类。那几个大木盆里咕咕涌涌堆满了不知是猪的或牛的羊的内脏,有粉红色的,有灰褐色的,上面趴着苍蝇,苍蝇呈绿色的头。伊娃这才为难起来,捂着鼻子,问:你住的地方还没到吗?辛起说:往前边,斜拐一个弯往南,看到门口有玫瑰花的就是。喝酸梅汤吗?斜对面一个极小的门面里卖酸梅汤,伊娃说不喝,却问:还有玫瑰花?果然往前拐弯向南,看到在一个高层楼的小小门洞那儿,有三个陶盆里栽着玫瑰花。对面就有一个甑糕店,辛起已经跑去看了,伊娃却见一个穿着过了膝盖的短裤,趿着一双塑料鞋的男子,提着一个卤猪头,三瓶酒,在那里和人说话。人说:哇,幸福啊!男子说:老战友来了么。人说:这卤肉香,不是茅台酒吧?男子说:茅台酒度数不够。人说:哦,不在喝啥酒就看和谁喝的!两人都哈哈一番,男子就进了门洞。辛起端着一盒甑糕过来,也听到那两人的话,就给伊娃笑,伊娃也笑,一块儿进门洞。

进去,里边是个小院子,而楼房却转着一圈儿,一层一层上去。辛起就住五楼,房间有十五平方米,什么摆设都没有,就一张床,一张桌子,三个纸箱子装着衣物。伊娃已经觉得这甑糕不如在茶庄时的吃着香了,但她还是吃着,一边吃一边感慨她从未来过这样的城中村,有这么多的小吃,却又是如此不堪的环境。辛起说:你记住,美味都来自贫穷,因为贫穷,要把粗粮做得有味了才能下咽么。现在的城里,越是肮肮脏脏的地方,越是有地道的传统小吃。伊娃还是劝辛起不要住在这里,即便高档社区房租太高,而她房东那儿也可以住么。辛起说:我不该带你过来,你看不起我了?伊娃说:哪里哪里,我只是说你这么漂亮的住在这里不合适。辛起说:你不了解我。于是讲述起了她的身世,她的工作,她的婚姻和她目前的处境。她讲这些故事时，怨恨着，咒骂着，叹息和流泪，还时不时鼻子里发出哼哼声，像是在咳痰，又像是崩出一瞬即逝的笑。她说：我现在没钱。我赚不来钱，钱也不来找我。当你没钱的时候要赚一分钱是那么艰难。何况我要离婚，我搬了那边家具，我只能租住在这里，一苗针落在尘土里，它是找不到的，谁也找不到的。伊娃说：那个香港人呢？他应该过问你是怎么生活的，应该让他来看看你居住在这里！辛起说：希姐知道我这些事，海姐也知道我这些事，尤其是海姐，她为我抹眼泪，唉声叹气，但她又痛骂我，骂得非常难听，我就是被她骂醒了，也觉得自己可怜又无耻。我现在已经没有再去香港的念头，那香港老头在我心里死了。这地方我没有告诉过我所有的朋友和熟人，就连希姐、海姐也不知道。我和希姐、海姐她们不是一伙人，她们虽然对我好，我也时不时和她们待在一起，但我知道我是蝌蚪跟着鱼浪的，浪到最后，人家还是鱼，我是青蛙。之所以叫你来了，你是外国人，我又是说不清缘由地喜欢你，让你来帮我在这条街上看看，这里房租便宜，是否能开办个什么店铺，比如做美甲，比如文眉或文唇，这些技术我都会的，投资又不大……天渐渐黑了，屋子里拉开了电灯，伊娃静静地听着辛起在说，思绪竟然飘到了遥远的圣彼得堡，想到自己的处境，甚至觉得辛起也正说的是她自己的故事。但伊娃终没有说出这些，发怔了一会儿，看着辛起。灯光下，辛起的脸开始活泛，汗津津里渐渐红润，虽然眼里还含着泪，却眉毛像触须一样飞扬闪动，目光明亮起来。

　　窗外响起了警笛，一声比一声地紧迫，又长久不息。是有了病人唤来的救护车，还是警车来抓某某吸毒者、盗窃犯或要制止一起聚众斗殴？辛起和伊娃没有疑问，也没趴在窗台上往外看，她们依然在说她们的话。差不多十点半了，辛起就留伊娃今晚睡在这里吧，明日一早，她要和伊娃把这条街逛遍，寻找个门面了考虑拿做个什么营生。伊娃也就给房东大妈打了电话说明了情况。两人在那张单人床上挤着躺下，她们说：咱们再说吧，说到什么时候瞌睡来了就睡去。她们说着这个社会，中国的社会和俄罗斯的社会，说着她们与社会的关系，说着各自遇到的男人，说着金钱。后来，先是伊娃就慢慢闭上了眼睛，辛起再说什么，她没有回应，辛起说：你睡着了吗？睡着了我就不说了。伊娃眼睛还闭着，却含糊地说：你说吧，我听着的。辛起又说起来，说着说着，自己的眼皮也闭上了，声音也逐渐低下去。她们进入了迷糊状态。就在这个时候有一种什么声音很奇异地传来，这种奇异就像一种虫子，从耳朵里进来就竟深入到了身子里和骨缝里，睡意便骤然失去。伊娃推着辛起，说：这是什么声？辛起说：是叫床。伊娃愣了一下，反倒觉得自己怎么就听到了这种声，而且是听到了这种声能如此敏感，脸上顿时发烧，说：叫床？侧耳听听，果然是在叫床，甚至此刻听出那不是一种腔调和叫法，几乎在三处，或者五处六处，都有了这种声音。扭头回顾，似乎觉得屋顶、墙角、门后、床下、窗外有着的猫狗、老虎、壁虎、蜗牛、蚊子、苍蝇、湿湿虫，小动物们全都发情？！辛起说：这楼上的出租屋住的是那些年轻的打工者，他们几乎是一对一对同居着，每天晚上都有这种声音。伊娃咯咯咯笑起来，说：那你一个人在这夜里能睡好吗？辛起说：开始我也睡不着，后来习惯了，这些人在城里还能得到什么呢，快乐也只有在夜里。但他们也太夸张，谁又没经过呀，用得着那么像杀人似的喊叫！却又说：喔，你还没结过婚。伊娃说：没结婚就等于没性爱过吗？辛起说：不等于，当然不等于。便扑到伊娃身上来，摸着脸，说：老实说，用过了几个？伊娃说：用过几个？！两人就笑成一团，伊娃喘息着伸出一个指头，又伸出一个指头。

她们这么说着闹着，直到满楼上都安静下来，只有偶尔有猫还在楼下什么地方鸣叫，辛起就说在电视上看俄罗斯有那么大的草原森林，圣彼得堡的楼房、教堂、街道那么美丽，你伊娃却偏偏就来雾霾笼罩的西京？便问起圣彼得堡比西京大吗，物价便宜吗，有没有中国人？伊娃一一作答，说：当然有中国人，还有中国饭馆，饭馆里也卖西京的肉夹馍和凉皮的。辛起说：是西京人去那儿开的？伊娃说：是呀，几时你也去玩玩。辛起原要说她没钱的，只说：我还没护照哩。伊娃说：那还不容易吗，你又不是干部出去办公务护照难搞。辛起说：希姐说你之所以去茶庄当店员，是将来了也想在圣彼得堡开办个茶庄，真要那样，我去给你当店员。伊娃说：我哪能用你这店员，恐怕一半年后，你倒成了老板，我成店员了。就又笑起来。辛起在伊娃脸上亲了一口，说：在你眼里我还那么能干呢还是贵气？你笑起来真美哇，我咋就这么喜欢你！

三十二　冯迎·拾云堂

海若从老太太家出来,心里一松劲儿,身子倒觉得累,两条腿乏困着,还自嘲说:咦,我现在重要啊,这地球吸力也大了?!回家了就想睡觉。两年以来,海若是一直失眠,为了能睡好,独自喝了些酒,眼皮子刚一打架,连从客厅到卧室里去都害怕又失了睡意,就闭眼在沙发上躺下。睡是睡着了,却做了一个梦,好像琴师家搬住在了高高的山上,她觉得这家搬得好,还想建议羿老师能不能在他的拾云堂里也写个条幅挂上,就写:书房建在山巅上。她去拜见琴师,自己背了琴,还提了好多吃食,往山上爬。路两边长着密密的树,开着红花,她在疑惑这不是八月呀咋有着桂香?草丛里的什么鸟在彼此呼应。当她在学着鸟语的时候,鸟竟然也说起了人话。这让她非常兴奋,却也吟起了古人的一段话:人有学为鸟言者,其音则鸟,而性则人也。鸟有学为人言者,其音则人,而性则鸟也。她很得意自己竟能记住这些话。她继续往山上爬,爬着爬着,后来自己就不是自己了,是一只狐狸,背着琴,提着吃食,又都不是琴和吃食了,是粪球。终于悟出这是一只屎壳郎正把一颗粪球往上推动要运回高处的洞穴去。她好像在关注着这一场艰难的劳动:屎壳郎倒转身子,用后脚好不容易把粪球推到很高了,粪球却滚下来。

一次次推上去，一次次滚下来。她觉得可笑又悲哀。再后来，那又不是屎壳郎和粪球，怎么能是那样不雅的甲虫和肮脏的粪球呢？全然是一块圆形的石头主动地往山上去，石头没有脚，也没有什么牵引，但就是往山上去。石头往山上去的时候，草丛里飞溅出了很多蚂蚱。石头上湿漉漉的，那不是草尖上的露珠沾上去的，也不是草被碾压出的汁液，是流出汗。琴师已经站在山头招手了，石头越往上去，速度越慢，又不是石头了，怎么是一只桶？桶看到了旁边有一口井，井边有一个石碑，上面写着：路上自有古井莲，花开十丈藕如船。井里怎么会有莲呢？桶站在井口往下看，却一下子栽了进去，这时井里发出了巨大的响声，在说：总有一天，你的桶掉在我的井里！在这一刻，海若醒了，才发现自己睡前并没有拉灯，电灯明晃晃照着，什么时候从沙发上掉在了地毯上，两个沙发垫子就在身上，已经浑身是汗，而手机在茶几上打着转儿地狂叫。

海若伸过胳膊去拿手机，但像是跳上岸的鱼，抓了几次没抓住。等终于拿到了，铃声却结束了，号码还遗留着，是羿光的。

在初认识羿光的那一年里，羿光就经常打来电话，或者是她正上班，或者就三更半夜。他是说打就打，随心所欲，她也是招之即来，乐此不疲。他们成了最亲近的朋友。白天里下班后她会帮他做饭，然后两人一块儿用餐，晚上她也会在黎明前回家，从早市上买了菜，进门时孩子正好起来上厕所，还说：妈，你起来这么早？让孩子再去睡一会儿，等早饭做好后把孩子叫起来吃了，然后送去学校，她才到茶庄上班。那一年她是最忙碌的，精神头却是那么好，压根不知道疲倦。可当她开始有了一个一个姊妹，羿光的电话就越来越少，她的失眠症便也从那时患起。但羿光仍然是她最好的朋友，也成了众姊妹最好的朋友，她和她们有任何好的事情和不好的事情都会找他，分享、请教或求帮忙。羿光也高兴地说过：我是心脏呀，快乐了跳得厉害，悲伤了也跳得厉害，受不了啊，受不了啊！

在这一晚的深夜，羿光突然打来电话，海若是一阵惊喜。这惊喜使她觉得有些不真实，是不是仍在梦中？她拨了号码过去，说：你给我电话了？羿光说：你说呢？海若说：你怎么记得给我电话了？羿光说：天还未亮吗？海若说：是半夜，你看看表，现在才三点。你还在拾云堂吗，睡不着觉了？羿光说：你来吧，你来吧，需要你来！海若想笑，但她压住了笑，说：需要我，需要我干啥，我要是不来呢？而羿光的电话却已经挂了。海若坐在沙发上，感觉到一种热流从脚到了头顶，自己的内心并没有死寂，是一个毛茸茸的猫头抬起来，是一颗种子发了苗头从土里往上拱。她开始脱下一身汗湿的衣服，就去洗澡。透过水汽朦朦胧胧的镜子，看着自己还算不错的身体，海若换上了一套粉色的内衣，但又脱了，赤裸裸跑到里间，在柜箱里翻寻那一件黑色的网状的紧身内衣。半个小时后，开车去了拾云堂。

拾云堂里却坐着羿光和范伯生。他们都在吸烟，烟灰缸里堆满了烟蒂，屋子里雾气腾腾，像是着火了一般。海若多少有些失望，站在门口，看着烟雾从门里云一样溜出。羿光说：让你没有睡好，来得还快！海若说：不是打麻将呀？我以为三缺一，需要个支腿子的！走进去，坐在羿光对面的椅子上，再说：上了年纪，人是不能熬夜的，瞧你脸少了一圈。羿光只是苦笑了一下，说：或许明天早上就一头白发了。海若说：有事？羿光说：是有个事得告诉你，你要坚强些。海若说：你吓唬我？是秘书长的事吗，是齐老板的事吗，是小唐的事吗？羿光摇了摇头，说：这你答应我，不能哭。海若这下紧张了，说，还真有事，什么事？羿光才把事情说到了一半，海若就再也忍不住，号啕大哭。

羿光告诉的是冯迎死了，而且早就死了。

范伯生报告确切的消息，书画家代表团出访期间，他们都没有和家属联系过，家属里有人拨打过电话，也是关机，便认为是他们没有开通国际漫游业务。而半个月前，一架马来西亚的飞机由吉隆坡飞往北京的途中坠毁，新闻在中央电视台都播了，但谁也没有和书画家代表团想到一起。代表团中有两人属于文联机关单位，一位是大画家王季，他是代表团团长，一位就是冯迎。王季的老伴向范伯生询问代表团什么时候回来，范伯生算了一下日期，说应该早回来呀，怎么还没有回来？还开玩笑说：是不是趁机外逃？！当范伯生给菲律宾的另一个华侨朋友打电话时，那个朋友说代表团早已离开了菲律宾而去了泰国，听王季说他们要多跑些地方，可能还去斯里兰卡或者去新加坡。范伯生又让这位朋友联系一下泰国的有关朋友，因为王季也与泰国的画家有交往，可能去泰国要见一些画家的。但回复是王季他们到泰国并没有和他联系。但就在昨天，马来西亚航空公司更正了先前发布的失事飞机上死亡乘客名单，其中新加坡的八位乘客是中国人，具体是西京的，六男两女。范伯生立即将噩耗通知了代表团的家属，因冯迎是单身，知道和羿光相识，就来告诉了羿光。

　　海若号啕大哭，羿光并没有安慰，直到海若哭得去卫生间呕吐了一次，重新回坐在了客厅，才说：我知道你经受不了，是谁也经受不了啊，可这有什么办法呢？才去世了夏自花，又没了冯迎，唉，人生真是无常啊！海若说：会不会弄错呢，冯迎他们去的是菲律宾，即便又去了泰国，又去了新加坡，怎么会从马来西亚乘机回国呢？再即便从新加坡又去了马来西亚，要回国那吉隆坡有直达西京的飞机，怎么去搭乘北京的航班呢？范伯生说：至于什么原因，这都没有搞清，恐怕永远也搞不清了。但这消息是马航宣布的，而冯迎他们是西京的，也正是八人，六男两女。海若捂着心口，眼泪又流下来，说：这事太突然，太蹊跷，夏自花去世还有个思想准备，这冯迎说没有就没有了？！羿光说：你们众姊妹相好，你没有什么预感吗？海若说：我来这里前是做了个奇怪的梦惊醒的，会不会有什么暗示？便说了梦境。羿光说：这梦只是离奇，算不得噩梦。却突然说：噢噢，你给我说过章怀告诉你，他见到过冯迎，捎话让我把十五万元还给夏自花，这是怎么回事？海若也睁大了眼睛，说：是章怀亲口给我说的，那时候，冯迎已经去了菲律宾十天，我当时还认为他是认错人了，后来他说见的那人的样子真的和冯迎一样，我怀疑是冯迎出国前可能跟他说过这事，他忘了，见了我就胡说是才见到冯迎。范伯生说：你们说的是讨债公司的章怀？海若说：就是。范伯生说：那是个没脑子的人，可能做事使强用狠，但不会编谎的，与他没任何经济利益关系，他也用不着编谎的。羿光说：这就邪乎了，他给你传话的是哪一天？海若说：是伊娃初到的那一天，伊娃在茶庄已经十四五天了。范伯生说：让我查查。他开始翻屋角的一沓旧报纸，翻出了一张，说：马航坠机的消息就是头一天公布的。海若一下子软了，说：难道章怀见到的是冯迎的鬼魂？就又哭起来。范伯生这次没让海若再哭下去，他告诉海若，那八个遇难者的家属有三位准备去马来西亚了解真相，处理后事。王季的老伴晕倒了住院，托付他去。冯迎的一个姐姐可能也去，还没最后落实。羿光也要去的。海若说：羿老师去？羿光说：我和冯迎交往多，她曾在我遇到了急事需要用钱时，肯把她要买保险的钱借给了我，我想我该去一下。海若说：那我也得去，我和陆以可都去。

商定了四个人一起赶往马来西亚，海若才想起自己的护照已过期，范伯生就说他先去订机票，就订在后天，还有两天时间让海若加紧换护照。羿光还问：出境管理处那儿我有熟人，要不要我打个招呼？海若说：不用。前年陆以可去英国就是护照过期，去换时很容易。你这儿有没有多余的纸？羿光说：稿纸不多了，有的是宣纸，你是要写文章还是作书画呀？海若含糊不清地说了一句什么，自己去阁楼上取了一整刀宣纸下来，就告辞离开了。

三十三　海若·停车场

回茶庄上到了二楼,拉开了灯,壁画在墙上,佛像在壁画前,海若默默地去上了一炷香,就开始裁那宣纸。四尺整张的宣纸裁成一半,垒起来几乎有一拃厚,于第一张上写了"冥国冯迎收"的字样,便取了一个大铝盆,在盆子里烧起来。一张一张小心翼翼地投进去烧,海若再不流泪,也始终没说一句话。心里想着烧纸按常规是用印制好的冥币,没有印制好的冥币那也得用百元钞票在白纸上一反一正拍打过了才能变成阴钱的,但她直接在烧宣纸。冯迎这一生并没有多少钱,在众姊妹中她似乎对钱无所谓,常常是手里有些钱了就买笔墨纸砚,或者到处去旅游。冯迎是会满意她给送的是宣纸而不是阴钱。火焰升起来,像是盆里不断地往外开放花朵。但海若看到了一种奇景,这些花在盆子里的时候鲜红鲜红,开出盆沿了却都成了蓝色,蓝色的光气映在四面墙上和地板上,竟然就有了波的动态。这是一种什么宿命呢,冯迎生前喜欢蓝,她有许多件衣服都是蓝色的,鞋是蓝色的,手提包是蓝色的,开的车也是蓝色的,她最后也去了蓝色的天和蓝色的海。

烧完了宣纸,二楼已烟雾笼罩,海若打开了一面窗子,她看到烟雾往窗外飘去,在屋子里形成了一道蓝色的河流。河流起源于罗汉床后的壁画，那里渐渐烟雾稀薄，好像飞天才从天际之外急急而来。在那一瞬间，海若有些恍惚，觉得最上边的那个飞天就有些像冯迎了。那个飞天是最瘦的飞天，冯迎也是众姊妹中最瘦的。那个飞天眼睛眯着，冯迎的眼睛也是小的，常常再一笑就细成线。以前怎么没有这种感觉，今晚才发现这样的相似，难道一切都有天机和秘密吗？瞧呀，那个飞天双手在胸前捧着一束花，为什么就在心口部位呢，冯迎的身体一直不好，胃疼，时不时都要手捂在了心口的。海若又难受了起来，她吸了吸鼻子，仰头看着天花板，稍有些平静了，就坐在了桌前，随手翻弄那些经书。这些经书都是她从吴老板的佛堂那儿拿来的，放在这二楼上，众姊妹谁要看就从她这儿借，看完了再送回来。海若翻开一本，记得是那天冯迎和王季来画壁画时送回了所借的这本《妙法莲华经》，里边竟有一页纸，上边密密麻麻写着文字。

　　读一本书，不能你听别人说这书是写什么的书，而是你要知道这是写什么的过程，怎样写了什么。
　　我们现在有太多的名义和幌子去干一些龌龊的谋生。
　　什么是痛苦，遭受挫败的欲望就是痛苦？你需要有爱，有了爱就不会障碍，就可以交流，认识到你的欲望，而慢慢终结你的欲望。
　　确认和接纳苦难，然后深入了解苦难的性质，来将它转化。修习坐禅行禅，专注呼吸，专注俯伏，全面松弛等，都是为达以上目的。
　　急切地去追逐别人，希望受到庇护，这种庇护将带给你黑暗和毁灭。
　　正因为你经历了许多生活，经历了生活的所有阶段，比如富人和穷人，成功和失败，得意和沮丧，这样你才能认识生活，才能生活得更好。

幸福不是由地位、名望、权力、金钱可以获得的，幸福是一种没有任何依赖的存在状态。有依赖，就会有恐惧。幸福存在于自由之中，在自由之中去认识事实，而不是混乱、困惑。

没有欲望就是神、是天使。欲望使自己活得独特，活成各色花，却也就是正常人，俗人。

假如我心灵琐碎、狭隘、局限，那么我在其他人身上也会有同样的情形。

生活是各种关系，是关系的过程，是与他人，两个人或十个人，与社会建立关联的过程。需要我们共同面对。

兵马俑是彩色的，但一挖掘出来，它就褪色了，只是一个人形的泥胎。这世界在褪色，人在褪色，比如对事物的惊奇，干事的热情，对老人的尊敬，对小孩的爱护和浪漫的爱情。

现在，科技就是神吗，就是宗教吗？

雾霾这么严重啊，而污染精神的是仇恨、偏执、贪婪、嫉妒，以及对权力、财富、地位、声名的获取与追求。

所有的行进都是一种试探和追问啊。

久矣不闻鸡鸣，直到长出青苔。

这肯定是冯迎的读书笔记，海若不知道哪些是从经书里、名著中或什么哲学名言中直接摘抄的，哪些又是她阅读后的一时感悟。所有的文字似乎在闪动着光亮，并且有了脚在走进了她的心，走进了她的脑。海若激动了，深深感到自己以前轻视了冯迎，而冯迎其实比自己读过的书更丰富，思考得更深刻，原来自己许多自以为是的认识和做法都是浅薄，甚至是错误。她疑惑这张非常之纸是怎么就夹在这本经书里，是有意还是无意，竟在这非常之夜的非常之时，让她就翻看到了？！海若趴在了桌面上，连续地低声叫唤，像是在呻吟。

这时候楼下的店门在哐啷响，张嫂来了。天下起了雨，沥沥淋淋，张嫂提了一小竹篮鸡蛋，打着伞，身上的衣服还是湿了后襟和两个袖子。张嫂是今日第一个来上班的，她进店后看到二楼上有光亮，还以为昨晚下班时忘记了关灯，小竹篮没放伞也没合就急速上来，才发现海若在挪动着大铝盆。她说：哎呀，老板，你在啊。你什么时候来的？我只说我这次来得早，你比我还早！海若并没有回答，看着张嫂，又看了看手表，却说：下雨啦？张嫂这才放下小竹篮合了伞，说：是下雨啦。昨天我腿就疼，知道要下雨的。我这腿一疼肯定就下雨，比天气预报都准。海若说：后半夜都没有呀，天明时下的？张嫂说：后半夜我睡着不知道。出门来时雨还不大，走到商贸大厦前雨就大了。商贸大厦的那个亭子里有人在避雨，提了这篮鸡蛋，我知道她是去菜市场卖呀，但她没带伞，人淋成水鸡娃。我就问便宜点卖不卖，人家说咋便宜卖，我说五十元连篮子一块走，人家不乐意，我说行啦行啦，塞给她了五十元，把篮子提回来啦！张嫂快活地说着，海若拢了拢头发，搓搓脸，就要下楼出店。张嫂说：老板，你是要出外吃早点吗？你脸有些干，夜里没睡好人就气色差，你在店里没放润脸的油吗？海若说：你也没吃吧，咱俩到前边那家永和豆浆店吧。张嫂说：叫豆浆、油条呀，那不如吃荷包蛋。咱有鸡蛋了么，鸡蛋吃了有营养。我一会儿就煮好了。海若说：那行，你去拖地，我来煮。提了小竹篮去了楼梯旁的隔间。

隔间里空气有点闷，打开了东墙上的小窗，雨点子就溅进来，恰好一个人头从窗外闪过。海若知道是车场管理员，想说一句：下雨了还去翻垃圾箱？但话没出口。一小锅的水很快就烧开了，海若从小竹篮取出四颗鸡蛋。先把一颗在锅沿上敲了，往锅里倒蛋清蛋黄，却一下子没倒出来，看时，鸡蛋里却有一团暗红的块状。以为坏了，再取一颗敲开，里边仍是暗红块状，又取一颗敲了，里边的就是血块。便吓了一跳，叫道：张嫂张嫂，你快来看看！张嫂进来看了，说：这是孵鸡娃的蛋啊？！就骂卖鸡蛋的人，要出门去讨回钱。海若头皮都发麻了，赶紧把剩下的鸡蛋连篮子扔进了垃圾桶，洗着手，把煤气也关了，劝住了张嫂：或许人家不是故意的，从家里拿错了鸡蛋。即便是成心拿了没孵化成的鸡蛋行骗，卖给你了还能待在原地让你再去找她？张嫂就又怨恨起自己，眼睛瞎了，为啥买时没拿起一颗在眼前耀耀或者摇一摇，竟然好蛋、坏蛋不识？！而海若这就出了店。

　　店外的雨确实是大，空中密密麻麻的都是些白线，风再吹着，白线又一齐倾斜过来倾斜过去，满世界像冬季的芦苇地。小广场和还没有汽车的停车场，已经起了水潭。海若是平生第一次看到鸡蛋里有血块，那些生命在还不成形时是那样难看，令人恶心和战栗。张嫂撑出来说：老板，对不起哇，你还是出去吃吗？海若说：不吃了，我有事得出去。张嫂说：那你把我的伞拿上。我这伞旧是旧，样子不中看，但也能遮风挡雨哩。海若说：我开车呀，用不着伞的。张嫂说：车停得远，不等你跑到车跟前人就淋湿了，你把伞拿上！海若就接过了伞，撑开着去停车场，鞋立即就湿了。

　　停车场管理员从垃圾箱那儿过来，他穿了雨衣，并没有捡到空塑料瓶易拉罐什么的，在打招呼：海老板你出去呀？海若说：这雨大啊！老汉说：大啊！海若说：要么是雾霾，要么就是这么大的雨，这人没法活啊！老汉说：人还不是活着？海若是没话寻着话给老汉说的，老汉的话却使海若愣了一下，就站住了。老汉知道他这戗着了海若，忙软下了口气，说：嘿嘿，啥环境都能活人哩，我们老家在陕北黄土高原上，没有树，只产荞麦和土豆，吃的也是窖水，可村子里二十八家没有谁是绝户的，女娃子倒都长得俊，有五个在大酒店里当门迎的。海若说：嗯，也是，也是呀。手机铃就响起来。手机是装在左边的裤子口袋里，左手撑着伞，把伞倒给右手，掏出来了，看着号码陌生。老汉说：我给你撑伞，你接。手机铃却不响了。海若给老汉扬扬手，老汉走了，手机铃又响起来，还是那个陌生号码。

接了，对方的语气很粗，责问为什么不接电话，海若也有些生气了，有这样给人打电话的吗，她说：你是谁？对方说：市纪委的！海若有些蒙，说：市纪委?！你是不是打错电话了？对方说：你是不是暂坐茶庄的，叫海若？海若说：啊是，是呀。对方说：有个叫唐茵茵的是不是你们店的？海若说：哦，是小唐的事吗，她情况怎么样，我给你们保证，她仅仅是认识齐老板，齐老板和市委书记有什么问题她不可能知道的，她只是仅仅帮齐老板跑跑小脚路。对方说：是你的事！海若说：我的事?！对方说：来了你就知道了！海若不吭声了。对方说：喂！喂?！海若说：我听着的。对方说：你明白为什么没有去茶庄直接找你而给你打电话的意思吗？海若说：那我必须去了？对方说：一个小时后我希望在西苑饭店的楼下见到你！

海若把手机关掉了。手机是一颗手雷，不愿意再听到它的任何响动。从站着的地方到停的车前仅仅一百米的距离，海若却似乎走了很长很长的路，两只裤管全都湿了，水也灌进了鞋里，咕叽咕叽地叫。她一直往前走，走得太难，太累。终于到了车前，慢慢地合起伞，更粗更长的水顺着伞的折道往下流，海若觉得那水不是从天上落下来的，而是从自己身上挤出来，挤出来的都是血。

三十四　高文来·茶庄

伊娃是第二天早上离开了城中村回到茶庄，从景德镇订购的一批茶具刚到，那网购的一包书也由快递车送来了。小甄、小方、高文来和张嫂忙着卸货、拆包，把茶具一一清洗了摆上架子。伊娃则翻看着那些书籍，有《传习录》《禅宗语言》《宗镜录略讲》《古拙》《浮生六记》《脉经校释》《柳如是传》，说：呀，海姐啥书都买！一抬头，门外的雨就停了。

大家开始议论着这场雨，来得急，去得也快，这多好呀，既把雾霾压了下去，可以有一雨天晴朗，也不至于什么都水水汤汤的，出外办事不方便。高文来就说：天气就是天意么。小方说：天气怎么就是天意？高文来说：这几年雾霾这么大，你不觉得是天看不惯人间的疯狂，在惩罚吗？摆好了茶具，小甄就在标签上写价格，又让高文来在标签上按了暂坐茶庄的小红印。小甄说：那下雨了就是天开恩了？高文来说：就是呀。小甄说：那怎么又停了？！高文来不言语了，去收拾那些拆过的木箱子和垫箱的塑料板、稻草、废纸条。小甄便让伊娃把标签贴到茶具上。伊娃说：咦，那几套都是五百元的，这几套怎么就一千三百元？小方说：这几套有落款，是大师做的，伊娃说：我看都差不多，这么贵？小方说：货不贵人贵么。伊娃说:能卖得出去吗?小甄说:越贵越有买的。走过来竟又在标签上写了已售两个字。伊娃说:已售?!小甄说:上次摆了一套就写着已售被一个老板买了,不卖给都不行,硬是买走了。伊娃说:哪个老板,是戴着碧玉戒指的文老板吗?他脖子上的金项链那么粗,像是狗链子!小甄乜了一眼伊娃,没有回答,拿了鸡毛掸子去掸条案上的灰尘。小方低声说:是刘老板,女的,你还说人家的下巴没整形好是弯的。伊娃说:知道了知道了,她五十多岁了,一身名牌,鞋那么高的跟儿,但她下巴确实没整好。她是做什么生意的?小方说:没生意。但她结识的领导多,许多人升迁、调动、揽工程、要当政协委员,都是通过她拉关系,就赚的拉皮条钱。伊娃说:哦,哦,好多天不见她来了。小甄在条案上搬动一个大茶罐,说:她来不了了!伊娃说:来不了了,为啥?小甄说:听说要查她,上周五就跑路了。

　　高文来在门口台阶上捆那些塑料板,喊伊娃来帮手,伊娃就过来了,说:这点活还需要我呀?高文来说:今早没吃早餐,力气不够用。伊娃说:我去前边巷头给你买着吃?那里有卖粗粮煎饼的。高文来说:粗粮我不吃。叫你来,还不是想和你一块儿干活么。伊娃说:啥意思,想吃我豆腐呀?高文来说:你这老外胡用词!伊娃就笑起来,问:哎问你,什么是跑路?高文来说:你问这干啥?伊娃说:问问么。高文来说:我不告诉你,告诉你了你也不懂!伊娃说:自私!你不告诉我,我得告诉你,广场那边有人往这边瞅你哩。高文来看了一眼,果然有一个人就站在广场边的路沿上,往这边瞅。高文来说:谁瞅我?是瞅你这一头黄发哩!伊娃说:街上染黄头发的姑娘多了,肯定是你老乡找你的。高文来说:你咋看出是我老乡?伊娃说:都穿件西服呀,西服又宽又松的,脚上是平底鞋。高文来发了恨声。伊娃说:他过来啦。

　　那男的真的就走了过来,站在了店前,看了看高文来,没有吭声，却对伊娃说：喂，我问你话，这头发不是染的吧？高文来就站起来，说：有事吗？那男的说不是染的，头发根都是黄的，是老外吗？伊娃觉得好笑，仰了头，说：老外！那男的说：那你认识希立水吗，女的，比你矮些，胖些，老抹个红嘴唇。伊娃说：希立水？希姐么，认识呀。那男的突然变了脸，拉住了伊娃，说：好了，就是你，我找你！高文来把伊娃拽过来，说：你干啥，这是茶庄，调戏妇女啊？！那男的竟咚地踢开门就闯了进来，喊：谁是老板？我要见老板！

店里人都愣住，小甄就跑过来，说：你是谁？你找老板？我怎么不认识你！高文来和伊娃也跟进店。那男的说：我明察暗访好多日子了，天都开了眼帮我，让我就寻着了这茶庄，你们把希立水交出来！高文来和伊娃交换了眼色，两人同时就站在了那男的前面，不让他再往里走。小甄说：你和希立水啥关系？那男的说：我认识希立水，她教唆我老婆。小甄说：你老婆是谁？那男的说，辛起，辛起，辛起！那婊子趁我出差把家腾空了！大家全睁大了眼睛，瓷在那里。小甄说：哦，哦那是你们夫妻间的事，你来这里闹什么，希立水又不是茶庄人。那男的就指着伊娃说：抢我家产的人中，其中就有她！我楼上的汪婆婆看见了，说来了一伙人，还有个黄头发的外国女人。你说，是不是你，是不是你们抢空了我的家产？！伊娃说：是有我，辛起是我们的朋友，我们只是去帮忙，谁晓得你们的家长里短？那男的说：还没离婚她就能把家产腾空？就是离婚，法院也该判一半是我的！伊娃说：那你去找辛起呀。那男的说：我找不到她！找不到她我就来找你，找你们！高文来说：伊娃伊娃，你不必和他论理，他疯了！那男的说：谁疯了？高文来高声说：你疯了！那男的说：我就是疯了！还我的家产！还我的家产！一脚踢在椅子上，竟然把椅子的一条腿踢断了。小甄和小方吱哇一声。高文来一下子火了，跳起来双拳砸下，那男的趔趄着往后退，退，哐地仰面倒下，脑袋在地上弹了弹。高文来还要再扑上去，小甄赶紧抱住。那男的在地上摸后脑勺，摸出了一个疙瘩，看手上还有了血，忽地鱼打挺站起，抱住了桌子上的一个白瓷大茶缸就摔了，顿时瓷片茶叶溅了一地。小甄还抱着高文来，忙喊：小方，快把茶几上的茶炉拿走，别让他摔了！那男的就真的又把茶炉端起来摔在地上。张嫂提了铝壶在隔间烧水，煤气灶刚刚打开，听到响声，跑出来，却吓得手脚无措。高文来急了，喊着：你抱我干啥？！推开了小甄找家伙，一时找不到，吼叫：张嫂把隔间里的刀给我，把刀给我！张嫂跑进隔间，拿出来的是一把铁勺。那男的摔了茶炉，又眼盯着柜架，小方用身子去护，说：你要掀柜架呀，这一柜架的茶具呀！那男的果然连小方和柜架一起推倒了，柜架上的茶杯、茶碗、茶盘、茶壶，稀里哗啦一片碎响。小方还在地上，爬过去抓住了那男的腿就咬。高文来一铁勺掷过去，那男的用手来挡，脚下便滑了一下，再次倒在地上。伊娃、小甄和张嫂全拿了拖把、笤帚、挂竹帘的竹棍子打了去。那男的顾了头顾不了脚，顾了肚子顾不了背，像虫子一样在地上蹦，伸手拽张嫂的腿，张嫂也倒在地上。小方去拉张嫂，一时拉不起，伊娃拿了笤帚打那男的手，使不上劲儿，脱了一只鞋就扇打，鞋跟儿都打掉了。小甄喊：小方你打110，打110！小方掏了手机报警，那男的已站起来要夺小方手机，高文来提了个铁桶咚地砸在那男的头上。桶里还有半桶水，水像蛇一样在地上钻。那男的头上往下流血，似乎摇摇晃晃站不稳，同时又拉倒了另一个柜架，就往外跑。拉倒的柜架挡住了路，高文来一下子撵不上，把茶盘扔过去，没砸上，再抓了个椅子扔过去，那男的被砸趴在门口，门上的玻璃破了，哗啦啦落下来。高文来扑过去骑在那男的身上，一拳打在脑门上，脑袋就仰起来，正好能扇嘴，手又扇嘴，眼看着嘴成了猪宣头嘴。小甄说：不要在头上打，踢屁股！踢屁股！高文来站起在屁股上连踢带踹，那男的不动弹了。小甄说：别失手了。高文来说：你狗日的就这么不经打的，还来砸店？！再跺了一脚。

茶庄里一打闹，街道上来往的行人驻了脚看热闹，有两三个跑了过来，随之更多的人，都围在店门口，拿了手机拍照。小甄说：都散开了，我们制服了歹徒，没啥好看的，都散了吧。伊娃却扯了一下小甄衣襟，小声说：围着也好，他想跑也跑不了。而管理停车场的老汉挤了进来，说：我去上了个厕所，这里就出事了！谁在砸场子，大白天的来砸场子，欺负一帮妇女？！高文来说：就是他！老汉把还躺在地上的男子头翻过来，认了认，认不得，便呸地朝脸上唾了一口。过来对高文来说：他比你还高还壮么。伊娃就给高文来伸大拇指，小甄却说：你快上楼去，看那里有没有海姐的鞋。伊娃这才发觉自己光着一只脚。这时候，一辆警车停在了小广场上，几个警察提着警棍跑了来。小方说：今日出警这么快的！小甄就拉了高文来到门后，高文来的胳膊上沾了血，小甄把血蘸着往高文来脸上抹。高文来说：是我把他打出血了，我没事的，小甄说：要给警察看的。高文来嗅了一下，把脸在胳膊上蹭，也是了满脸血，出来就倒在了玻璃碴上。

警察询问着情况，小甄拉着哭腔说了一通。警察问：这人你认识？小甄说：我们都不认识。警察说：他是无缘无故来砸店的？小甄说：有这种人，对社会不满，就出来杀人放火搞破坏。我们算倒霉，躺着中枪。警察拍照了现场，让那男的和高文来都站起来。那男的起来了，嘴肿着，额颅上、胳膊上有伤口，衣服也破了，寻手机，说他手机不见了。高文来没有起来，他屁股下有个手机。警察说：起来！高文来往起爬又扑沓下去，趁机把手机拨到了一个柜子底下，他说腰疼起不来。警察让小方去拉，小方费了劲儿才把他扶了起来。警察驱散了人群，要把那男的和高文来带走。小甄不让带走高文来，说：他是我们店员，受害人，怎么也带走？警察说：他也是打架者，都要带回派出所做笔录。小甄说：那我也去。跟着就一块儿去了。

伊娃、小方和张嫂就留在茶庄,她们关了门,但门上玻璃没了,只是空的门框,觉得难看,就又把门打开。三人一时不知怎么办,站在店外,不让任何人进去。伊娃给海若打电话,但海若的手机关着。只好给陆以可打,给向其语打,给严念初、虞本温、司一楠、徐栖也打,还要给希立水和应丽后打,希立水和应丽后却在这时来了。希立水要更换她家的床,叫了应丽后做参谋,两人跑了三家商场都没中意,才要去商贸大厦,想着先到茶庄喝喝茶就过来的。看了现场,都十分愤怒,又是拍照,又是清点打坏的椅子、柜架、玻璃和那些茶罐、茶缸、茶炉、茶壶、茶盘、茶杯。应丽后也给海若打电话,还是关机,就问伊娃:她今天没到茶庄来吗?伊娃说:我来上班就没见到她,听张嫂说,她上班时海姐就在店里,后来就匆匆忙忙走了。前几天税务所的人来过,是不是今天纳税去了。应丽后说:纳税也不该关机呀?!既然联系不上海若,她们就商量去派出所,把清单拿上,人多势众了,对小高、小甄也好。于是留下张嫂看店。张嫂说:我行不行?管理停车场的老汉说:我帮着你。希立水、应丽后、伊娃、小方刚到停车场,没想,那里站着了小唐。

小唐回来了。小唐肯定能回来,这是大家心里有数的,但没想到一走就这么多日子,而回来又偏偏是这个时间。伊娃首先叫起来,抱住了她,说:我都想你了,想你了!小唐说:是嘴里想还是心里想,没见你瘦么?伊娃吸了腮帮噘起嘴,还真做了个瘦样。应丽后说:回来了!昨晚回来的,还是现在才回来?小唐说:才回来。应丽后说:没事了吧?小唐说:没了。我只说出来就见到太阳了,出来却是阴雨天。小唐还真能说笑,虞本温就拉了小唐的手腕看,手腕上没有勒痕,又撩了一下她的刘海,额上鬓角也没有伤疤,虞本温也是笑了,却一拳头戳在她的肩上,怨恨道:回来了就小跑着回来么，要早回来两小时，多个人手，也不至于让人来砸店！小唐看了一眼没了玻璃的店门和店门里的狼藉现场，并没有愤怒，却低声说：我回来了，海姐……她话还未说完，突然轰隆一声，所有的人都歪倒在了泥水地上，小方的脑袋还撞在一辆车上。应丽后在叫：地震了！地震了！慌乱中去抓汽车，汽车在晃着，接着天上乱七八糟的东西砸了下来。伊娃是看了茶庄爆炸，似乎隔间东面的墙外，有了一个扇面，像喷浆，像喷火，有一人在飞起来，身子仰面，脚手揸开，不见了。

　　茶庄是爆炸了，爆炸来自茶庄的隔间，先是巨大的火光一闪，有窗子的那面墙就掀开一个洞，石头、砖块、铁架子、大板条、灶台、锅盆碗筷，还有垃圾桶、坐便器、衣服和鞋子，火山熔岩一样冲出来，飞溅到停车场上。两把刀在空中翻腾着滚，最后砍在了路边的树上，幸好没有伤人。但一个铁皮壶的嘴，竟然飞到了报刊亭那边，击中了正跑过的一只流浪猫，猫就一声没吭地死了，接着是蘑菇状的黑烟隆起，先还像是一堆黑熊似的，再往高空去，是了一条龙状，又不是龙，是巨大的鲸鱼，后来黑烟什么都不是了，就是黑烟，响着一连串的崩坍声，玻璃和瓷器的破碎声。

　　突如其来的爆炸，使街道上所有往来的车辆和行人都戛然而止，凝固在那里，随之呐喊，惊叫，纷纷逃散。而五辆车在那瞬间追尾，这时才从车里都出来了人，有的脖子扭伤了，用手揉着，有的鼻子出了血，还没有擦，下来观看着各自的车，然后开始了争吵。应丽后是第一个爬起来了，她摇着头，头上没有被什么东西击中，眼睛也好着的，跺跺脚，说：茶庄爆炸啦?！就看到身边有一块墙皮，墙皮上有着图案，似乎是衣服飘带的一角。她就大声哭叫着希立水、小唐、伊娃、小方、张嫂。大家都陆续站起来了，都没有受伤，站起来了却都目不能转，口不能言，呆若木鸡。

三十五　伊娃·西京城

　　关于暂坐茶庄发生的爆炸，社会上说啥话的都有。有的说这与政治有关，因为市委书记倒台后，一个副市长被双规了，市委秘书长也被双规了。这些官员的落马，有人鸣放鞭炮庆祝，也有人做出诡异举动来发泄恐慌和不满，比如市委书记的小舅子当众烧毁了自己的汽车，秘书长的一个部下将四十瓶茅台酒倒进了厕所，有的老板自首了，有的老板还是选择跑路。暂坐茶庄的老板当然和市委书记、市委秘书长不是亲戚，也不是下属，但之所以开茶庄，是通过秘书长才极便宜地租用了那座小楼，茶庄老板才故意制造了这次爆炸，以至分散注意力或引起同情吧。有的说是经济问题，暂坐茶庄生意红火，出入的都是有钱有势的人，聚集的朋友都过着花团锦簇的生活，便招惹了社会上的不法歹人，这歹人以顾客名义进去，偷偷将定时炸药包放在了茶庄的楼梯下，然后出去给老板打匿名电话索要一百万元。茶庄老板答应可以周济五万元，并幼稚地用大道理和做人的原则来教育开导人家，结果歹人说是受辱了，不稀罕那五万元，那炸药包便爆炸了。有的说这些都是胡猜想的，应该是有人来暂坐茶庄寻人滋事，发生了斗殴，而隔间里烧着一壶水，都忘了在烧水，水烧开后溢出来浇灭了火，煤气泄漏。泄漏的时间长了，店门口被挡着不让外人进，围观的人就到东墙那儿推开小窗要往里看，停车场管理的老汉去赶，没想他嘴上叼着烟卷，在拉闭窗扇时，煤气见着明火才闪爆的，那老汉也是被气浪冲飞到了街道沿上。

众说纷纭，不置可否，越发有许多闲人都来现场要瞧稀罕，拍照或发视频。他们在现场里看到了那个停车场管理员，老汉说爆炸时，他确实在东墙外赶人，他被气浪冲着飞行了十米，但他当时脑子清楚，落地时故意翻滚了一下，只有些皮外伤，没有骨折和脑震荡，而他否认自己吸烟，说他不吸烟，爱喝酒，当时是喝了半瓶子酒。老汉的话可能是真的，因为警察并没有控制他，还帮着警察拉了绳子隔离起暂坐茶庄整座楼，甚至对询问的人说：没有结论，一切还在调查。

海若不在，店的东西都不知如何处置，但店员每日还照旧上班。上了班没事可做，就坐着，不多说话。只有张嫂时不时在哭，用手揪头发，自己扇自己耳光。众姊妹也都来过了，先是几乎同时到齐，后来便今天来一拨三四个，明天来一拨五六个。来了，衣着已不再争鲜夺艳，但脖颈上的玉块都还佩戴着。而有一个现象，或者说有一个细节，这是小方先发现的，说给了小唐，小唐也觉得疑惑。那就是应丽后来了，看到严念初在，她待一会儿就走了，严念初来，看到应丽后在，也是待一会儿也就走了。始终没有见陆以可来，打电话，手机没开，问谁都不知道她在哪里。向其语好像为了陆以可的什么事同司一楠有了口角，司一楠起身走了，再不来，徐栖也再不来。虞本温生了气，说：不来就不来吧，夫妻本是同林鸟，大难来了各自飞，何况众姊妹！世态炎凉，这次看得清清楚楚了。小唐给伊娃说：你问过羿老师吗，他知道陆姐不？伊娃这才发觉羿光也是一直没来过。茶庄出了这么大的事，他又住得这么近，竟不闻不问？伊娃就给羿光打电话，也是关机。平日关系多好的，关键时候就联系不上了,还是故意躲避?伊娃捶胸顿足地发恨,过几个小时拨打一次,过几个小时拨打一次,非要拨通不可。终于是拨通了,羿光却说他和陆以可来马来西亚了,飞机刚刚落地。伊娃就对着手机吼:什么时候了,你倒去旅游?还带了陆以可?!羿光就告诉说冯迎死了。那个下午,茶庄里集体起了哭声。

原本高文来和那个男的在派出所做完笔录后就可以回来,而随后的爆炸,又将他们留置了两天,直到第三天中午才被释放。那男的虽给茶庄赔偿了一万元,但从此每天一早,他就脸上贴着三块创可贴,嘴唇还肿着,涂了紫药水,就坐小广场上朝着茶庄喊辛起的名字,要他的家产。茶庄里的人不能再动手去赶他,只好忍气吞声任着他叫骂。

海若没有回来,也没任何消息,就像是风吹走了柳絮,泥牛入了海。海若的问题到底有多么大呢?如果还是因为齐老板的事,但小唐都回来了呀,她即便是小唐的老板,茶庄的法人代表,可能知道得更多,更详细,更有责任,那也是进一步协助调查而已么。如果真是社会上的传言那样,牵涉到了那个秘书长,不也就秘书长平日关照茶庄,利用权力关系便宜租用了这座小楼吗?大家商量着能不能找些领导去打探一下,但她们很快否定了,找别的有关领导,只能是羿光,羿光偏不在啊。这期间,吴老板倒是来了一次,众姊妹请教吴老板,吴老板也是束手无策。临走时,希立水倒是问了一句:活佛呢,活佛啥时候来?吴老板还是:这我也说不准呀。张嫂又坐在那已经坍了一半的隔间处哭,虞本温叫她,小唐叫她,说那儿危险不敢坐的,她啪啪地扇自己耳光。

伊娃心里暮乱,在店里待不住,出来就去找辛起。

伊娃是前两天就去通知过辛起,让她出外一定小心,尤其近期不要去茶庄。这次去了,辛起在出租屋里哭啼,说她这是困兽,快憋死了。伊娃说:我也快憋死了!辛起说:在我心目中,海姐是多了不起的人呀，无所不能，却怎么她也被叫走了，这么多天不能出来?！伊娃说：是呀，海姐是织网的人，海姐也成了网上的猎物。辛起说，可海姐是好人啊，是我认识的最好的好人啊！伊娃说：是好人，但我在想，我们敬佩海姐平日的所作所为，现在倒困惑那有用吗，有意义吗？辛起说：你是说海姐也是失败者？伊娃说：或许多少年后，她就是一个女人，一个母亲，一个众姊妹的召集人，一个曾开办过暂坐茶庄的小老板么。辛起说：呃，呃，那咱们咋办呢？伊娃说：我也不知道。辛起说：咱不如到什么地方散散心去。伊娃说：到什么地方去？我就是为了散心才来的西京，也该回去了吧。辛起又伤感起来，眼泪汪汪，说：你要走了谁还能来和我说说话呀！你要走，把我也带上。伊娃说：喔，你愿意跟我去圣彼得堡？辛起说：愿意呀，我愿意去，我只和希姐去过一次韩国。伊娃说，那就一块儿走吧，在那里的吃住我包了。辛起说：你说的是真的？伊娃说：你有没有护照？辛起说：有，我有的。

伊娃就真的买了她和辛起去圣彼得堡的机票。这事伊娃没给任何人说。过了四天，海若还是没回来，羿光和陆以可也没回来，伊娃和辛起就搭出租车去了机场。

那个傍晚，空气越发地恶劣，雾霾弥漫在四周，没有前几日见到的这儿成堆那儿成片，而几乎又成了糊状，在浸泡了这个城，淹没了这个城。烦躁，憋闷，昏沉，无处逃遁，只有受，只有挨，慌乱在里边，恐惧在里边，挣扎在里边。黑暗很快就下来了。塞满在街巷里的汽车全都打亮了前灯尾灯，缓缓移动，感觉是进入了泥石流中。闪过的城墙垛台，楼房的一角，那些道旁的树，电杆，广告牌，戴口罩和没戴口罩来来往往的人，全都模糊不清，又支离破碎。过了护城河岸，过了朱雀高架桥，过了丰阳隧道，不知什么地方有了呐喊声，呻吟声，时断时续。那不是呐喊和呻吟，是有人在唱秦腔。伊娃一直趴在车窗往外看，她看到一蓬一蓬花，知道驶进了南环路。南环路是这个城打造的一条花街,十几里长道两旁都是玫瑰、月季、蔷薇。这些花在雾霾和黑夜里已经不那么招摇,车灯照过去,该黑的都被黑遮蔽了,该亮的依然明亮。白的绚白,黄的佛黄,红的简直如血。辛起说:还有这条花街?!伊娃说:是啊。突然泪流满面。辛起说:你怎么哭了?伊娃说:活佛还没有来,海姐还没有回来,羿老师也不在,我就这样离开这个城了?辛起无以言对。伊娃说:唉,西京不是我的西京,我是该离开了。辛起说:我早就说过,你不该从圣彼得堡来这里。伊娃说:这我倒不后悔,你不是也从乡下来到城里吗?辛起说:你来正遇着雾霾大的时候,再过半个月,或者二十天,风就多起来,雾霾就少了,天一热就没了。却又说:你是在说我吗,说我是蚊虫吗,城里有腥,我也到城里来了?伊娃却喃喃道:我只说来这里了有所收获,没想丢失了许多倒要回去了。辛起说:丢失了,你丢失了东西?伊娃却再没有说话,抱住了辛起,已经抽搐了。

在抽搐中,伊娃醒来,屋子里空空荡荡,窗外有烟囱在冒烟,烟升到高空中成了云。正飞过一架飞机。

二〇一八年八月二十一日初稿完
二〇一九年二月八日二稿完
二〇一九年六月十二日三稿完
二〇一九年九月十日四稿完

后　记

贾平凹

在我七十岁前,《暂坐》可能是最后的一部长篇小说。酷暑才过,书稿刚完。字数是二十一万吧,整整写了两年,这比以往的任何一部书都写得慢,以往的书稿多是写两遍,它写了四遍。年纪大了,爱弹嫌,弹嫌别人,更弹嫌自己,总觉得这样写着不行,那样写着欠妥,越是时间不够用,越是浪费时间。

《暂坐》写城里事,其中的城名和街巷名都是在西安。在西安已经生活了四十多年,对它的熟悉,如在我家里,从客厅到厨房,由这个房间到那个房间,无论多少拐角和门窗,黑夜中也出入自由。但似乎写它的小说不多,许多人认为我是乡土题材的作家,其实现在的小说哪能非城即乡,新世纪以来,城乡都交织在一起,人不是两地人了,城乡也成了我们身份的一个镍币的两面。

突然想写《暂坐》,缘于我楼下的那个茶庄搬走了。茶庄在的那些年,我每日两次都在那里喝茶,一次是午饭前,一次是晚饭后。茶是喝到了好茶就只能再好不能将就,我已经被培养成喝茶贵族了,茶庄却搬走了。人在身体好的时候并不觉得还有呼吸,一旦病了,才知道呼吸的重要,且一呼一吸是那样地紧迫,一刻不停。

茶庄在卖着全城最好的茶，老板竟是一位女的，人长得漂亮，但从不施粉黛，装束和打扮也都很中性。我是从那时起，醒悟了雌雄同体性的人往往是人中之凤。她还有一大群的闺蜜，个个优游自尊，仪态高贵。我曾经纳闷：为什么男的没有，女的则有闺蜜呢，而且她的闺蜜还那么多？后来我也是醒悟了，女的比男的有更多的心事，无论多么了不起的女的，她们都需要倾诉，闺蜜就是来做倾诉的。那些闺蜜隔三岔五地来到茶庄聚合，那是非常热闹和华丽的场面。这如一个模特在街上走，或许有人回头看，而十多个模特列队在街上走，那就满街注目。我是在茶庄看见了她和她的闺蜜，她们的美艳带着火焰令你怯于走近，走近了，她们的笑声和连珠的妙语，又使你无法接应。她们活力充满，享受时尚，不愿羁绊，永远自我。简直是，你有多高的山，她们就有多深的沟，你有云，云中有多少鸟，她们就有水，水中有多少鱼。她们是一个世界。

现在，茶庄搬走了，不知是因为经济下滑，又强有力地反腐，作为奢侈品的高档茶已越来越难卖了，还是房租太贵，员工的工资一再上涨，经营再也无法为继？而留给我的只是叹息，看茶碗在渴着，看蜡烛要烧死。

她们有太多的故事，但故事并不就是《暂坐》的文本。在《暂坐》里，以一个生病住院直到离世的夏自花为线索，铺设了十多个女子的关系，她们各自的关系，和他人的关系，相互间的关系，与社会的关系，在关系的脉络里寻找着自己的身份和位置，正如一段古文所写："墙东一隙地，可二亩许，诛茅夷险，缭以土垣，垣外杂种榆柳，夹桃花其中。"这是她们的生存状态，亦是精神状态。而菟丝女萝蔓延横生，日光漏叶莹如琉璃，叙述以气流布，凝聚为精则是结构之处。其中更有着陆以可的再生人父亲出现的奇异，有着冯迎幽灵萦绕的迷丽，使这人间的人确实有了两种：人类和非人类。也时空转换着，一切都有了起浮不定黑白无常的想象可能。

《暂坐》中仍还是日子的泼烦琐碎，这是我一贯的小说作法，不同的是这次人物更多在说话。话有开会的，有报告的，有交代和叮咛，有诉说和争论，再就是说是非。众生说话即是俗世，就有了观世音菩萨。观世音菩萨观的是大千世界中一切内外所有的诸声，而我们，则如《妙法莲华经》所言：虽未得天耳，以父母所生常耳总也听得，起码无数种人声，闻悉能解。

《暂坐》里虽然没有"我"，我就在茶庄之上，如燕不离人又不在人中，巢筑屋梁，万象在下。听那众姊妹在说自己的事，说别人的事，说社会上的事，说别人在说她们的事，风雨冰雪，阴晴寒暑，吃喝拉撒，柴米油盐，生死离别，喜怒哀乐。明白了凡是生活，便是生死离别的周而复始地受苦，在随着时空流转过程的善恶行为来感受种种环境和生命的果报。也明白了有众生称有宇宙，众生之相即是文学，写出了这众生相，必然会产生对这个世界的"识"，"识"亦便是文学中的意义、哲理和诗性。

在写这些说话的时候，你怎么说，我怎么说，你一句，我一句，平铺直叙地下来，确实是有些笨了，没有着那些刻意变异和荒诞，没有着那些华丽的装饰和渲染，可能会有人翻读上几页便背过身去。但我偏要这样叙述的。在这个年代，没有大的视野，没有现代主义的意识，小说是难以写下去。这道理每个作家都懂，并且在很长时间里，我们都在让自己由土变洋，变得更现实主义。可越是了解着现实主义就越了解着超现实主义，越是了解着超现实主义也越是了解着现实主义。现实主义是文学的长河，在这条长河上有上游、中游、下游，以及湾、滩、潭、峡谷和渡口。超现实主义是生活迷茫、怀疑、叛逆、挣脱的文学表现，这种迷茫、怀疑、叛逆、挣脱是身处时代的社会的环境的原因，更是生命的，生命青春阶段的原因。处理这些说话，一径地平稳，笨着，憨着，涩着，拿捏得住，我觉得更显得肯定和有力量，也更能保持它长久的味道。尽力地去汲取一切超现实主义的元素，丰富自己，加强自己，来从事适合国情和自况的写作。视野决定着器量，器量大了怎么着都从容。

写过那么多的小说，总要一部和一部不同。风格不是重复，支撑的只有风骨。《暂坐》就试着来做撑杆跳，能跳高一厘米就一厘米。它的突破每每以失败为标志，俄国的那个巴捷耶娃似乎从没有见好就收。

齐白石在他晚年的绘画中，落款总是要写上八十几岁或九十几岁，这是一种释然，还是一种炫耀？而《暂坐》之所以敢纯写一群女的，实在是我不自信使然。写作中，常常不是我在写她们，而是她们在写我，这种矛盾和分裂随处可见。写到了最后，困扰我的是，女的是最会恋爱的，为什么她们都是不结婚或离异后不再结婚？世上的事千变万化而情感是不会变的吗，还是如看到的那句话：别说我爱你，你爱我，咱们只是都饿了。我就这么疑惑着，犹如这个城市在整个冬季和春季所弥漫的雾霾，满天空都是个谜团。

二〇一九年九月十三日中秋夜

图书在版编目（CIP）数据

暂坐 / 贾平凹著 .—北京：作家出版社，2022.6
ISBN 978-7-5212-1908-1

Ⅰ.①暂…　Ⅱ.①贾…　Ⅲ.①长篇小说－中国－当代
Ⅳ.① I247.5

中国版本图书馆 CIP 数据核字（2022）第 073579 号

暂坐

作　　　者：贾平凹
特约编审：懿　翎
责任编辑：徐　乐　方　叒
特约监制：省登宇
责任印制：李卫东
装帧设计：意匠文化·丁奔亮
出版发行：作家出版社有限公司
社　　　址：北京农展馆南里 10 号　　邮　　编：100125
电话传真：86-10-65067186（发行中心及邮购部）
86-10-65004079（总编室）
E-mail:zuojia @ zuojia.net.cn
http://www.zuojiachubanshe.com
印　　　刷：三河市紫恒印装有限公司
成品尺寸：152×230
字　　　数：217 千
印　　　张：17.5
印　　　数：001-20000
版　　　次：2022 年 6 月第 1 版
印　　　次：2022 年 6 月第 1 次印刷
ISBN 978-7-5212-1908-1
定　　　价：48.00 元

作家版图书，版权所有，侵权必究。
作家版图书，印装错误可随时退换。